TUDO O QUE NÃO SOMOS

MADELEINE GRAY

TUDO O QUE NÃO SOMOS

TORDESILHAS

Tudo o que não somos

Tordesilhas é um selo da Alaúde Editora Ltda, empresa do Grupo Editorial Alta Books (Starlin Alta Editora e Consultoria LTDA).

ISBN: 978-65-5568-311-0.

Translated from original Green Dot. Copyright © 2023 by Madeleine Gray. ISBN 9781250890597. All Rights Reserved. Published by arrangement with Allen & Unwin. Brazilian Portuguese language edition published by Starlin Alta Editora e Consultoria Eireli, Copyright © 2025 by STARLIN ALTA EDITORA E CONSULTORIA LTDA.

Impresso no Brasil — 1ª Edição, 2025 — Edição revisada conforme o Acordo Ortográfico da Língua Portuguesa de 2009.

Dados Internacionais de Catalogação na Publicação (CIP)
(BENITEZ Catalogação Ass. Editorial, MS, Brasil)

G781t
1.ed. Gray, Madeleine
Tudo o que não somos / Madeleine Gray ; tradução Andresa Vidal. – 1.ed. – Rio de Janeiro : Tordesilhas, 2025.
352 p.; 15,7 x 23 cm.

Título original: Green dot.
ISBN 978-65-5568-311-0

1. Romance australiano. I. Vidal, Andresa. II. Título.

06-2025/22 CDD A822

Índice para catálogo sistemático:
1. Romances : Literatura australiana A822
Aline Graziele Benitez – Bibliotecária – CRB-1/3129

Produção Editorial: Grupo Editorial Alta Books
Diretor Editorial: Anderson Vieira
Vendas Governamentais: Cristiane Mutüs
Coordenadora Editorial: Mariana Portugal
Produtora Editorial: Viviane Corrêa

Tradução: Andresa Vidal
Copidesque: Vanessa Schreiner
Revisão: Denise Himpel
Diagramação: Fernando Cesar

ALTA BOOKS
GRUPO EDITORIAL

Rua Viúva Cláudio, 291 — Bairro Industrial do Jacaré
CEP: 20.970-031 — Rio de Janeiro (RJ)
Tels.: (21) 3278-8069 / 3278-8419
www.altabooks.com.br — altabooks@altabooks.com.br
Ouvidoria: ouvidoria@altabooks.com.br

Editora **afiliada à:**

ASSOCIADO

O que dizem sobre

TUDO O QUE NÃO SOMOS

"Senti tanta alegria enquanto lia esta narrativa tão cheia de segurança. *Tudo o que não somos* foi escrita com tanta elegância, tanta confiança que não consegui tirar os olhos das páginas. Fiquei hipnotizada por seu brilhantismo."

JESSIE TU,
autora de *A Lonely Girl is a Dangerous Thing*

"Estou obcecada por este livro. Obcecada por Hera, por seu pai, seus amigos, seu cachorro. Obcecada por como ela é engraçada e por como o mundo, através de seus olhos, é ao mesmo tempo esperançoso, sombrio, terno e desolador. *Tudo o que não somos* é um livro sobre o amor, e sobre o quanto a vida pode ser estúpida, engraçada e absolutamente bela. Eu o leria para sempre se pudesse."

LAURA McPHEE-BROWNE,
autora de *Cherry Beach*

"Daqueles livros em que se ri alto e com força, lindamente identificável; *Tudo o que não somos* é um livro que vai continuar na minha cabeça por muito tempo."

EWA RAMSEY,
autora de *The Morbids*

"Incrivelmente engraçado e um pouco real demais. Este romance de estreia captura o espírito do tempo."

BRIGID DELANEY,
autora de *Razões para não se preocupar* e *Wellmania*

Para aqueles que trabalham com música.

Estou me apaixonando e não sei o que fazer
Me joga num maldito carrinho de mão e ateia fogo em mim

Hera Lindsay Bird, "Monica"

Por algum tempo, durante meus 20 e poucos anos, estive profundamente apaixonada por um homem que nunca abandonaria a esposa. Em nenhum momento desse relacionamento me iludi quanto ao desfecho que me aguardava — afinal, toda representação desse tipo de história na cultura popular já deixava claro qual seria meu destino.

Sempre me saí bem na escola, mas, desde então, nunca encontrei muitas oportunidades de conquistar algo. Talvez minha dedicação a esse relacionamento fosse, na verdade, uma dedicação à minha crença em mim mesma — a ideia de que eu poderia fazer um homem me amar tão intensamente a ponto de abandonar a única vida que ele conhece, todas as suas supostas responsabilidades, apenas para ter minha companhia para sempre. Eu não oferecia nada além de mim mesma, entende? Não era rica, não tinha bens nem conexões importantes. Não tinha filhos nem qualquer outra coisa que realmente me prendesse a um lugar. Ele tinha todas essas coisas — estava tão acomodado no sofá da própria vida que já beirava a meia-idade! Eu ansiava pela estabilidade que ele parecia exalar — estava embriagada por uma promessa de felicidade banal implícita em suas bermudas cargo e seus óculos de sol comprados na farmácia. Eu era completamente fascinada pela forma como ele combinava um cargo alto na empresa com a timidez e o nervosismo de alguém que sofreu bullying na infância e que, desde então, transformou essa insegurança em um charmoso traço de personalidade. Meu Deus, como eu o desejava. E eu sabia que, se fizesse o suficiente, se me esforçasse o suficiente, esperasse o tempo necessário, fosse compreensiva, gentil e engraçada o suficiente, excitante e flexível o suficiente, então eu poderia tê-lo. Assim eu teria uma vida na qual não precisaria mais tomar decisões. Eu me moldaria para me encaixar nele, me acomodaria no sofá da vida dele. Sem mais sentir ansiedade sobre o que fazer, quem encontrar ou como passar minhas noites. Eu seria dele, e isso bastaria. Enfim, eu poderia descansar.

PARTE UM

No ensino médio, minhas colegas frequentemente especulavam sobre o emprego dos sonhos e sobre qual curso deveriam fazer para alcançá-lo. No último ano, nos reuníamos no deck durante o almoço — garotas de diferentes grupos e classes sociais, com saias de comprimentos variados — todas unidas por um mesmo objetivo: preencher as lacunas desse tempo vago e hipotético de "quando a escola acabar". Como eu estava entre as melhores alunas da turma, inevitavelmente a bola era jogada para o meu lado. Eu deveria mencionar uma profissão dos sonhos que exigisse uma nota alta no vestibular e um diploma de uma universidade prestigiada. Então, todas assentiriam, porque aquilo que eu dissesse faria sentido.

Embora eu fosse inteligente, nunca havia decorado a tabuada nem demonstrado qualquer aptidão para ser uma mulher da área das exatas ou biológicas, então minhas opções se resumiam a advogada, jornalista ou professora. Advogada: dinheiro. Jornalista: empolgante. Professora: nobre. Eu sabia que só precisava escolher uma para, depois, a conversa seguir naturalmente, como um passe certeiro de uma jogadora na defesa para o meio de campo. Mas eu não consegui. Perdi a bola. Tropecei na hora do chute. (Isso é algo que acabou virando um hábito, como você verá.) Em um tom monótono e condescendente, eu disse:

— Ah, sei lá. Não quero fazer nada além de aprender ou, tipo, ler, porque todo o restante parece tragicamente deprimente e sem sentido. No caminho para a escola, vejo as pessoas no ônibus indo para o trabalho, e elas parecem tão acabadas.

Minha amiga Soph estava no deck comigo; eu olhei para ela em busca de apoio. Ela deu um sorriso torto de encorajamento; interpretei isso como um sinal verde para continuar falando, me aprofundar no assunto.

Tenho o hábito de coçar o pescoço quando estou nervosa, tentando fingir naturalidade — e o que imagino ser uma atitude impropriamente descolada. É claro que fiz isso naquele momento. Toda a atenção estava voltada para mim. Eu estava ciente do meu corpo, da minha postura — que, segundo me disseram, pode ser interpretada como defensiva. Estava me segurando, usando os braços como uma gaiola. Mas o que é uma atitude defensiva senão uma mão para cima, acenando enquanto se afoga? Parecia inevitável; a qualquer momento eu seria desmascarada. Eu usava as palavras, toda minha sagacidade, para desviar a atenção de minha mão trêmula e do fato de que minhas coxas roçavam enquanto eu andava, não importa quão pouco eu comesse e o quanto corresse. Fora dos muros da escola, eu me esforçava para manter certa autonomia; lá fora, minha falta de confiança para interagir com o sexo oposto resultava em uma desvalorização imediata do meu valor social. Mas, dentro da escola, rodeada de garotas, eu era boa com as palavras. Conseguia conduzir o jogo.

Naquele momento, eu ainda não tinha perdido completamente a atenção da plateia. Vi algumas delas se lembrando do próprio trajeto matinal, refletindo sobre os rostos abatidos das pessoas em seus terninhos com tênis, correndo miseravelmente para pegar o ônibus. Mas, então, uma das internas, soando exasperada por ter que explicar algo tão óbvio, interveio:

— É, mas meu pai diz que se você fizer o que ama, nunca terá que trabalhar.

Um coro grego de outras internas murmurou em concordância. Sem o apoio delas, eu não tinha a menor chance de ganhar o voto popular — elas eram a maioria.

Naquele instante, eu soube que ia ser cruel e simplesmente não tive autocontrole para me segurar. Não consegui resistir à tentação de soltar uma resposta afiada:

— O que seu pai faz?

— Ele administra fazendas — respondeu ela com os braços cruzados contra o poliéster xadrez, as costas apoiadas nas pernas do banco, um território marcado.

Olhei para Soph em busca de reafirmação, esperando que ela me confirmasse que eu podia continuar, fincar a lâmina. Mas sua expressão era impenetrável; ela claramente havia decidido que só ficaria ali, observando. Ia me ver estragar tudo, como já fizera tantas outras vezes. Diferente de mim, Soph sempre soube a hora de parar.

Eu tinha uma última chance de não ser uma babaca... e não a aproveitei:

— Certo, bom, então sinto muito, mas seu pai ou é um idiota ou um mentiroso. Pior para você.

Em seguida, fiz uma careta para deixar claro que eu não gostava de ter que dar essa má notícia, mas, lamentavelmente, alguém precisava fazê-lo.

Essa atitude não foi muito bem recebida, como você pode imaginar. Algumas das garotas populares soltaram risadinhas, mas a maioria, não — porque, embora o que eu tivesse dito fosse engraçado, ainda assim não era legal ser uma cuzona descarada. Eu sabia disso, já tinha percebido antes, mas minha revolta com a perspectiva de um futuro de trabalho remunerado deve ter momentaneamente nublado meu instinto de autopreservação social. Ou, talvez mais precisamente, enxerguei uma janela de oportunidade para desfocar, perturbar, confundir — e a agarrei. Porque eu estava com raiva do mundo e não sabia para onde mais direcioná-la, além de jogá-la em cima de pessoas que pareciam estar mais satisfeitas com a vida do que eu.

A garota ficou chateada; dava para ver que eu a tinha magoado. Soph me olhou com ternura e pena. Pelo menos foi assim que interpretei. Parecia que ela estava pensando: *Ah, minha querida Hera, quando você vai aprender?*

Fiz uma tentativa meia-boca de me desculpar com a interna, mas, na época, ainda não tinha internalizado a palavra "sistêmico", então minha mistura de desculpa com explicação carecia do peso retórico que eu poderia dar a ela alguns anos depois. Mais importante ainda, eu já tinha aprendido a me odiar, mas ainda não tinha aprendido a ter humildade. O que eu realmente disse foi que lamentava estar certa.

Assim que falei, me arrependi, mas já era tarde demais para voltar atrás. Então, antes que a conversa pudesse se desenrolar, o sinal do intervalo tocou e, presas à estrutura rígida dos nossos dias, inevitavelmente arrastadas pelo aviso, como pratos de sushi em uma esteira, sabíamos que precisávamos nos dispersar e voltar aos respectivos armários, pegar nossas pastas e estojos, e seguir para as aulas do quinto e do sexto períodos. A interna passou por mim chorando baixinho, e suas amigas me lançaram olhares fulminantes. Desviei o olhar, já sem a fervura da convicção que tinha guiado minha língua ácida momentos antes. Eu só queria que a cena chegasse ao fim, que estivesse resolvida, então permaneci no deck até que tudo se dissipasse.

Naquela tarde, porém, enquanto passava pela sala dos professores, ouvi minha professora favorita de história contando uma versão não totalmente imprecisa do episódio a uma jovem substituta. Em vez de estarem sérias ou com um olhar de desaprovação, as duas estavam gargalhando. Isso tornou muito difícil para mim sentir a culpa que eu provavelmente deveria ter sentido por ter sido uma babaca. Até o final do dia, a crueldade daquele momento já havia se transformado em uma piada engraçada entre minhas amigas. Só Soph não riu, e eu me perguntei até que ponto ela conseguia me enxergar de verdade — temia seu olhar de reconhecimento tanto quanto ansiava, desesperadamente, por ser vista.

Na adolescência, eu presumia que, ao longo da vida, me veria diante de portas que desejaria atravessar com mais fervor do que a da sala dos professores na hora do almoço — mas até agora isso não se confirmou. É provável que cada um daqueles professores, até os substitutos, tinha determinado estilo de vida antes de vir parar aqui. Ainda assim, todos pareciam ter decidido que aquela sala era o fim da linha. Eu estava desesperada, não só para impressioná-los, mas para conhecê-los de verdade. Queria saber quais deles gostavam de quais alunos, e quais alunos eram, por unanimidade, detestados por todos eles. Queria ter acesso a todas as fofocas do pátio vistas da perspectiva de quem não tinha uma vida social moldada por elas. Queria entender por que a sra. Vale tinha deixado a Irlanda e por que eu sempre via tanta tristeza em seu olhar quando ela anotava nossas notas no quadro, como se estivesse desenhando um teste de Rorschach passivo-agressivo. Queria saber por que o sr. Simmons era tão obcecado por Edward Estlin Cummings — quem o tinha magoado? Queria que todos eles me dissessem com franqueza o que pensavam do mundo lá fora, e se recomendavam, afinal, sair para conhecê-lo.

Naquela época, o mais difícil era explicar para os outros que eu realmente não estava mentindo quando dizia que não tinha ambições específicas com relação à carreira. Eu não queria ter um emprego. Obviamente, todos precisaríamos de dinheiro para nos alimentar e ter onde morar depois que a escola acabasse; não é como se eu não previsse isso. Talvez, para a maioria das pessoas, isso significasse ter que fazer coisas para empresas ou o que quer que acontecesse no mundo dos negócios. Indicadores de desempenho? Relatórios de lucro e prejuízo? Reuniões para retomar assuntos sobre os quais ninguém quer discutir? Mas por que estávamos falando como se a forma que *queríamos* encontrar para sobreviver fosse passar indefinidamente a maior parte das horas acordados, fazendo algo que tinha pouquíssima relação com a formação e o desenvolvimento de quem somos — um desenvolvimento que, até aquele momento, tanto os professores quanto nossos pais nos diziam ser muito importante? Por que alguém sonharia com um emprego? Eu sentia que o mundo estava tentando me enganar. Sentia que era o alvo de uma piada que eu não entendia.

Sei que algumas pessoas têm experiências terríveis na escola e que a ideia de construir a própria vida do zero pode soar como algo realmente tentador. Mas, longe de me sentir sufocada pelas restrições de um uniforme, das aulas cronometradas e do portão que era fechado às 8h45 para barrar os atrasados, devo admitir que eu gostava daquele pequeno refúgio, separado, ao que tudo indicava, do restante do mundo. Ali não tínhamos obrigação com nada além do próprio aprendizado. É claro que o sistema era feito de modo que nosso conhecimento sobre Esparta acabasse se transformando em uma nota no certificado de conclusão que nos daria acesso a um curso universitário lucrativo. Mas, por ora, se experimentássemos esse pedaço da vida em termos abstratos, o objetivo era simplesmente aprender sobre a falange hoplita e a estratificação socioeconômica das civilizações antigas, sobre metáforas na poesia australiana e a relação entre os vestígios indexais de

Anselm Kiefer e a culpa coletiva da Alemanha do pós-guerra. Era uma escola só para meninas: não havia garotos para nos distrair de nossas fixações e esquisitices. Era uma escola só para meninas: éramos insanas e brilhantes.

Para decepção e confusão da orientadora vocacional, que se orgulhava de conseguir atribuir uma profissão perfeita a cada aluno depois de fazer apenas cinco perguntas sobre seus interesses e objetivos, eu me esforçava porque gostava de aprender e porque considerava a escola um pequeno e perfeito reino de trabalho intelectual e competição, um tipo de teste decisivo para avaliar meu potencial. Queria confirmar uma suspeita minha: que, se realmente me dedicasse, poderia superar todos que eu conhecia. Queria provas concretas de que não era como as outras pessoas e que, se um dia eu não conquistasse dinheiro ou prestígio profissional, não seria por falta de capacidade, mas porque escolhi não participar de sistemas que tratam carreiras como prêmios.

Os outros seriam ricos, mas eu teria a música, ou algo nesse sentido.

Achava que, se superasse todas as outras pessoas da minha idade no ensino médio, então, ao longo dos anos, quando a diferença entre o salário delas e o meu se tornasse cada vez maior, ou se por acaso elas encontrassem felicidade e contentamento e eu não, eu poderia me consolar sabendo que era mais inteligente do que elas. Mais ou menos como quando eu perdia uma partida de tênis (ou, na verdade, qualquer jogo de que participasse na infância): com certeza eu poderia ter vencido se tivesse tentado de verdade.

Como alguém que escreve isso agora, sem dinheiro e sem uma conta individual no Spotify, acho que, se eu fosse cruel ou mesmo apenas pragmática, voltaria à minha versão de 17 anos e avisaria que essa lógica não atrairia nem o dinheiro nem a música. Mas não sou nem cruel nem pragmática, e ela descobrirá isso sozinha, cedo ou tarde, com ou sem a minha ajuda. Talvez também fosse útil avisá-la de que "Dance Me to the End of Love" na verdade fala sobre o Holocausto, então é melhor não cantar essa música para garotos em festas como se fosse uma tentativa de flerte — mas não, você tem razão, ela descobrirá isso sozinha.

Quando conheço meu homem casado, ainda não entendo bem a situação. Passei por muita dor e estou sem rumo e exausta, apesar de ainda estar na metade dos meus 20 anos, o que parece jovem para a maioria das pessoas, mas não para quem tem essa idade. Sinto que já vivi muito, e a perspectiva de ter que continuar vivendo até morrer é exaustiva. Estou em Sydney, a cidade onde nasci, e moro na casa do meu pai porque não tenho dinheiro, por causa das escolhas que fiz. Desde os tempos da escola, venho tentando, aos trancos e barrancos, construir uma vida com a qual me importasse e na qual tivesse interesse em proteger e cultivar. Amei alguém, mas não o suficiente para querer ficar com essa pessoa para sempre, e ela merece mais do que isso — e eu também. Terminei os estudos em diferentes cidades e conquistei alguns diplomas, mas não sei bem o que pensar sobre isso, os cursos que fiz, esses papéis que recebi. Eles representam o tempo que fiquei livre do trabalho, pelo qual paguei com dinheiro, ou melhor, com empréstimos. Infelizmente, só dá para fazer determinado número de cursos universitários até que as pessoas ao seu redor percebam que sua paixão talvez não seja tanto pelos estudos e mais por não precisar ter um emprego. Você pode fazer um doutorado, mas se fizer um segundo, as pessoas começam a perguntar o que há de errado.

Após mais um dia sendo uma mulher de 24 anos morando na casa do pai, ouvindo os discos dele e me perguntando que horas ele vai chegar do trabalho — porque estou ansiosa para conversar com ele —, decido responder à pergunta imortal dos Smiths "How Soon Is Now?" [Quão breve é agora?]. Minha resposta: breve é, de fato, agora. Preciso entrar em um site de empregos, procurar um trabalho, conseguir essa vaga e, então, "começar" uma "vida". Já não consigo pensar em mais nenhuma desculpa para adiar isso e já ouvi o lamento enfático do Morrissey vezes demais. Nosso cachorro, Jude, que reconhece minha posição como segunda no comando quando meu pai não está em casa, me acompanha da sala até o escritório. Coloco o notebook sobre a mesa e me sento na cadeira de meu pai. Jude se deita com o focinho apoiado em meus pés.

É difícil explicar para quem teve a sorte de nunca estar desempregado e navegando pelo LinkedIn o quão devastadora essa experiência pode ser para a alma. Imagine que você está apaixonada por uma pessoa há anos e que esse relacionamento lhe trouxe todas as sensações boas possíveis — cada coisa que essa pessoa diz lhe interessa profundamente e abraçá-la dá um tipo de conforto que você nem sabia que existia. Essa pessoa representa tudo o que você sempre desejou, tudo aquilo que poderia dar algum sentido à sua vida. Agora imagine que, por um motivo totalmente arbitrário, essa pessoa é tirada de você. No lugar dela, um estranho qualquer coloca uma pedra na sua mão e diz:

— É isso o que você tem agora. Você não tem mais seu parceiro; agora você tem essa pedra imunda.

Rolar o feed do LinkedIn é mais ou menos assim — exceto que, no site, essa pedra, por motivos nada claros, é um item cobiçadíssimo que todo mundo quer, e você talvez nem consiga pegá-la. Há duas mil outras pessoas querendo a mesma pedra. No fim do dia, a única pessoa que consegue pegá-la... acaba com uma pedra.

Como tenho três diplomas na área de ciências humanas em minha inexistente bagagem, sou vagamente competente em leitura, escrita e em saber coisas rudimentares sobre várias áreas das humanidades. Já fui capaz de listar os três principais estilos de colunas clássicas usados na Grécia Antiga. Aos 24 anos, alguns longos anos após ter estudado Introdução à História da Arte, talvez eu consiga me lembrar de dois. Sentada à mesa do escritório de meu pai, rolando a página inicial do LinkedIn, sei que o zoroastrismo é muito antigo e tem algo a ver com dualidade. Sei que o dilema do bonde é complicado para todos os envolvidos e que o utilitarismo não me convence, mas também não tenho uma alternativa melhor ou mais prática quando me pedem uma. Sei que produção de conteúdo não é minha vocação, porém, nesse ponto, parece que minhas opções se resumem a isso ou a trabalhar em um call center — e sei que não posso trabalhar em um call center porque, alguns anos atrás, fiz uma entrevista para um que arrecadava doações para os bombeiros e fui rejeitada pelo gerente porque ele achou que o cidadão médio acharia meu sotaque um pouco esnobe.

Justo. Produção de conteúdo, então, digo para mim mesma enquanto alongo os dedos igual ao sr. Burns.

Há diversas vagas para produtor de conteúdo porque, pelo que consigo entender, produção de conteúdo basicamente é tudo o que existe. Pelas descrições das vagas que leio, intuo que a principal diferença entre produção de conteúdo e jornalismo é que produção de conteúdo paga um pouco melhor e, ao contrário de jornalismo, o conteúdo produzido não deve revelar absolutamente nenhum traço subjetivo de seu criador. Um produtor de conteúdo busca imagens (dá um Google e depois sobe para o site da empresa). Um produtor de conteúdo escreve textos atraentes (reescreve e-mail marketing e usa muito a palavra dinâmico). Um produtor de conteúdo usa monitoramento de redes para acompanhar o engajamento do público e edita o conteúdo de acordo com isso (dá uma olhada nos *trending topics* do Twitter e usa essas palavras como tags de SEO em posts corporativos otimizados).

O LinkedIn quer saber se tenho conhecimento avançado em Photoshop. Penso que sei o que é Photoshop e sei usar o Google, então, sim. Confirmo minha competência em quase todos os "requisitos essenciais" da vaga usando o mesmo critério.

Gosto de trabalhar em equipe? "Gosto" e "trabalhar". Essas duas palavras, colocadas lado a lado como se não fossem fundamentalmente incompatíveis! Não gosto de trabalhar em equipe mais do que gosto de trabalhar sozinha, mas não posso dizer isso se quero conquistar um lugar em uma equipe ágil e multidisciplinar em um ambiente transformador. Ao clicar no link de "mais informações" dessa vaga específica, percebo que "equipe ágil e multidisciplinar em um ambiente transformador" quer dizer, na verdade, "escritório do conselho municipal no interior".

Sabe quando você dormiu mal, são 11 horas da manhã, e você está na catraca eletrônica da estação do metrô, tentando passar o cartão, tentando e tentando, e nada acontece? Você amaldiçoa a tecnologia, a própria vida, e aí uma senhora ao seu lado aponta que o cartão que você está encostando, suspirando cada vez mais alto e se frustrando a cada suspiro, na verdade é seu cartão do plano de saúde — o que talvez explique por que a catraca não está sendo liberada. É assim que me sinto enquanto escrevo cartas de apresentação para vagas de produção de conteúdo, armada com quatro diplomas de história da arte, dois de religião, um de filosofia e a habilidade de digitar com apenas três dedos.

No entanto, logo pego o jeito. O segredo aqui — como em muitas coisas — é a dissociação. O segredo é sentar diante do notebook como se fosse Buda — se Buda estivesse desempregado e tivesse uma conta no LinkedIn. É preciso entrar em um estado de ambivalência zen, permitindo que palavras de efeito escorram pelas veias até o espaço em branco à sua frente, sem nem sequer perceber conscientemente o que você está digitando. Às vezes, recitar o grande mantra de Virginia Woolf enquanto o espaço é preenchido com jargões corporativos que, aparentemente, estão sendo escritos por você mesma ajuda. Estou enraizada, mas fluindo. Estou enraizada, mas fluindo. Estou enraizada, mas fluindo. Jesus Cristo, vou me matar. Às vezes, um pensamento perdido escapa, mas é melhor ignorá-lo. Recite o mantra. E continue digitando.

Minha bunda dói de tanto tempo que estou sentada na cadeira de madeira de meu pai. Minha postura está péssima, o que não ajuda. Eu havia tirado o relógio da barra de tarefas do notebook e deixado o celular virado para baixo, no modo avião, fora do alcance do braço. Preciso afastar todas as distrações.

Ouço uma batida na porta da frente e suspiro aliviada. Jude se levanta e late, cumprindo seu dever. Eu me sinto como Bernard Black quando não quer fazer a declaração do imposto de renda e, então, convida as Testemunhas de Jeová para entrar e tomar um drinque enquanto elas falam sobre Jesus. Eu deixaria qualquer pessoa entrar nesta casa agora. Perguntaria sobre a infância dela e, depois, faria perguntas complementares, para saber todos os detalhes. Prepararia um chá, assaria um bolo, faria uma chamada de vídeo com a vó dela, leria o dicionário inteiro em voz alta com sotaque irlandês e, por fim, perguntaria se a pessoa quer ouvir de novo — dessa vez com um sotaque mais puxado para o norte.

Desço correndo até a porta da frente, com Jude ao meu lado, e consigo apenas vislumbrar o traseiro do carteiro desaparecendo. O pacote no capacho está endereçado a meu pai, o que faz sentido, já que praticamente não tenho grana para comprar pacotes. Desanimada com o anticlímax, começo a ponderar os prós e os contras de sair para comprar um café para viagem.

Café: bom. Dinheiro: nenhum.

Tenho 24 anos e estou rolando o feed do LinkedIn em busca de uma oportunidade de produzir conteúdo em troca de dinheiro, para poder sair da casa do meu pai e pagar algumas centenas de dólares por semana para morar em um lugar menos agradável — e, assim, dizer às pessoas que sou independente e que minha vida está seguindo um arco narrativo de formação facilmente reconhecível. Volto para a escrivaninha, coloco uma música da Taylor Swift para me motivar e atualizo a página. No topo da tela agora, acima dos anúncios de vaga para produtor de conteúdo em uma instituição de caridade para o câncer e em um departamento do governo voltado para a "transformação digital", aparece uma nova e reluzente oportunidade.

Moderadora de comunidade online. É isso!

Alguma vez na vida eu já tive aspiração para ser moderadora de comunidade online? Não posso dizer que sim. No entanto, a vaga foi anunciada por uma agência midiática bem conceituada e reconhecida, e imagino que essa seja, provavelmente, a única maneira de conseguir uma entrevista de trabalho nesses sagrados corredores jornalísticos — considerando que não tenho nenhuma experiência de trabalho porque, como eu já disse, nunca quis ter um emprego. Compelida por um impulso masoquista e insano, tipo espremer uma espinha que ainda não está pronta para ser espremida, eu penso: *Perfeito*. Penso: *Isso vai me permitir observar como o restante das pessoas vive — nos escritórios, dia após dia, indo a happy hours, comprando suculentas no fim de semana, torcendo por "promoções". Se eu conseguir esse emprego, vou ter dinheiro suficiente para viver e poderei passar meus dias julgando aqueles que estão tentando fazer o sistema funcionar para eles com mais empenho do que eu.*

Quando pesquiso a vaga no Google, na esperança de encontrar um tópico no Reddit ou uma avaliação no Glassdoor que me ajude a escrever a carta de apresentação perfeita, o que encontro, em vez disso, é um artigo de opinião amplamente compartilhado, escrito por alguém que já foi moderador de comunidade online, com o seguinte título: "Tentei me matar após dois anos como moderador de comunidade online". O restante do texto é, como um de meus antigos professores costumava dizer, "exatamente o que está escrito na embalagem". O autor descreve como seu trabalho consistia em apagar comentário racista atrás de comentário racista, bloquear trolls e tentar, de maneira inútil, atenuar o pior da humanidade — até que, com o tempo, ele chegou à conclusão de que uma alternativa melhor seria se asfixiar dentro do próprio Mazda, no melhor estilo Willy Loman.

Considero esse artigo um sinal positivo; uma indicação de que haverá menos concorrência pela vaga. É como quando acontece um assassinato em uma casa e, por isso, ela vai a leilão por um preço abaixo do mercado. Acho que, nesse caso, é mais como comprar uma casa barata, mas com o assassino ainda solto dentro dela e sem garantia de que um dia ele vá embora. Mas tudo bem. Quem não gosta de uma dose de adrenalina e de economizar uns bons trocados? Começo a redigir minha carta de apresentação.

> Meu nome é Hera Stephen e sou apaixonada por moderação de comunidades online. À medida que o mundo se torna cada vez mais dividido, é importante viabilizar o funcionamento de plataformas discursivas, nas quais

> membros da comunidade possam se engajar em discussões e debates significativos sobre as notícias do dia. Tenho o compromisso de garantir que o debate político aberto possa florescer em um ambiente online seguro, no qual a liberdade de expressão seja valorizada, mas o discurso de ódio não seja tolerado. Sou uma profissional dedicada, com grande atenção aos detalhes, e gosto de trabalhar tanto em equipe quanto em projetos individuais. Sou motivada e levarei uma energia incansável para esta função.

Cristo. A forma como isso flui de mim, como mercúrio, é perturbadora. Como se eu fosse feita de pura baboseira e minha pele só as retivesse até eu começar a digitar.

Em certo momento, aperto "enviar" na candidatura e fecho o notebook com um ar desafiador, como se tivesse acabado de conquistar algo.

Leio um livro na sala para passar as horas até meu pai chegar, momento em que, inevitavelmente, vou despejar um monólogo sobre as minúcias sobre meu dia banal. Durante a maior parte do tempo que passei na faculdade, morei em repúblicas, em quartos precários, então viver em uma casa com geladeira cheia e um pai que se importa com minha vida é um luxo; mesmo que isso me deixe para trás em comparação aos meus amigos no que diz respeito à trajetória da vida.

Meu pai chega em casa, sobe para tirar o terno, depois vai para a cozinha preparar o jantar. Eu fico rondando como uma abelha bem-intencionada, porém inútil. Jude olha para ele com aquela carinha fofa na tentativa descarada de conseguir um petisco.

Enquanto amarra o avental, meu pai pergunta como foi meu dia; conto que me inscrevi em uma vaga chique na área de jornalismo que, provavelmente, resolverá o conflito no Oriente Médio.

— Essa é minha garota — ele responde. — Finalmente o dinheiro gasto com educação dando retorno. Consegue me ajudar a melhorar meu handicap do golfe também?

— Depende — respondo. — Será que dá pra você ser melhor no golfe?

— Não criei você para ser tão cruel. — Ele me lança um olhar de falso sofrimento e pega um pote de molho de macarrão na despensa.

— No entanto, aqui estou eu! — Dou uma espécie de giro--desencanado-com-encolhida-de-ombros, braços de cima para baixo como se fosse um abridor de garrafa em forma humana.

— E como foi seu dia? — pergunto.

— Entreguei os últimos desenhos daquele projeto que talvez se torne o átrio de escritório mais feio já construído e, não pela primeira vez este ano, considerei largar tudo e virar jardineiro.

— Ou seja, um dia como outro qualquer?

— Exatamente.

Digo que vou tomar um banho e volto em um instante.

— Tudo do jeito dela — ele lamenta para Jude, que me encara com ar acusatório; eu magoei a pessoa favorita dele, mesmo que tenha sido em tom de brincadeira.

Quando volto para o andar de baixo, meu pai e eu colocamos a mesa para o jantar e nos sentamos para comer. Ele fez macarrão — ou melhor, fez o molho do macarrão. Quer dizer: despejou o molho pronto da lata na panela e esquentou. Cozinhou o macarrão pré-pronto. Não somos italianos.

Ele começou a preparar esse prato — se é que dá para chamar assim o ato de esquentar um molho e jogar por cima de um ravióli de pacote — quando ele e minha mãe se divorciaram e, após uma longa briga na justiça, ele conseguiu minha guarda unilateral, quando eu ainda era adolescente. Meu pai cresceu em uma cidade mineradora na Inglaterra, onde os papéis de gênero faziam com que ele nunca tivesse realmente aprendido o tal do "cozinhar", mas logo a necessidade falou mais alto; ou ele aprendia ou passávamos fome. Às vezes, quando eu era mais nova, minhas tias bem-intencionadas e as mulheres mais velhas de parentesco meio duvidoso vinham jantar conosco, e meu pai servia alguma variação desse mesmo prato. Elas olhavam para ele, depois olhavam para mim, e dava para ver a pena nos olhos delas, como se dissessem: *Olha o que essa pobre garota teve que aguentar; olha como ela vive com um pai solteiro que não sabe cozinhar; olha o que a vida já tirou dela.*

Mas o que elas não entendiam era que eu amava esse prato. Amava o quanto ele era simples; amava como ele gritava "um homem foi vencido por um supermercado grande demais". Eu amava meu pai. Trocaria um milhão de refeições sofisticadas por ravióli congelado de espinafre e esse homem. Trocaria um milhão de mães para estar com esse pai bondoso; esse pai que quis ser meu pai mesmo quando o mundo parecia não querer isso; esse homem bom que atravessou o inferno para ficar comigo.

Então me sento à mesa com meu pai e como esse macarrão, como já fizemos mil vezes antes, e mesmo estando desempregada, mesmo com o fim do mundo claramente aproximando, mesmo sabendo que, se um dia eu tiver filhos, eles provavelmente não saberão o que são plantas e eu precisarei tentar encontrar palavras para descrever um tom de verde que já existiu e que não existe mais, que precisarei tentar evocar o som do mar para eles — mesmo sabendo de tudo isso, há, de modo incontestável, um consolo nesse ritual do macarrão com meu pai. Um consolo que me faz lembrar que já houve momentos em que me senti segura e tive esperança no futuro; um sinal de que existem pessoas boas e em quem se pode confiar no mundo e de que talvez eu volte a ter esperança. Não é uma ideia tão impossível assim.

Conto mais sobre o emprego — que, na verdade, não é como jornalista, mas como moderadora de comunidade online. Digo que não estou exatamente empolgada, mas sinto que preciso fazer alguma coisa, e isso parece mais certo do que trabalhar em uma loja.

Meu pai me olha do outro lado da mesa com muito amor, mas também consigo ver um pouco de preocupação nos olhos dele — uma preocupação que ele já não está mais conseguindo disfarçar tão bem, da mesma forma como já não estou mais conseguindo esconder minha tristeza. Ou talvez eu só esteja mais triste mesmo. Em trocas como essa, durante o jantar, eu tento animá-lo e ele tenta me animar, mas sempre há pausas... sempre há. Momentos em que perco a força por um instante, me esqueço de sorrir, fico em silêncio. Então me lembro de me forçar a voltar para o presente, expressar humor, parecer viva.

A tristeza dele diante da minha é a única coisa que eu realmente não suporto; boa parte de meu riso é por ele. Boa parte de eu acordar todos os dias e continuar vivendo é por ele — porque sei que, se eu morresse, ele morreria também. E o fato de ele existir neste mundo me dá forças para continuar existindo também. Acho que nós dois temos medo do futuro inevitável em que ele não estará mais aqui, e ambos ficamos ansiosos com o que será de mim; ou melhor dizendo, *se* restará algo de mim. Quero dizer, ele nunca admitiria esse medo — ele sempre diz o quanto sou forte, que sou capaz de enfrentar qualquer coisa. Às vezes acredito nele e, em outras, acho que é só bravata disfarçada. É claro que vou sobreviver; estou sendo dramática. Mas será mesmo? É dramático dizer que você teme não sobreviver? A sobrevivência não é garantida — para mim, é uma preocupação fundamentada na realidade. O fato de não admitirmos isso com mais frequência é bizarro. As mentiras que contamos a nós mesmos e uns aos outros, sentados à mesa da cozinha.

Terminamos o jantar, eu lavo a louça, meu pai enxuga. Eu o faço ouvir música pop e ele finge que não gosta. Temos uma piada em que ele finge achar que toda música que eu coloco é da Britney Spears, e eu finjo que acredito. Somos bons nessa piada — são anos de prática. Começamos com fitas, depois vieram os CDs e, agora, cá estamos, repetindo a mesma piada com o streaming.

Minha ex-namorada costumava dizer que a vida é sobre se comprometer com a piada — e, se for isso mesmo, então estou vivendo intensamente.

Uma semana depois de eu ter me candidatado para a vaga, recebo uma ligação de um número desconhecido. Uma entrevista de emprego para a vaga de moderadora de comunidade online. Eles ficaram muito impressionados com meu currículo (três graduações em humanas?!).

Nunca fui boa em entrevistas, e acho que isso tem a ver com o fato de não ter tido amigos quando era criança: em qualquer situação de entrevista, fica extremamente claro o quanto eu quero — desesperadamente — ser querida. Infelizmente, essa urgência maníaca de conquistar cada entrevistador costuma resultar em deslizes verbais estranhos, gestos de mão erráticos e em declarações completamente insanas em que eu nem sequer acredito, nunca pensei antes, muito menos tenho uma opinião formada.

Entendo que o desespero faz parte da dinâmica da entrevista; afinal, uma pessoa está com a "pedra" que a outra quer. Mas de novo: eu nunca *quis* um emprego de verdade. O que eu quero são as propostas de emprego. Quero saber que poderia ter aquele trabalho se eu quisesse. Então quero não aceitar.

A natureza da vida, no entanto, é que você precisa pagar pelas coisas — e, durante meus anos de graduação, fiz incontáveis entrevistas para empregos de meio período terríveis, a maioria dos quais eu não consegui.

Volto a pensar sobre o segundo ano da faculdade, sobre minha "conversa" de quinze minutos com Diane, do RH, em uma empresa que organizava conferências corporativas. A vaga era para recepcionista/faz-tudo de escritório e não exigia experiência. A sede da empresa ocupava um andar inteiro de um prédio cinza no centro, perto do porto. Cheguei atrasada, porque sempre chego atrasada. Era um dia quente, daqueles em que ficamos com o corpo todo grudento. Os cachinhos de meu cabelo estavam grudados na testa como pelos pubianos suados, e a maquiagem escorria de meu rosto direto para o cropped com gola que eu estava usando. Assim que saí do elevador e entrei na recepção, percebi que não conseguiria o emprego. Não era exatamente por causa do ambiente — embora, como era de se esperar, fosse horrível —, mas por causa do olhar vazio dos funcionários, que passaram por mim com cara de confusos. Era como se eles conseguissem sentir a aura caótica estalando feito eletricidade entre os fios condutores dos pelos de minha perna por depilar; como se conseguissem perceber que minha presença já estava desestabilizando o frágil equilíbrio daquele lugar triste e abafado. Dava para ver de longe que eu nunca tinha usado o Excel.

Quase imediatamente após me sentar, fui chamada por Diane para levantar: surgindo por trás de uma porta de correr, ela fez um gesto para que eu a seguisse até os domínios do além — e obedeci com uma pressa tão constrangedora que até eu fiquei incomodada, quanto mais qualquer outra pessoa.

Diane não se apresentou, só deduzi que ela era Diane com base na aparência — e também no nome que estava no e-mail de rejeição que eu receberia cerca de meia hora depois.

Ela me conduziu até uma caverna iluminada demais e me perguntou o que eu tinha estudado na faculdade. Respondi História da Arte, embora "resumos de artigos acadêmicos" fosse uma resposta muito mais honesta. O rosto dela demonstrou uma reação a isso; ela disse que, um dia, já quis estudar Arquitetura.

Perguntei se ela havia mudado de ideia sobre esse desejo ou se algo acontecera que a impediu de fazer isso. Pensando bem, foi uma pergunta estúpida de se fazer considerando minha posição.

Diane disse que não tinha conseguido tirar a nota necessária para cursar Arquitetura. O olhar dela parecia triste.

Então eu a interrompi, em um surto da minha personalidade caótica, com uma bravata forçada e uma evidente incapacidade de captar o clima. Exclamei:

— Mas olha só pra você agora, hein?!

Diane olhou para si mesma; eu também a olhei. A visão não foi animadora para nenhuma das duas.

Diane não havia gostado de mim e eu não conseguiria aquele emprego; mesmo assim, seguimos com a encenação.

Ela me perguntou sobre minhas habilidades organizacionais, e eu disse que era muito organizada. Agora era nossa vez de olhar para mim: minha camisa amassada desmentia completamente minhas supostas habilidades de gerenciamento de tempo, assim como o rímel borrado nos olhos.

E, enfim, veio a pergunta fatal; o verdadeiro ponto que provava minha incapacidade básica de me encaixar em ambientes corporativos. Diane me encarou, já sabendo que eu ia estragar tudo. Com a arrogância de um gênio da matemática perguntando a um bebê sobre a hipótese de Riemann, ela disse:

— E se você fosse um animal, qual seria e por quê?

Entrei em pânico. A luz do teto iluminava minha pele coberta de base derretida enquanto eu ganhava tempo elogiando a genialidade da pergunta de Diane. Eu sabia o que esperavam de mim: sabia que deveria dizer que seria um golden retriever porque sou leal e sigo instruções com facilidade. Ou um castor, porque sou trabalhadora e persistente. Ou talvez uma ave, para destacar minha capacidade de sempre enxergar o panorama geral, lá de cima. Mas eu não disse nenhuma dessas coisas. Não escolhi nenhuma dessas opções.

— Eu seria um suricato — respondi —, porque sou sorrateira e vingativa.

Gostaria de dizer que essa resposta foi puramente um ato consciente de autossabotagem, motivado por minha falta de respeito pelo capitalismo, mas, infelizmente, estaria mentindo. Naquele momento, essa resposta me pareceu certa. Eu queria que Diane soubesse que, se eu trabalhasse para ela, faria o que fosse preciso, sem escrúpulos. Eu seria uma máquina obediente, uma serviçal corporativa, a cadelinha dela. Acho que pensei: já que vou arriscar, que seja para valer.

O que aprendi, no entanto, ao ver o queixo caído da Diane, é que profissionais de RH na verdade não querem ouvir a verdade em entrevistas de emprego. Eles querem se relacionar com os candidatos por meio da linguagem estruturada, melosa e otimista do neoliberalismo. Diane queria ouvir que eu queria fazer parte de uma equipe, da equipe dela, e eu falhei nisso. Sinto muito, Diane. Desculpe pelo que a fiz encarar nesse dia. Sinto muito se isso arruinou seu lanchinho de iogurte depois. Sinto muito por você não ter passado em Arquitetura — mas, na real, não estou tão arrependida assim, porque você foi uma vaca no e-mail de rejeição que me mandou, e eu vi, refletido em seus óculos, que você já estava redigindo o e-mail enquanto a entrevista ainda nem tinha terminado.

Mas isso está no passado. Desta vez, nessa entrevista, eu vou saber o que dizer. Estou mais velha agora, tive mais tempo para absorver a retórica e também não me importo com o cargo de moderadora de comunidade online, a não ser pelo ambiente a que ele me dá acesso e com o ponto de vista que me proporciona. Isso faz com que eu me torne mais sagaz; eles perceberão que sou sagaz, mas também totalmente desmotivada a me tornar uma jornalista. Imagino que a maioria das pessoas que eles entrevistam e contratam para essa vaga tenha, de maneira mais ou menos velada, a intenção de usar essa função entediante como trampolim para a produção de conteúdo de verdade dentro da empresa; isso deve irritar os responsáveis pela contratação, que só querem gente que saiba obedecer. Por isso, vou enfatizar na entrevista que não tenho aspirações jornalísticas e que, embora respeite o trabalho dos jornalistas que conheço, minha verdadeira paixão é a moderação de comunidades online.

Fico preocupada por não saber como me vestir para a entrevista, porque não tenho roupas sociais e sempre que experimento uma, fico parecendo ou uma criança brincando de se fantasiar, ou uma mulher sem cintura usando algo desajeitado. Acabo optando por um vestido cor-de-rosa volumoso, o que provavelmente está errado, mas tanto faz: arraso na entrevista.

Isso se deve, em grande parte, ao fim de semana anterior, quando fui à casa de minha amiga Sarah para beber chardonnay e, teoricamente, "me preparar" para o interrogatório profissional. Eu estava determinada a não repetir o fiasco do suricato. Sarah é a minha amiga mais inteligente. Ela tem um suporte de joias para os brincos, então eles nunca ficam embolados. No meio do bate-papo do bar, ela sempre solta algum fato sobre as políticas de transporte público de 1987 com tanta confiança que as pessoas só balançam a cabeça com reverência, tipo: é claro que a Sarah sabe disso. Sarah trabalha com relações públicas e nunca, nem uma única vez, usou a palavra "relações públicas" comigo. É sempre RP.

Soph era minha melhor amiga na escola, enquanto Sarah e eu nos tornamos adultas juntas na faculdade, onde ambas estudamos História da Arte e nos unimos pelo ódio em comum à maioria dos outros alunos. Tínhamos um desprezo especial pelos estudantes mais velhos, cujas participações nas aulas quase sempre começavam com o aviso de que gostariam de "advogar pelo diabo". Sarah e eu saímos do armário mais ou menos na mesma época: ela reuniu os amigos mais próximos na sala de casa, como se fosse uma intervenção, explicou que se interessava por mulheres e homens, mas principalmente por mulheres, depois abriu espaço para perguntas. Eu me assumi ao levar minha namorada a uma festa e passar os anos seguintes aos beijos com ela em todos os eventos públicos.

Sarah sabe que sou inteligente, mas também sabe que, na prática, sou uma idiota; e ela não se importa em me guiar pelos caminhos do mundo corporativo, traduzindo o linguajar em termos que eu consiga entender.

— Hera — ela diz após duas taças grandes de vinho branco, sentadas no sofá de couro da sala da república onde mora —, o que você precisa lembrar é que essas pessoas estão entediadas e só querem contratar alguém logo pra poderem seguir com o dia delas. Você só precisa parecer competente, e não uma desequilibrada. E não ria quando falarem da cultura corporativa deles, tá? Não ria.

"Dê um Google em quem fundou a empresa. Mencione o nome dessa pessoa nos primeiros três minutos e diga que você a admira.

"E quando solicitarem exemplos em que você tornou um ambiente de trabalho mais organizado, não fale sobre aquela vez em que trabalhou uma semana na David Jones, na qual roubava cintos e doava pra Vinnies porque havia um excedente de cintos na moda feminina, e eles viviam todos embolados, o que dificultava o trabalho das vendedoras quando as clientes pediam acessórios pra experimentar com os vestidos da Ted Baker."

— Ué, então o que eu falo?

— Diga que você gosta de listas.

A autoridade da Sarah é absoluta.

— Listas?

— Listas. Diga que, embora ao longo de sua carreira você tenha, é claro, implementado estratégias muito mais complexas de otimização de tempo, você acredita que a melhor organização começa no nível micro. E, pra você, isso significa organizar as tarefas do dia a dia e os projetos de longo prazo em uma série de listas, que você vai marcando como concluídas a cada etapa. — Ela me lançou um olhar incisivo. — Confie em mim, o pessoal de escritório ama listas.

A desgraçada não errou. Quando falei sobre minha paixão por listas na entrevista, dois dias depois, as mulheres do RH ficaram completamente doidas.

— Ah! A Mary-Alice também ama listas, né, Mary-Alice?

Mary-Alice levanta o olhar do outro lado da mesa de reunião, onde estava escrevendo algo em cima do meu currículo.

— Sim, eu amo.

Plim!

Duas semanas depois, começo no emprego; após assinar um monte de documentos e trocar vários e-mails cheios de gentilezas com a mulher do RH da empresa. Ela recomenda que eu leve um xale para o escritório, porque o ar-condicionado é muito gelado. *Todas temos um xale no escritório! ;)* — ela escreve como se fosse algum tipo de piadinha interna, e não uma evidência óbvia de sexismo no planejamento dos ambientes corporativos.

Para passar o tempo antes de começar a moderar comunidades online, leio um calhamaço sobre as esposas dos escritores modernistas e fico profundamente indignada com o que fizeram com Zelda Fitzgerald. O Scott basicamente roubou as ideias dela e depois a trancou em um hospital psiquiátrico?! Que mundo é esse em que vivemos?!

Também fui incluída em uma corrente de e-mails da empresa, daquelas em que todos, dos moderadores mais humildes até a editora-chefe, é obrigado a me dar as boas-vindas por escrito. Sinto pena de todos eles. E de mim mesma. Quantas vezes por ano será que eles têm que fazer isso? Tenho que responder a cada um dos votos de boas-vindas individualmente?

Vai ser ótimo ter você na empresa!

Ah, é? O que vocês estão FAZENDO? Zelda sofreu GASLIGHTING.

✦

Na manhã do primeiro dia, uma segunda-feira que começa às 8h30 (insano), acordo parecendo uma zumbi. Não estou acostumada a levantar com despertador e odeio o barulho dele. Mesmo assim, estou determinada a parecer animada. Se é para me infiltrar na vida corporativa e julgar todos do meu cubículo, preciso garantir que minha postura seja alegre, simpática, feliz por estar ali. Tenho que parecer alguém que não odeia todas as pessoas e todas as coisas.

Uma vez, Sarah me disse que minha expressão neutra parece a de alguém que está sempre pensando em um homem branco chamado Barry sendo promovido — e, como de costume, ela estava certa. Minha cara padrão é uma espécie de olhar vazio, encarando sombriamente o futuro, sabendo que ele será igual ao passado, interrompido intermitentemente por um sorrisinho sarcástico se, por acaso, eu lembrar do meme da Nazaré confusa.

Determinada a reescrever a história que meu rosto conta antes do inevitável desfile pelo escritório, pratico um sorriso neutro em frente ao espelho. Vou até o banheiro, jogo água no rosto e digo: "Vai, garota". Escolho um vestido azul-marinho, aliso o cabelo. Passo base no rosto e rímel nos cílios. Só tenho um par de sapatos — um par velho de Doc Martens — e, sim, isso compromete um pouco o visual em geral, mas, ontem à noite, a pedido de meu pai, eu lustrei os Docs e eles já não estão mais cobertos de terra e bebida — mais uma concessão ao Sistema.

Pesquiso as notícias na internet e são todas ruins.

Caminho até o ponto de ônibus e observo os outros passageiros, me perguntando se eles acham que sou um deles ou se conseguem perceber que sou só o caos ambulante com um vestido azul-marinho. Dois homens de terno ao meu lado estão jogando Candy Crush no celular e outra mulher está no Tinder; todos parecem absurdamente concentrados. Algumas colegiais estão amontoadas em volta do banco do ponto, falando mal da suposta "amiga" — dá para chamar de amiga alguém que colocaria um nome do grupo, combinando com as quatro principais, nas costas da jaqueta do último ano, e aí, quando as jaquetas chegam, elas descobrem que ela simplesmente, tipo, não fez isso? Ela escreveu, tipo, "Maddison"?

— As pessoas são foda — diz uma das garotas para as outras, com aquele tom de quem sabe das coisas. Todas concordam; embarcamos no ônibus. As pessoas são foda, ela está certíssima.

Observo o território. Todos no ônibus parecem cansados. Um executivo sentado lá na frente está ouvindo *Ariana Grande*; consigo escutar o refrão vazando pelos fones, mesmo enquanto ele estrategicamente evita bater o pé no ritmo. Eu estou ouvindo *Eye of the Tiger*, como uma piada interna para mim mesma. E não estou rindo.

Passamos pelas fachadas de lojas que conheço desde sempre. A loja de móveis que antes era uma loja da Birkenstock; e que, com certeza, voltará a ser, porque tudo acaba se repetindo, e o giro constante da Oxford Street, em Sydney, não é uma exceção. Passamos pelo cinema onde eu costumava circular na adolescência, torcendo para que alguém me notasse. Lembro com carinho a primeira vez em que vi o filme *Bobby* ali. Era um filme com um grande elenco sobre o assassinato do sétimo irmão Kennedy, com participações especiais das minhas então ídolas Lindsay Lohan e Demi Moore. Lembro que passei semanas falando para qualquer pessoa disposta a ouvir sobre como o filme era "muito comovente", porque era assim que a matriarca do jornalismo cinematográfico australiano, Margaret — sempre com seus blazers floridos —, usava essa expressão, com muita seriedade. E o filme era, de fato, muito comovente. As pessoas sabiam sobre os Kennedys? Que azar danado aquela família.

O ônibus faz uma parada e as garotas descem, pulando alegremente rumo a mais um dia de aula, o tipo de dia que eu preferia estar vivendo. Você não pode voltar para casa e não pode viver o ensino médio para sempre, a menos que se torne professora. Mesmo assim, imagino que não seja a mesma coisa. Penso nisso sabendo que vou voltar para casa, sim, só que daqui a umas nove horas — e que vou fazer isso todos os dias pelo resto da minha vida.

Moderação de comunidades. Comentários. Cachorros são melhores do que gatos? Vamos discutir.

Estou na metade dos meus 20 e poucos anos: é permitido, e até esperado, que eu tenha um emprego em um escritório. Mas, parada em frente ao prédio alto que abriga a empresa onde agora vou trabalhar, me sinto quase cômica de tão deslocada, como se a qualquer momento alguém fosse me ver rondando a entrada e caísse na risada, tipo, *Desculpe, mas nem pensar*. Não é que eu tenha síndrome da impostora no ambiente corporativo por causa de misoginia internalizada etc. A questão é que simplesmente não consigo compreender como alguém poderia achar natural que eu estivesse aqui. Tenho medo de que meu rosto me denuncie; meus olhos com certeza vão revirar sozinhos, contrariando o sorriso forçado que tento dar.

Reunindo forças diante da grande entrada na vida corporativa (também conhecida como uma porta comum em uma rua lateral do centro financeiro da cidade), entro no prédio e encontro o elevador. Entro e abro um sorriso bem largo, como se houvesse uma câmera me observando.

As portas se escancaram e lá estou eu, quase dentro da sala enorme e gelada onde, ao que tudo indica nesta manhã, passarei o resto da minha vida. Sento na área da recepção, ao lado de outras pessoas. Todas fingindo que as outras não existem enquanto esperam ser conduzidas ao santuário interno. As paredes da sala são bege e me lembram da sala de espera de uma clínica de aborto — não só pelos panfletos corporativos e pelo piso de linóleo, mas porque todos ali parecem tristemente determinados a entrar em outra sala que vai tirar algo deles. Estão ali, *se contorcendo* de ansiedade para poder sentar diante de um computador ou serem entrevistados por alguém com um computador. Quando você faz um aborto, pode deixar o prédio ao terminar — e talvez se sinta devastada, ou livre. De qualquer forma, foi uma decisão que você tomou sobre seu corpo e sua vida — e você teve essa escolha. Mas cada uma das pessoas que trabalha nesse escritório terá que passar de novo por essa recepção, dia após dia, tendo as horas da própria vida reduzidas. E quando formos embora às 6 horas da tarde, nenhuma das decisões tomadas nas últimas nove ou dez horas terá sido, de fato, para nós mesmos.

Reconheço, aliás, que não estou exatamente chegando ao meu primeiro dia de trabalho com uma energia positiva, voltada para o crescimento pessoal.

Finalmente, a moça do RH aparece e me conduz até outra sala. Sou designada a um armário para colocar meus "pertences pessoais" e já estou me segurando para não rir, pensando no conteúdo da ecobag promocional da manteiga Lurpak que eu carrego: minha carteira, três calcinhas, fones de ouvido, nove absorventes internos, um vibrador de viagem, dois romances, um caderno, duas tampinhas de cerveja, uma garrafa de saquê e uma caneta-tinteiro. Também me informam que devo devolver o notebook e os fones fornecidos pela empresa ao armário todos os dias ao final do expediente.

Em seguida, sou levada até minha mesa, que também é a mesa de outras seis pessoas. Não é um esquema de mesas rotativas; é só uma mesa grande, com quatro pessoas de um lado, em seus computadores, e três pessoas do outro lado, também em seus computadores. Vou ficar no lado com quatro pessoas, junto de meus colegas moderadores de comunidade. Do outro lado — o espaçoso lado com três lugares —, estão as cadeiras que logo serão ocupadas por pessoas que, como percebo imediatamente, são superiores a mim em todos os sentidos, porque são jornalistas. Tipo, *jornalistas*. Se itálico pudesse ser traduzido como certo tom de reverência na voz, então foi exatamente isso que a moça do RH usou nesse caso. Ela não disse com todas as letras, mas poderia ter dito. A mensagem foi clara: não incomode os *jornalistas*.

Por fora, sorrio com a expressão de alguém grata por estar aqui (vai, garota); em minha cabeça, sorrio com a expressão de quem está satisfeita porque suas previsões de que tudo seria horrível se confirmaram. Sorrio como uma mulher que, pressionada pelas amigas casadas, topa um encontro no Tinder com um cara que já parece um babaca na foto do perfil e, no encontro, a primeira coisa que ele fala é sobre a admiração que tem pelo Elon Musk. E a mulher só fica ali, extasiada, segurando uma lágrima enquanto parabeniza a si mesma, pensando: *Sim, pois é. Exatamente como eu imaginei*. Ela se agarra com força a essa satisfação por ter sido perspicaz durante o restante do encontro; se controla enquanto ele pede a comida por ela. Também se controla enquanto ele fala sobre o carro dele, quando ele diz que "normalmente não fica com morenas"; se controla até quando, por algum motivo, ouve a própria voz aceitando um segundo encontro; e, um dia, um casamento. Quando morre, ela está sorrindo, pensando em como previu tudo.

Pediram que eu chegasse às 8h30, ao que parece, para que tudo fosse resolvido antes da multidão enlouquecida chegar, às 9 horas. Por enquanto, só estou eu e a moça do RH, e tenho o privilégio de observar as mesas abandonadas na noite anterior — linhas e mais linhas de agrupamentos de mesas —, enquanto tento adivinhar a posição hierárquica de cada jornalista com base na qualidade da embalagem de fast-food ao lado do teclado. Minha mesa fica bem na linha de frente da sala, o que significa que, se algum dia eu me aventurar além de meu pequeno núcleo de mesas, ficará evidente que não tenho nenhum motivo profissional para isso. Apenas parecerá que me considero a *Pequena Sereia* — alguém que quer estar onde o povo está. Leia-se: os jornalistas. A moça do RH me deixa ali com um manual explicando a filosofia corporativa da empresa, dizendo que posso ler ao longo do dia e que não devo me sentir mal se demorar, já que o manual é grosso. Eu poderia ler isso. Assim como eu poderia, um dia, ser astronauta. "Poderia" é uma palavra muito interessante.

Por volta das 8h45, uma figura encapuzada chega ao meu agrupamento de mesas. Ela está vestindo muitas camadas de roupas pretas e largas — cachecóis, cardigã, suéter, algo entre uma calça e uma saia que não consigo definir? —, na cabeça uma viseira, daquelas que a gente ganha de brinde em eventos esportivos patrocinados, e por cima da viseira vem um xale, simplesmente largado ali, entrelaçado em um dos cachecóis. Depois de se sentar e ajustar a tela do computador na altura e posição corretas e de tirar da bolsa todos os itens de que pode precisar ao longo do dia — sem trocar um olhar comigo durante esse processo —, ela finalmente se apresenta:

— Sou a Alison.

E é isso. Ela é a Alison.

Alison é um pássaro arisco, que não parece se incomodar por estar em uma gaiola, apenas por agora ter que dividir essa gaiola comigo. Acho que talvez ela esteja com as prioridades na ordem errada, mas também sei que não há absolutamente nada que eu possa fazer para mudar isso. Uma antipatia tão imediata geralmente indica que o problema não é com você, e sim com a outra pessoa. Ou talvez eu só diga isso para mim mesma porque frequentemente sou detestada à primeira vista. Não importa; cada um faz o que pode para sobreviver, eu acho.

Alison não quer que eu sobreviva. Por que deveria querer? Ela aparenta ter uns 55 anos, com a postura de alguém muito mais velha. Tenho certeza de que, no lugar dela, eu também me odiaria de cara; essa garota de rosto relativamente jovem, com um sorriso obviamente forçado.

Olho para o celular. Só se passaram quatro minutos desde que Alison chegou, envolta em camadas de tecido e desprezo. Os outros dois moderadores devem chegar em onze minutos, se forem pontuais. Espero, pelo menos, que sejam mais ou menos da minha idade. Por um segundo, me permito sonhar com a possibilidade de gostar deles. Mas logo me repreendo. *Hera, não crie expectativas. Você só vai se decepcionar.*

Os jornalistas começaram a aparecer no escritório. Pelo menos presumo que sejam todos jornalistas. Logo vou descobrir que alguns são da TI, outros são web designers, assistentes editoriais, pauteiros, subeditores. Fico sentada ali, com a caneta na mão, pronta para anotar qualquer informação que eventualmente me passem. Lanço sorrisos tímidos para quem passa o olhar por mim enquanto atravessa o ambiente com autoridade, bolsas de notebook balançando como se carregassem algo de grande importância.

Até que, finalmente, uma mulher muito pequena, morena, chega ao meu lado da mesa, faz um aceno de cabeça para Alison e liga o monitor. Parece ter uns 20 e poucos anos e está tremendo como se estivesse morrendo de frio.

Ela não se apresenta para mim, mas entendo instintivamente que é por timidez, não por grosseria. Algo na maneira como os olhos dela se fixam no teclado, como se estivesse entrando em um túnel imaginário, me faz lembrar de uma menina nada popular que conheci no ensino fundamental; uma vez, no recreio, ela veio até mim e disse:

— Minha mãe falou que quem sofre bullying na escola geralmente se dá muito melhor na vida real do que os valentões. — Depois desviou o olhar, meio sonhadora, como se estivesse tentando se projetar naquele futuro.

Sinto certa ternura pela pequena morena, talvez até algo protetor.

— Oi! Sou Hera — grito para minha misteriosa colega moderadora, enfiando a cabeça por cima da cadeira de Alison, que está entre nós. — É meu primeiro dia aqui... Alguma dica de colega de trincheira?

Ela me olha e dá uma risadinha.

— Ah, não sei... Trazer um xale, talvez? Aqui dentro faz um friozinho. E dá um oi pro Steve quando puder.

Não sei quem é o tal do Steve e me recuso a trazer um xale — uma recusa que só aumenta cada vez que mencionam a palavra xale.

A estranha misteriosa ainda não me disse seu nome, então eu pergunto. É Mei Ling. Ela não oferece nenhuma informação além disso, e essa é toda nossa interação nesse dia.

Então, quando uma mulher alta e loira entra, usando uma calça pantalona preta e com uma aura de "não se atreva", a energia da sala muda. Ao me notar, o rosto dela fica neutro por um segundo, quase vazio, e logo se recompõe; como se estivesse se preparando para visitar a avó, ou fazer alguma outra coisa que sabe que precisa fazer, mas não tem o menor entusiasmo.

— Você deve ser Hera. Estamos tão felizes por ter você aqui! A equipe de moderação de comunidade é a espinha dorsal deste jornal, que não funcionaria sem vocês, nossos heróis não reconhecidos!

Dou uma risada, transformando às pressas uma gargalhada em uma risadinha bajuladora — espero que de maneira elegante, mas sei que não.

— Sou Sally, editora-chefe, e fico bem ali. — Ela aponta para o canto mais distante da sala, e eu me divirto pensando em qual deve ser a definição de "bem ali" na cabeça dela. — A Alison aqui é veterana e vai lhe mostrar tudo de que você precisa — ela fala olhando para o celular. Essa acaba sendo a primeira e única vez que Sally fala comigo.

Depois de me ignorar completamente por um tempo, Alison diz que está na hora de me apresentar ao restante do escritório. Ela se levanta, envolta em suas muitas camadas de tecido, e começamos nossa marcha lenta. Alison lidera o caminho com o cansaço incorporado de uma guia de museu do Holocausto, e percebo o efeito que sua abordagem tem sobre muitos dos ocupantes das mesas: desviam o olhar e fingem estar ocupados, em uma tentativa clara de desencorajar qualquer tipo de comunicação.

Aqueles que não tiveram sorte o bastante para reagir a tempo são forçados a ouvir uma apresentação formal de alguém que não terá absolutamente nenhuma relevância para sua vida ou seu trabalho. Todos fingimos que não é esse o caso. Pergunto qual é o cargo deles, eles fazem uma ou duas perguntas sobre mim, até que sentimos que já cumprimos a cota de encenação corporativa e podemos voltar aos nossos respectivos reinos: eles às suas timelines do Twitter, e Alison e eu de volta à nossa mesa.

A quarta cadeira de nosso lado da mesa ainda está vazia, então pergunto a Alison quem senta ali. Ela pensa, tentando resgatar algum nome.

— Essa era a mesa do Tim. Ele pediu demissão na semana passada.

— Então só nós três somos moderadores?

— Correto.

Alison, Mei Ling e eu. As três melhores amigas que alguém poderia ter. Quero morrer, mas, tragicamente, isso não acontece. Estou vivíssima e sentada em uma cadeira giratória.

Alison decide que a melhor forma de me ensinar o trabalho é me deixar observá-la enquanto ela faz o dela. Isso significa que passo as próximas sete horas da minha vida esticando o pescoço pra vê-la rolar a tela, rir sozinha em silêncio e alternar janelas desesperadamente. De vez em quando, arrisco fazer uma pergunta: se ela poderia, por gentileza, me explicar o que está fazendo. Ela suspira, como quem esperava que, a essa altura, a osmose já tivesse dado conta do recado e que eu soubesse exatamente o que fazer sem ela precisar dar qualquer instrução.

— Moderação de comunidade — diz ela — é sobre pessoas.

É verdade.

— Nossos leitores merecem participar do diálogo, por isso abrimos os comentários abaixo dos artigos para facilitar essa interação. Acontece que, às vezes, as coisas esquentam, ou somos bombardeados por haters tentando desviar o foco da discussão. Você sabe o que são haters? Sabe, né. Pois bem, é nosso trabalho moderar esses comentários e garantir que a conversa seja construtiva e respeitosa.

— Então nós basicamente apagamos comentários racistas?

— Há! — Alison dá uma risadinha com desprezo, como se eu fosse uma criança sem noção que não sabe que uma água-viva pode queimar.

Ela me encara, claramente preparando-se para me oferecer um momento educativo, e começa a falar devagar, com uma dicção tão arrastada que beira o condescendente.

— Não, nós não simplesmente "deletamos comentários", Hera. — Ela faz aspas com os dedos, destacando o quão idiota foi minha suposição. — Aqui não é a China; existem leis. Existe liberdade de expressão. Isso aqui não é a Praça da Paz Celestial. Não somos *deletadoras* de comentários, somos *moderadoras* de comentários.

Eu me inclino discretamente na cadeira para ver se a expressão da Mei Ling muda em algum momento durante esse discurso acalorado, mas ela inteligentemente escondeu o rosto com uma cortina de cabelo. Tento me lembrar de que preciso deixar meu cabelo crescer.

Volto os olhos para Alison e decido ignorar a analogia com a Praça da Paz Celestial.

— Claro. Erro meu. Imagino que minha dúvida seja então... como nós moderamos comentários se não podemos deletá-los? — Estou genuinamente confusa.

A expressão que Alison faz agora é o equivalente facial de quem estala os dedos antes de encarar uma tarefa pesada.

Ela começa um discurso inflamado que envolve muitos códigos de cores e uma porção de siglas. Basicamente, para comentar no site, o usuário precisa criar uma conta. Se vemos que a pessoa fez um comentário flagrantemente racista, homofóbico ou simplesmente escroto, devemos enviar um e-mail de advertência. A partir daí, essa pessoa se torna "laranja" em nosso sistema. Se repetir, vira "azul". Se repetir de novo, "amarelo". Mais uma vez, "vermelho". Depois disso: conta suspensa.

Se a pessoa passar sete dias sem fazer nenhum comentário de ódio, ela volta a ficar "sem cor", e o processo recomeça do zero.

— Tá, e o que acontece se ela simplesmente criar outra conta e voltar com a mesma papagaiada?

Estou torcendo para que a palavra papagaiada ajude a criar uma ponte geracional entre nós.

Ao ouvir a pergunta, os olhos de Alison brilham; mas não é pelo meu vocabulário espirituoso. Ela está pronta para soltar verdades.

— Você sabe o que é um endereço IP, Hera?

Uso a internet australiana e já tentei assistir a séries norte-americanas antes de elas chegarem aqui, então obviamente sei o que é um endereço IP, mas imagino que essa informação não vá cair bem nesse contexto, então respondo:

— Não. Por favor, me explique, Alison.

— Um endereço IP é o número individual ligado à conexão de internet de uma pessoa — errado —, e é assim que conseguimos identificar quando a conta da pessoa que fez o comentário foi criada usando o mesmo IP de uma conta que já foi banida. Tem muito espertinho por aí, Hera, muita gente tentando burlar o sistema, pulando de uma conta para outra. Mas eu pego todos eles. Eu sempre pego.

Decido não perguntar a Alison se ela sabe que é extremamente fácil gerar múltiplos endereços de IP.

Pelo que consigo entender, meu trabalho consistirá basicamente nisso: ler cada comentário, um por um, em cada artigo publicado, decidir se ele contribui ou não para o diálogo da comunidade e, se não contribuir, alterar a cor associada à conta da pessoa.

Outra parte importante de meu dia será dedicada à mesma atividade, mas com um foco um pouco diferente: direitos autorais. Se alguém colocar um link no comentário, é meu trabalho clicar nesse link e verificar se o site para onde ele leva é oficial ou se está infringindo direitos autorais de alguma forma — ou seja, se o link me leva ao canal oficial da Lady Gaga no YouTube e me presenteia com o clipe oficial de "Bad Romance", tudo certo. Mas se o link leva para uma conta não oficial da Gaga — ou, ouso dizer, uma versão pirata da Gaga —, então, meu bem, é guerra. Deleto esse comentário mais rápido do que você consegue dizer "Gaga oh-la-la".

Esse é um emprego de verdade, e ele é meu.

Tomo notas irônicas enquanto Alison segue seu monólogo.

> TERF é uma sigla em inglês para feminista radical transexcludente. O termo é usado para descrever feministas que não reconhecem mulheres trans como mulheres e, assim, as excluem de suas lutas e espaços feministas. Alison orienta a estar atenta a usuários que utilizam esse termo, pois eles adoram bater panela para ver o caldo entornar.

Então, ao lado dessa anotação, desenho uma panelinha, um desenho bobo mesmo, como se eu tivesse 12 anos, porque é assim que me sinto: uma aluna de humanas entediada que faz bagunça na aula de matemática, para o desespero da professora que sabe que essa aluna, apesar de não fazer esforço nenhum, provavelmente ainda vai bem na prova.

As páginas se reúnem, cheias de rabiscos inúteis. Estou cravando as unhas nas pernas só pra manter os olhos abertos.

O dia seguinte é uma terça-feira; depois vem a quarta. Sei disso porque agora preciso estar atenta aos dias.

Uma rotina foi estabelecida: eu sento, Alison senta, Mei Ling senta; todas sentamos. Temos nossos colegas moderadores de comunidade no Reino Unido e nos Estados Unidos e, todas as manhãs, antes de começarmos o trabalho do dia, fazemos uma videoconferência em que eles nos atualizam sobre os acontecimentos da noite anterior, para que todas fiquemos por dentro de qual artigo de opinião sobre a Palestina está bombando nos comentários. É impressionante como todo mundo está dessensibilizado. Um cara chamado Mark, falando conosco de seu cubículo em Londres, boceja enquanto nos conta sobre genocídio autorizado pelo Estado e como os leitores "não estão sendo muito tranquilos" a respeito, e nós bocejamos de volta. Alison senta com os ombros caídos, como se o peso do mundo nunca tivesse deixado de estar sobre ela.

Existem todos os tipos de siglas para aprender; muitas formas diferentes de categorizar grupos de pessoas na gíria da internet. Não sou completamente uma ludita, conheço algumas dessas siglas porque também vivo nesse mundo (LOL, tô certa, criançada?). Mas, no terceiro dia, deixei passar completamente o sentido de uma troca de comentários em um artigo sobre trabalho remoto. Um comentarista está chamando todos que trabalham de casa de "Wuslim". Sei, por uma pesquisa anterior no Google, que Wuslim significa "muçulmano branco", mas realmente não consigo entender o que isso tem a ver com pessoas que trabalham remotamente. Pergunto a Alison se ela pode me salvar da minha ignorância.

— Ah — ela diz. — Você não conhece Wuslim?

— Não, quer dizer, conheço, eu acho. Só não entendo por que chamar alguém de muçulmano caucasiano seria a) um insulto ou b) relevante nesse contexto.

Ela me olha como quem pensa que eu ainda tenho muito o que aprender (e, bom, acho que tenho mesmo), depois volta em silêncio para o monitor.

Mei Ling ignora completamente essa troca. Estou começando a achar que Mei Ling pode ser um gênio.

Volto a rolar a tela. Rolo, rolo, categorizo por cores, rolo mais um pouco.

Penso na Zelda. WWZD?

Ela não estaria aqui, é isso.

Recebo uma notificação no navegador — plim! Mei Ling me adicionou como contato no chat interno. Estou *vibrando*. O que isso significa?

O pontinho ao lado do nome dela está verde; vejo as reticências dançarem: ela está digitando. Sei que deveria voltar ao trabalho e só retornar a essa janela quando a mensagem completa chegar; isso seria o mais lógico a se fazer. Mas há algo nas reticências de digitação que me obriga a encarar a tela diretamente, esperando o texto surgir. Dizem para não olhar diretamente para o Sol, mas você olha mesmo assim, não olha? *Não olha?*

Plim!

Mei Ling Chen: *Você se acostuma com ela, juro.*

Olho por cima dos ombros para ver Mei Ling. Ela não levantou os olhos, não mudou em nada a postura para insinuar cumplicidade pelo chat. Seu cabelo, por um instante, não cobre totalmente seu rosto de perfil, e consigo ver que ela não está sorrindo de canto, como eu sempre faço quando recebo uma mensagem engraçada em silêncio. Estou genuinamente impressionada com seu talento para o disfarce.

Penso em digitar: *Do mesmo jeito que dá pra se acostumar com cheiro de merda se você sentar nela por tempo suficiente??* Mas não... vou esperar. Mei Ling e eu ainda não chegamos a esse nível. Devagar, devagar, Hera. Preciso dizer algo que convide à continuidade da brincadeira, mas que também possa ser interpretado como uma conversa de trabalho séria, caso eu esteja lendo tudo errado e Mei Ling seja só uma girl boss solidária em um ambiente corporativo.

Hera Stephen: *Quanto tempo você acha que isso vai levar, hein?*

Uma pausa.

As reticências aparecem, depois somem.

Plim!

Mei Ling Chen: *Você só precisa esperar até desistir de todos os seus sonhos, aí tudo fica muito mais fácil. Esse momento vai chegar, tenha fé.*

Ai, meu Deus.

Ai, meu Deus, Mei Ling é engraçada. Mei Ling é engraçada *e* depressiva. Minhas duas coisas favoritas em uma potencial amizade. Estou *radiante*. Estou *flutuando*. Mei Ling, sua safada maravilhosa, sua danada, você também odeia tudo isso!

Reprimo uma gargalhada. Mei Ling levanta os olhos. Eu capto o olhar dela — tenho que captar! Tenho que captar! Ela sorri para mim com cumplicidade, e eu devolvo o sorriso.

Agora tenho uma aliada do meu lado da mesa. Deve ser assim que Brutus se sentiu quando percebeu que Cassius também estava animadíssimo em matar César. Não procura no Google, não sei se foi assim mesmo. Deixe-me ficar com essa versão.

O dia se torna muito mais suportável psicologicamente agora que Mei Ling e eu entramos no ritmo de trocar mensagens com capturas de tela dos comentários mais caóticos nos artigos que monitoramos em busca de discurso de ódio e infração de direitos autorais.

Aquilo que falei antes sobre gatos e cachorros? Não era só um exemplo hipotético. Naquela tarde de quarta-feira, passo quatro horas da minha vida moderando a seção de comentários de um artigo de opinião escrito por uma jornalista australiana conhecida, que teve a ousadia — não, a maldita *audácia* — de escrever que gatos são melhores do que cachorros, e ainda colocar isso no título do texto. É como se ela quisesse, ativamente, provocar outra guerra mundial. Já não sofremos o bastante?

Os comentários começam de modo razoavelmente amigável: @petmum concorda com a opinião da jornalista; @petmum também tem um gato, e ela ama o gato dela. Ela é pró-gatos.

Perfeito, até aqui tudo bem.

Em seguida, @dantesinferNO concorda que alguns gatos podem ser legais, mas ele não gosta da atitude da maioria deles, que são cheios de si. @dantesinferNO só acha que gatos são melhores do que cachorros se você estiver comparando um gato muito bom com um cachorro muito ruim.

Não é bem esse o ponto, mas tudo bem, sim, tanto faz. Passa. @drunkinlove agora contribui com o inevitável gif de gato para a conversa. Escolhe aquele em que o Salem, o gato falante de *Sabrina, Aprendiz de Feiticeira,* dá uma risada meio robótica, tipo muahaha, e dá para quase ver a mão dentro do boneco de pelúcia mexendo ele.

Sem problemas, até gosto de um gif bem colocado. Eu me pergunto, sim, quem é @drunkinlove e o que está fazendo da vida para ter tempo e disposição de contribuir com um gif de gato em um artigo de opinião sobre pets? Reflito de verdade sobre isso. Mas, novamente, está tudo certo, tudo dentro da lei. Nada que justifique, por enquanto, pegar meu marcador digital.

Agora @truthbot entra na conversa — e é aí que as coisas começam a virar. Meus sentidos de aranha estão formigando; sinto o caos no ar.

@truthbot: *é claro que cachorros são melhores do que gatos, a autora parece uma frouxa reclamona.*

@truthbot: *espero que ela seja castrada e pare de mimimi.*

Presumo que @truthbot quis fazer um trocadilho com "mimimi", de reclamar, e "miar", por causa do gato, mas como posso saber? Algumas coisas neste mundo sempre permanecerão um mistério. Acho isso lindo.

@petmum está de volta à discussão: *Sinceramente, @truthbot, seria melhor se você não espalhasse tanta maldade por aí. A autora gosta do gato dela. Algumas pessoas preferem gatos.*

E então, o inevitável:

@gleesimp: *você se esqueceu dos pássaros. Pássaros são os melhores pets. Minha mãe morreu de câncer e meu pássaro foi a única coisa que me manteve de pé.*

@debby: *E os peixinhos dourados? A autora desse texto chegou sequer a considerar isso? Parece que deveria, se era pra fazer um ranking de animais de estimação. Tá ESCORRENDO privilégio nesse artigo. Aliás, a autora nem considera que a maioria das pessoas não pode sustentar um cachorro ou um gato, ou qualquer pet?? Tá na cara que ela vem de uma família rica.*

Imagina se essa troca tivesse acontecido pela manhã, quando eu ainda não tinha a Mei Ling para mandar os prints.

O quarto dia da semana é quinta-feira: estou aprendendo. Mas meu humor já está mudando de novo, tão rápido quanto ontem. Depois do auge da revelação de Mei Ling, o baque de mais uma manhã neste escritório me derruba de volta. Eu me sento e rolo a tela enquanto os jornalistas passam por mim, falando entre si sobre o estado do mundo. Nenhum deles cruza o olhar com o meu. Os temas dos artigos de hoje incluem crise climática, alcoolismo na terceira idade e futebol. Meus olhos estão secos, minhas costas doem. Como isso pode ter se tornado minha vida?

Na sexta-feira, mais do mesmo.

O único fator diferente hoje é que noto outro jornalista trabalhando do outro lado dos monitores. O sotaque britânico se destaca entre os murmúrios que compõem a trilha sonora dos meus dias por aqui. Acho que os colegas estão dando boas-vindas a ele depois de voltar de férias — é difícil ouvir com clareza. Em um momento, fico posicionada de tal forma diante do notebook que consigo espiar por uma fresta entre dois monitores e observo parte do rosto dele.

É um rosto bonito.

Alison, provavelmente sentindo que estou distraída, chama minha atenção; ela diz que devo observá-la lendo a seção de comentários de um artigo sobre o desaparecimento dos corais na Grande Barreira de Corais. Faço um esforço consciente para manter os olhos abertos enquanto a assisto rolar a tela.

O ritmo das coisas no escritório já é familiar para mim: o que é novo e estranho se torna mundano muito rapidamente. Quando uma "notícia" chega, há uma tensão no ar, todos os jornalistas se inflam como castelos pula-pula, fazendo ligações apressadas para suas fontes. Do meu lado da mesa, é claro, nada muda com essas explosões de energia: seguimos em um ritmo constante, sempre correndo atrás, lendo na diagonal rolos intermináveis de lixo digital, sinalizando para um usuário em Perth que não é aceitável chamar outro de *towelhead*[1], e passando para o próximo comentário.

Depois da tarefa sobre os corais, leio por alto artigos sobre Gaza, uma mulher com câncer que comprou um cachorro, metalúrgicos nos EUA, uma celebridade britânica da TV que se suicidou, uma enfermeira que ganhou na loteria, o desemprego juvenil no interior da Austrália. Não estou sendo paga para ler os artigos completos, mas para captar o suficiente para contextualizar os comentários no final de cada um e, então, decidir se eles são um problema ou não. Isso é racismo ou é só outro ponto de vista? Tenho três diplomas em ciências humanas, então tendo a pender para: é racismo.

Enquanto fico sentada encarando meu notebook, ouço os jornalistas do outro lado da mesa tagarelando sobre política nacional, falando com veemência como se suas ideias pudessem, de algum modo, se disseminar no mundo. De repente, estou

1. *Towelhead* é um termo em inglês sem equivalente direto e específico na língua portuguesa. É extremamente ofensivo e racista, usado de maneira pejorativa para se referir a pessoas muçulmanas, árabes ou do sul da Ásia, especialmente aquelas que usam turbantes. A palavra, usada para ridicularizar, faz referência a turbante e toalha (*towel*, em inglês). [N. da T.]

a ponto de chorar — sei que é dramático, mas não é algo que eu consiga controlar. Nunca me senti tão mental e fisicamente paralisada. Não tinha previsto o quanto isso me afetaria; essa exclusão do processo de divulgar notícias. Meus olhos começam a arder, meu corpo vibra levemente, trêmulo, tentando conter a tristeza. Preciso sair desse escritório imediatamente, assim como quando você sabe que vai vomitar e nada mais importa além de ir ao banheiro *naquele exato minuto*.

Até então, durante essa semana, tenho almoçado em minha mesa, sem saber se tenho o direito de sair do escritório, com medo demais para perguntar. Mas hoje preciso arriscar. Preciso sair. Pergunto apressadamente à Alison se posso tirar meu intervalo agora, e ela me olha com uma expressão de "dã".

— Você devia ter tirado seu intervalo mais cedo, Hera — resmunga ela, exasperada. — Pense em como o que você faz afeta o fluxo de trabalho.

Estou por um fio de chorar com isso. Mas digo a Alison que vou pensar e sigo direto para o elevador, de cabeça baixa.

Ao sair do prédio, fico chocada com o brilho do sol. Ele me atinge com força, como uma daquelas pulseiras de estalo que a gente batia no pulso umas das outras na escola. Percebo que esteve assim o tempo todo em que estive lá dentro. Todo o tempo em que assisti à Alison ler comentários, troquei mensagens com Mei Ling, bocejei ouvindo falar de genocídio, rolei a tela sem parar; o céu esteve, o tempo todo, perfeitamente azul.

Não sei aonde ir para comprar comida. A tarefa parece impossível. Pessoas de terno andam por aí com embalagens para viagem — mas de onde? Caminho alguns quarteirões até finalmente encontrar um lugar que vende sushi ao lado de uma loja de capinhas de celular. Compro dois rolinhos de sushi de frango katsu e ando mais alguns quarteirões até encontrar um banco para me sentar. Ao abrir o saquinho, vejo que não me enviaram molho shoyu, gengibre nem wasabi. Essa é a gota d'água para a lésbica que vos fala. Solto um choro engasgado.

Há momentos na vida que nos marcam, não porque são especiais no bom sentido, mas porque são momentos em que ficamos em um estado de suspensão antes que algo inevitavelmente aconteça. Sempre me esqueço disso, mas é verdade: alguma coisa sempre acontece.

Ao comer esse sushi seco, estou completamente desolada.

Meu dia de trabalho não contém metas alcançáveis, nenhuma satisfação: só comentário atrás de comentário, atrás de comentário.

Já sinto o desespero se aproximando. Mal comecei, não posso desistir. Não posso desistir.

Eu me lembro do episódio com a interna, dos anos desde que a escola acabou, dos anos em que venho tentando me treinar para reagir com menos intensidade à decepção — às situações, às pessoas.

Eu me lembro da minha ex-namorada me dizendo que eu era "intensa demais". Lembro que é esse emprego ou nenhum. O que mais quero no mundo é ter acesso às pessoas, entender como elas lidam com as coisas. Esse emprego precisa servir: eu preciso dar conta dele.

Mas, no conjunto, tudo parece tão patético — os homens de terno comprando cafés para viagem, correndo para atravessar a rua antes das 9 horas; os sorrisos forçados entre colegas que, por acaso, estendem a mão para pegar o último bagel ao mesmo tempo; o fato de que todos nós lemos Marx no primeiro ano da faculdade; ou, se não lemos, pelo menos ouvimos um parágrafo de Walter Benjamin recitado por algum namorado chapado do ensino médio, e de como nos deitávamos nos gramados da escola ou entre uma aula e outra, e nunca pensávamos que, após esse intervalo, também acabaríamos como engrenagens de uma máquina, e ainda por cima gratos por isso, gratos por chegar em casa e ligar a Netflix.

Ou talvez — começo a suspeitar, mastigando esse sushi tristonho — todos, menos eu, já soubessem disso naquela época e tenham achado melhor não comentar. Tipo não contar para a esposa que você perdeu o emprego antes do jantar de aniversário de casamento, só para não estragar a noite. Tipo não contar para a melhor amiga que você dormiu com o namorado dela, mesmo sabendo que isso já aconteceu e que, tipo, não dá pra *desdormir* com o namorado dela… ela vai descobrir e vai ser pior. Então conta logo, porra! Tenho reassistido a *Fleabag*, mas, convenhamos, quem não está? Todo aquele tempo encenando peças ruins de estudante, debatendo os méritos do poliamor, bebendo cerveja barata e rindo ao ar livre — será que todos já estavam tramando por baixo, secretamente se inscrevendo em programas de trainee, aperfeiçoando a arte da complacência existencial para, quando chegasse a hora, estarem prontos para girar a chave? Será que todos estavam fingindo juntos uma fantasia que só eu fui burra o suficiente para achar que podia durar para sempre? Acho que eu acreditava que, se realmente não quiséssemos aquilo, então realmente não faríamos. Como as meninas no ônibus da escola, como as promessas que fizemos de colocar nomes combinando nas jaquetas da turma — no fim, todos mandaram imprimir o próprio nome mesmo, e só eu fiquei com "Bochechas de Boi" bordado acima de "Turma de 2012" em Cambria para sempre.

As pessoas são foda, aquelas garotas estavam certas, mas eu também sou uma idiota. Eu deveria ter sabido, mas não quis enxergar. Há tantas coisas que não quero saber, mas o universo continua me contando tudo, feito uma fofoqueira incorrigível, como uma amiga da escola que fica chapada pela primeira vez — sem fazer sentido nenhum e sem parar para respirar.

Eu me levanto. Preciso voltar para minha prisão autoimposta.

Ao me aproximar do prédio do escritório, avisto o jornalista britânico do outro lado da mesa. Ele também está prestes a entrar no saguão. Daqui, consigo vê-lo melhor. Parece ter uns 40 anos, é bonito, mas tem o rosto marcado — estressado, distraído, cheio de linhas de expressão. Está usando uma camisa xadrez enfiada por dentro da calça social. Seu tronco é longo, mas as pernas, não; os tecidos contrastantes deixam isso ainda mais evidente. Também preciso entrar pelo saguão, não há outro jeito de acessar o escritório. E eu preciso entrar. Por motivos relacionados ao capitalismo.

Estou tão cansada, acordei tão cedo. Sei que tenho dentro de mim a capacidade de ser vibrante. Já fui vibrante tantas vezes antes, quando a situação exigiu. Fui ensinada a ser vibrante a vida inteira; parece que todos os filmes a que já assisti envolvem uma mulher branca, brilhante e espirituosa, que faz situações comuns parecerem mágicas — que surpreende todos com uma análise sutil de Simone Weil enquanto vira um shot de tequila em um bar descontraído e onde as pessoas assistem a jogos.

Mas esse tipo de vivacidade — cheia de sutileza e carisma acessível — exige muita energia, e meu sushi não me deixou satisfeita, ainda estou com fome. Ainda tenho muitas horas pela frente nesse dia de trabalho, muitos artigos de opinião para ler, muitas horas analisando um bloco de texto interminável, muitas observações fora de hora da Alison.

Já dentro do saguão, entro no elevador. Sorrio para o jornalista. Será que expresso minha personalidade vibrante? Será que faço algum comentário que prove que acompanho as notícias? Será que ajo educadamente e pergunto sobre o almoço dele? Como ele não estava no escritório na segunda-feira, nunca fui apresentada a ele, e percebo que, se não falar com ele agora, talvez ele permaneça anônimo para mim para sempre. Nada nesse homem indica que ele será mais receptivo à minha atenção do que os outros jornalistas. Nada nele, normalmente, despertaria meu interesse. Mas estou tão, tão entediada.

Foda-se, decido. Faço contato visual e me lanço na conversa.

— Oi, sou Hera. Sou a nova moderadora de comunidades. Acho que minha mesa fica perto da sua. Quem você mais odeia nesse escritório?

Ele me olha por um segundo, como se estivesse pensando: *Ela realmente acabou de me perguntar isso?* Depois cai na gargalhada. É a primeira risada genuína que ouço a semana inteira. Ele ri como se tivesse sido arrancado de um transe.

Ele tem uma veia na testa que salta mais quando arregala os olhos.

— Bom, Hera, nova moderadora de comunidades, não sei se tenho liberdade para divulgar essa informação.

As portas do elevador se abrem, e ele faz um gesto para que eu saia primeiro. Consigo sentir a mudança no ar, vejo o sorriso dele diminuindo enquanto se transforma, diante de meus olhos — a versão dele no modo escritório. Então decido levar nossa recém-descoberta camaradagem para dentro desse espaço corporativo sagrado. Ao sair do elevador, olho diretamente nos olhos dele, que, nesse momento, estão muito próximos dos meus, e articulo, sem emitir som:

— E aí, quem?

Ele responde com um sorrisinho, que podia significar "Gostaria de saber, né?" ou "Você passou do ponto, mas logo aprende as regras do escritório", ou até mesmo "Na verdade, estou pensando em meu pai, que tem demência". Ou qualquer outra coisa. Não conheço esse homem, não sei o que os sorrisos dele querem dizer. Então ele dá a volta para seguir até a própria mesa, do outro lado da minha; de lá, seu rosto e sua presença ficam escondidos pelos monitores gigantes que dividem nossa bancada como uma cortina de provador feita de Dells, e estamos em mundos separados outra vez.

Ele começa a conversar com os outros jornalistas sobre o dono de um café em Sydney que está sendo despejado devido a um sentimento anti-China mal disfarçado. Os três estão imersos na conversa, trocando histórias sobre os bons trabalhos que cada um fez ao cobrir o perfilamento racial injusto de pequenos comércios nos subúrbios ocidentais de Sydney. Ele fala menos do que os outros, e não tenho certeza de qual é a dinâmica entre eles; se todos são repórteres, se algum é sênior, quais áreas cada um cobre. Volto às minhas abas, retomo os cliques e a rolagem na tela.

Pois é, foi isso, eu me forço a pensar. Tentei e perdi. De volta à rotina, de volta a Alison e Mei Ling, de volta à morte. Não aguento mais isso.

Após cerca de uma hora dessa tortura, peço licença para ir ao banheiro. Estou em território conhecido: descendo o elevador. Senti algo dentro dele; senti que talvez esse lugar ainda tivesse algo a me oferecer. Mas, agora, o futuro começa a se fechar em minha mente, em laços intermináveis em tom de bege. Entro em uma cabine e me sento no vaso. A luz fluorescente acima de mim deixa minhas pernas de um branco marmorizado, e eu observo como a carne se espalha, como minhas coxas se tocam; me permito chorar de novo, só um pouco, em silêncio, é claro.

Não sei como conseguirei fazer isso: terminar o dia de hoje, e a próxima semana, e todas as semanas que virão. Duas pessoas entram no banheiro conversando sobre uma matéria em que estão trabalhando. É sobre estratégia de investimentos, e elas estão fazendo um brainstorm sobre quais parlamentares podem render as declarações mais polêmicas. Tudo em que consigo pensar é: essas mulheres estão tão imersas nas próprias vidas. Elas realmente parecem estar vivendo suas vidas. E não digo isso de maneira cínica ou julgadora. Estou com inveja delas; pasma até. Não sei como ficar dentro de meu corpo, de minha mente. Queria me importar com uma pauta, qualquer uma.

Espero até que elas saiam. Depois saio da cabine, lavo as mãos, enxugo os olhos úmidos e volto para minha mesa. Antes que eu coloque os fones, Alison me diz que, no futuro, eu deveria tentar incluir minha ida ao banheiro no horário do almoço. Agradeço pelo conselho.

Por volta das 17h15, um plim na tela. Presumo que seja uma mensagem da Mei Ling, me atualizando sobre o que rolou em minha ausência.

Clico na notificação do chat e a janelinha de conversa aparece. A mensagem não é da Mei Ling. É de Arthur Jones.

Quem é Arthur Jones?

Não importa quem seja, ele simplesmente digita: *Doug*.

Quem me enviou isso? Quem é Doug?

Levanto os olhos da tela e olho em volta do escritório como uma personagem de filme que está ao telefone com seu perseguidor e acaba de descobrir que ele está *dentro* da casa.

Então o vejo, o jornalista britânico do elevador, o da risada. Ele está se levantando da mesa, o topo da cabeça visível por
Então o vejo, o jornalista britânico do elevador, o da risada. Ele está se levantando da mesa, o topo da cabeça visível por cima dos monitores. Move-se de um jeito que indica estar jogando a alça da mochila do notebook sobre o ombro. Contorna a mesa e, ao fazer contato visual comigo, solta outro daqueles sorrisinhos — um sorriso com jeito de encolher os ombros.

— Boa noite, Alison, sempre um prazer — diz para ela, e Alison cora.

Para mim, quando Alison já voltou a olhar para a própria tela, ele articula sem som:

— Eu odeio o Doug.

Após isso, ele some no corredor que leva à recepção, que leva ao elevador, que leva para seja lá onde ele dorme à noite.

Estou acesa outra vez, uma energia nova percorrendo meu corpo; a excitação de um desafio.

Então é isso. É simples assim.

Encontrei a fonte de sustento de que preciso para sobreviver ao escritório.

Por dois minutos hoje, fui lembrada de que sou uma pessoa.

Vou me agarrar a isso. É claro que vou.

Naquela noite, encontro Soph para jantar após o trabalho. Isso é algo empolgante para mim, porque a Soph — como todas as minhas amigas — já tem um emprego em período integral há alguns anos. Até agora, sempre tive que ficar calada nesses jantares enquanto minhas amigas e seus parceiros se revezam para lamentar o tédio, a ansiedade, reclamar do chefe que detestam ou da promoção que não veio. Quando termina a primeira rodada de lamúrias profissionais, talvez eu consiga encaixar algum comentário sobre algo que li naquele dia. Mas estudo universitário não é trabalho de verdade — esse é o consenso silencioso —, e eu jamais poderia entender o estresse que elas passam. Sempre que tentei equiparar minhas angústias às delas, fui rapidamente repreendida, e aprendi a ficar quieta até que algumas garrafas de vinho tenham sido esvaziadas e as queixas ganhem um tom mais amplo, mais existencial. Não tenho uma inimiga de escritório que vive levando o crédito por meus slides, mas, no fim das contas, *todos* vamos morrer.

Agora, porém, eu também *sou uma delas*, e também posso reclamar do meu dia.

Soph e eu combinamos de nos encontrar às 18h30 em um restaurante italiano cuja tabela de preços não mudou desde que eu me entendo por gente. A parte de baixo é um café onde minhas amigas e eu costumávamos vir depois da escola para tomar café e fingir que éramos adultas, junto com os meninos da escola ao lado. No andar de cima fica o restaurante, com as mesmas toalhas de mesa xadrez que imagino que usavam em *Família Soprano* — embora eu nunca tenha assistido a *Família Soprano*. Chego mais cedo, então fico uns minutos parada na escada, observando a cena lá embaixo. Consigo sentir meu humor melhorar pela primeira vez na semana; por causa do jornalista britânico, e por causa disso aqui, agora, isso é o que me faz viver: estar no mundo, observar a ação, todas as pequenas insanidades que compõem nossos dias.

A mesa no canto, junto à janela com vista para a rua, está ocupada por um senhor idoso com um jornal, uma agenda e um copo de suco de laranja com gelo. Ele fica olhando em volta furtivamente e, então, em um movimento rápido, despeja doses de bebida alcoólica no copo. Eu adoro isso: adoro a dedicação dele à encenação da ocultação, como se não estivesse trazendo bebida de casa e bebendo ali todo santo fim de tarde há pelo menos quinze anos. Adoro que a garçonete nunca o confronte, adoro que ela desvie o olhar, com todo cuidado, a cada vez; só para que a farsa possa continuar.

Vejo alguns adolescentes de uniforme escolar fazendo exatamente o que minhas amigas e eu fazíamos, sentados em um grande amontoado de energia e potencial não realizado com duas xícaras de café vazias para sete pessoas, pernas espalhadas umas sobre as outras de maneira aleatória, como em um jogo de pega-varetas. A garçonete os observa por trás do balcão com um olhar de quem adoraria cortar a garganta de cada um deles, mas de vez em quando esboça um sorriso quando algum diz algo inegavelmente engraçado.

— Vocês repararam que o sr. Bradshaw liberou todo mundo antes, menos eu?

— Isso é porque você é um merdinha, Marcus.

Isso é porque você é um merdinha, Marcus. Ai, caralho, eu amo esses adolescentes, eu amo a garçonete, eu amo o Marcus.

Subo as escadas, lembrando quando a Soph e eu éramos como aqueles adolescentes; quando ainda não sabíamos no que nossas vidas se tornariam e os momentos eram vividos no presente.

Agora a Soph trabalha com diplomacia internacional, e vive insinuando coisas que não poderia me contar de jeito nenhum ("acordos de confidencialidade, sabe como é"), para, depois de umas taças de vinho, acabar contando mesmo assim. Não é um risco tão grande para ela, já que eu tenho pouco interesse em política externa e esqueço tudo o que ela me conta de qualquer forma. Mesmo que eu quisesse me envolver com espionagem, não conheço ninguém que se interessaria em comprar informações secretas sobre Malta.

Embora hoje Soph e eu tenhamos vidas muito diferentes, começamos a vida adulta no mesmo turbilhão de ambições artísticas vagas. Na escola, ambas seríamos boêmias; decidimos isso no dia em que nossa professora de artes nos mostrou uma foto do ateliê caótico de Francis Bacon e nos contou, solenemente, que o amante dele se suicidou no vaso sanitário. Achamos aquilo brilhante. Eu seria pintora, e a Soph, romancista. Eu nunca tinha pintado nada, mas ela com certeza já tinha escrito, e fazia sentido diversificarmos nossos talentos e, assim, também nossos círculos sociais boêmios. Olhando em retrospecto, aspirar ao estilo de vida de um pintor irlandês alcoólatra, com o rosto em forma de globo e uma queda por misoginia, talvez não tenha sido o melhor plano, mas na época não tínhamos muito material com que trabalhar e parecia que a escolha era essa ou uma vida de negócios. Nada no meio-termo. Planejávamos nos mudar para a Europa depois da escola — e por "Europa" queríamos dizer algum lugar cheio de sótãos. Tínhamos assistido a *Moulin Rouge*, sabíamos como a Europa funcionava.

Acontece que o "depois" nunca chegou. Ou melhor, chegou, mas era diferente do que tínhamos imaginado. Quando recebemos os resultados do vestibular, a Soph foi bem, e eu também. Parecia um desperdício não aproveitar aquelas notas, ou pelo menos era isso o que todos ao nosso redor diziam. Aos poucos, fui sendo realinhada a essa perspectiva, como uma lagosta sendo cozida viva em uma panela que esquenta lentamente. A ideia era que poderíamos começar a faculdade e depois trancá-la; era melhor entrar no sistema e, então, ter a opção de sair — esse era o raciocínio acordado.

Soph se matriculou em direito com ênfase em mídia e comunicação, e eu, no bacharelado em artes, como um gesto simbólico à Paris boêmia. As duas na Universidade de Sydney, já que, desde o berço, nos fizeram entender que escolher qualquer outra universidade era praticamente o mesmo que não fazer faculdade nenhuma.

A conversa sobre nos mudarmos para a Europa foi adiada temporariamente, até que, muito rapidamente, o que era temporário virou definitivo. Uma transição que aprendi que acontece com mais frequência do que se imagina. Dizem que o hábito é o grande entorpecedor, mas não dizem que o hábito é tudo o que existe.

Soph logo abraçou o curso de direito. Como a nota mínima para entrar era 99,75, você se via poupada do trabalho de ter que contar individualmente às pessoas que era muito inteligente. Soph se encaixou perfeitamente naquele grupo que andava pelo campus com os livros de direito civil estrategicamente visíveis debaixo do braço. Esses estudantes pareciam nem ter bolsas ou mochilas, como notei certa vez quando estávamos sentadas na grama, perto da biblioteca.

— Pobrezinhos — eu disse com simpatia —, sempre carregando aqueles calhamaços de livros de direito, sem saber que existe um invento que tornaria o transporte muito mais fácil.

Soph ria de comentários assim nas duas primeiras semanas de faculdade; depois disso, os hábitos idiossincráticos do pessoal do direito passaram a ser território proibido. Mas eu não me importava; se tivesse feito a escolha dela, também teria mergulhado de cabeça. Afinal, qual seria o sentido de estudar direito se você não pudesse, junto com isso, abraçar seu babaca interior e esperar que ninguém chamasse sua atenção por isso? Eu até gostava disso nela, gostava do mundo ao qual ela me dava acesso e do fato de não fazer parte dele.

Lá em cima, sento à nossa mesa de sempre na varanda e espero Soph chegar. Penso nas piadas sobre trabalho que vou contar para ela e considero até inventar a existência de um bebedouro no escritório, só para adicionar um pouco de textura burocrática à história.

Soph desaba na mesa como um borrão que passa, joga o casaco sobre a cadeira, arremessa a mochila debaixo do assento:

— Você não vai acreditar no que a Jacinta fez na reunião de equipe esta manhã.

Suspeito que vou, sim, acreditar. Já ouvi histórias demais sobre as façanhas da Jacinta.

O pão chega. Eu como o pão e espero minha vez de falar.

Jacinta tomou conta de uma reunião que não era dela, apropriando-se do trabalho da Soph em um projeto recente. Concordo que Jacinta é uma vaca que merece tudo de ruim, e isso acalma um pouco a Soph, mas não muito. Ela afirma que vai destruir a Jacinta. E eu não duvido disso: a Soph é inteligente e, na maioria das vezes, movida por vingança, embora isso esteja escondido sob uma fachada enganosamente doce; e ela terminou com o namorado recentemente, então está com tempo.

A dinâmica do local de trabalho da Soph é interessante em comparação com a da maioria de nossos amigos. Muita gente com quem ela trabalha está em missões temporárias vindas de outros países, então todos são socialmente desapegados e livres em uma cidade que não é a deles e estão dormindo com todos ao redor. A maioria tem parceiros em casa, mas parece haver uma mentalidade de o que acontece na viagem, fica na viagem.

Quando nosso prato de massa chega, Soph segue o embalo, falando sem parar sobre uma campanha comercial e sobre como a equipe de marketing é péssima em se comunicar com o pessoal de design gráfico, tornando a vida difícil para quem realmente trabalha com política. Para ser justa, eles parecem ser péssimos mesmo. Quero dizer, sou analfabeta em tecnologia, mas até eu sei como adicionar eventos no iCal. Na maioria das vezes, meus eventos no iCal são só lembretes meus para alongar o corpo, mas o princípio continua válido.

Enfim, quando já desabafou o suficiente, Soph pergunta como estou.

Eu me pego narrando os acontecimentos da minha semana como se minha vida fosse uma sitcom divertida, em que sou a protagonista atrapalhada que vive olhando para a câmera e dando de ombros enquanto a trilha de risadas toca ao fundo. Conto a ela sobre a viseira de Alison, sobre como ela disse que usa aquilo dentro do escritório pra amenizar "o clarão". Falo da Mei Ling, sobre como ela é uma aliada, mas continua indecifrável. Falo sobre o trabalho, que está destruindo minha alma. Soph escuta, balança a cabeça, expressa indignação nos momentos certos. Nesse aspecto, ela ainda é a mesma Soph da época da escola, observando silenciosamente enquanto faço uma bagunça.

Conforme vou falando, no entanto, me dou conta de que Soph está apenas seguindo o roteiro. Ela está se segurando, eu acho, porque não consegue acreditar que eu esteja mesmo fazendo isso; que essa seja, de fato, minha vida. Ela está reagindo como se tudo fosse uma piada. E isso porque sou eu quem está apresentando tudo como se fosse mesmo uma piada.

Eu me coloquei em um beco sem saída. Ou mantenho a camada sarcástica, o clima leve, ou mudo completamente o tom e admito que esse trabalho já está me fazendo sentir como se eu estivesse desaparecendo em um borrão cinzento, que eu simplesmente não sei como vou aguentar, não sei quanto tempo vou durar e que estou com medo de me sentir assim pelo resto da vida — considerando as condições econômicas atuais e o fato de que comida e moradia não são de graça. Sempre fui a amiga artística, aquela que flutua pela vida. Esse trabalho era para ser só uma piada — a Hera trabalhando em escritório, que loucura! E agora estou começando a perceber que talvez seja impossível manter essa divisão conceitual, se a "piada" que estou encenando é, na verdade, minha vida inteira. Faz uma semana que trabalho em um escritório. Veja onde minha cabeça já está.

Passado um tempo, Soph parece perceber que, embora eu esteja me esforçando ao máximo para transformar o desespero em algo engraçado, minha semana não foi exatamente brilhante.

— Amiga, fala sério, não teve um momento nessa semana em que você se sentiu, tipo, interessada? *Um só*, vai.

Penso no sushi ruim, no racismo, em endereços IP. Doug. Eu odeio o Doug!

— Ah, bom... o Doug, eu acho — digo.

— Doug?

— Doug.

Lembro-me dos olhos de Arthur nos meus, de como o olhar dele ficou mais atento quando percebeu o quão pouco eu me importava, como eu não estava sendo bajuladora com ele por causa da posição que ocupa — como a maioria das pessoas em meu lugar provavelmente seria —, como eu não falava a língua do escritório. Eu me permito aproveitar, com certo prazer, a lembrança de ter feito alguém rir naquele lugar onde o riso não existe.

— Bom... tem um cara no escritório.

O rosto de Soph se acende; isso despertou o interesse dela. Ela ama um caso confidencial, adora sexo no ambiente de trabalho, e mais ainda, ouvir histórias de sexo no ambiente de trabalho dos outros. Ela vem me incentivando a experimentar transar com um homem desde que minha ex-namorada e eu terminamos.

— Ele é bem mais velho, parece ter uns 40 ou algo assim, e é, tipo, super sênior em relação a mim. Não trabalha na minha equipe, mas, assim, ele é alguém muito importante dentro do escritório. Não sei exatamente qual é a editoria dele, mas a vibe é tipo... Tá, imagina que seu pai leria a coluna dele no café da manhã e diria: "Hum, interessante o ponto que ele levantou sobre as milícias em Hong Kong". E aí, talvez no jantar, contaria aos amigos Boomers que leu "uma análise interessante sobre a situação de Hong Kong" naquela manhã.

Soph assente. Ela entende o que quero dizer.

— Mas a questão é que esse cara... o nome dele é Arthur. Acho que talvez ele esteja flertando comigo, e acho que tô flertando com ele também, e... na real, acho ele meio lindo? Só que ele é meu superior no trabalho e mais velho do que eu; talvez só esteja sendo simpático, e eu também estou muito entediada no trabalho, então pode ser só coisa da minha cabeça...

Enquanto falo, eu me pergunto se o que estou dizendo é verdade. Será que estou dramatizando os sentimentos só para ter assunto ou será que os sentimentos aumentam quando damos voz a eles? Tenho quase certeza de que meu monólogo é uma representação fiel de meu estado emocional, mas ambém sei que vivo por um drama. Então continuo. Vou dizer agora e descobrir depois se é de verdade.

— Mas tô com uma intuição insistente, aqui no estômago, de que alguma coisa vai acontecer com ele, e que talvez ele... tipo... importe? É loucura, eu sei que é uma coisa louca de sentir ou dizer. Mas, enfim, ele me mandou uma mensagem hoje no chat interno e eu senti, tipo, uma alegria genuína, o que... talvez seja só uma paixonite boba de escritório. Mas é isso, e agora tudo o que quero é falar com ele de novo.

Fico satisfeita por ter tido a chance de usar "chat interno" em uma frase, e mais ainda com o efeito que esse desabafo teve no nível de interesse de Soph pela conversa.

Soph *embarca* totalmente no que quer que esteja acontecendo ali.

— Hera, escute, e eu não digo isso à toa: você precisa dar pra esse cara.

Vai saber se ele é solteiro? Vai saber se estou mesmo interessada? Mas não tem mais nada interessante acontecendo. Posso deixar rolar e ver no que dá. É assim que as pessoas sobrevivem a uma vida inteira de trabalho, não é? Desejando transar, ou realmente transando, com colegas de escritório? Eu assisti a *Grey's Anatomy*, não nasci ontem. Se é para abraçar de verdade a cultura corporativa, basicamente é imperativo que eu transe com o cara mais velho, não é? Quem sou eu pra desafiar a tradição?

Fica claro que Soph tem pouco ou nenhum interesse em Arthur além da, com as palavras dela, "transa de macho alfa" que ele vai me proporcionar. Suponho que seria mais legal se essa fosse minha principal preocupação também; se eu pertencesse a uma escola de jovens mulheres libertas que consideravam o sexo uma ferramenta para a dominação intergeracional — se eu fosse do tipo que consegue fazer esse tipo de jogada e sair ilesa.

Mas, infelizmente, não tenho esse jogo de cintura emocional. Meus sentimentos são uma massa disforme de coisas que se embaralham e se grudam. São como uma pintura a dedo feita por uma criança, em que tudo foi tão misturado que a folha inteira virou um marrom opaco, sem nenhuma nuance, sem nenhum traço de coerência.

A sugestão de Soph de que eu vá para o escritório com uma sainha safada, a la Bridget Jones, parece convenientemente ignorar o fato de que Daniel Cleaver é um babaca e que Bridget merecia coisa melhor. Digo para Soph não comparar Arthur com Daniel Cleaver — ele ainda não merece essa caracterização raivosa, pelo menos por enquanto, quando tudo o que ele fez foi articular um "eu odeio o Doug"; quando tudo o que ele fez foi ser atraente para mim porque me olhou como se presumisse que eu tenho pensamentos na cabeça. Vai ver ele é Mark Darcy.

E mais: digo para Soph que não vou usar sainhas provocantes no escritório porque, primeiro, nem tenho uma, e segundo, faz um frio do caralho naquele lugar; o frio é, basicamente, o principal marcador de contexto do escritório. Ela não tem prestado atenção? Não está acompanhando a narrativa?

A garçonete recolhe nossos pratos e lança um olhar por cima do ombro, transmitindo sem uma palavra que somos as últimas clientes do restaurante e que ela adoraria que nos mandássemos para ela poder limpar tudo e ir dormir.

Do lado de fora, Soph chama um Uber e, depois de um abraço apertado e um "arrasa, garota" retribuído, sigo andando até o ponto de ônibus. Ainda não cheguei na fase da vida em que consigo justificar chamar um Uber estando sóbria. Uber, para mim, é um luxo reservado exclusivamente para noites de porre absoluto, quando o transporte público já não é mais uma opção viável.

No ônibus, fico pensando no estado mental de meus companheiros de viagem. São 23h30 de uma sexta-feira, mas não estamos em uma região repleta de bares, então não tem muita gente no ônibus. Tem a motorista, que parece querer morrer — se ao menos tivesse energia para isso. Tem um homem em situação de rua no último banco, com uma estrutura admirável: cobertores, uma variedade de garrafas, um livro equilibrado no colo enquanto ele se recosta e observa a cidade passar, como se estivesse em um passeio de luxo conduzido pelo Estado. Tem uma mulher com um vestido sob medida, o olhar fixo e obstinado que me indica que ela está se esforçando muito para não vomitar. De vez em quando, balança de maneira brusca quando o ônibus faz uma curva. Chuto que foram drinques pós-expediente que saíram do controle. Sinto muito por ela. Ela é minha irmã corporativa, minha garota no banco de reservas.

Quando a motorista para no meu ponto, faço uma saudação à minha família do ônibus. O homem em situação de rua retribui a saudação; a mulher dá um sorrisinho envergonhado; a motorista não demonstra nenhuma mudança de expressão, e tudo bem, ela está cansada, e está trabalhando. Ela é minha rainha sem afeto.

Ao me deitar na cama, penso em tudo o que aconteceu nessa semana; tanta coisa e, ao mesmo tempo, absolutamente nada. Alguns momentos eu claramente transformei em narrativa, coloquei uma nota mental como potencialmente significativos — e sei disso. Consigo ver os contornos do que vai virar uma história que contarei para mim mesma, sobre mim mesma. Quando sonho, sonho com Alison.

A segunda semana no escritório chega, depois a terceira; os dias avançam como a maré, simplesmente porque têm que avançar. E lá estou eu, ainda boiando na ressaca.

Sabe aquela cena em *Ao Farol* em que "o tempo passa" e Woolf simplesmente pula adiante, e todos ficam, tipo, uau, que coisa radical, essa modernista doida, ela realmente foi lá e fez isso? Queria aproveitar essa oportunidade para dizer que Virginia Woolf claramente nunca trabalhou em um escritório como moderadora de comentários (não me xinguem, eu sei que naquela época nem existiam direitos trabalhistas para as mulheres). Porque eu sinto cada segundo passando. Sinto cada intervalo de cinco minutos. Não tem um momento sequer em que desligo e, de repente, já estou no futuro. Meu presente é a tela em minha frente, meu presente é o mouse que deslizo, meu presente é a dor de esperar pelo horário de almoço a cada dia, desejando o doce alívio.

Os dias passam e eu não tenho outro encontro casual com Arthur. Apesar de ele estar, no máximo, a um metro de distância de mim, do outro lado do monitor, temos pouquíssimas oportunidades de interação.

Nas comédias de TV com ambientação em escritórios, geralmente existe algum senso de camaradagem coletiva — uma ideia falsa, perpetuada por essas séries, de que todas as pessoas do escritório estão socialmente conectadas por compartilharem o mesmo espaço e o mesmo tempo. Talvez isso seja verdade em alguns escritórios, talvez algumas pessoas simplesmente sejam seres iluminados. Mas, no escritório em que trabalho, não. Aqui há, nitidamente, uma divisão por grupos: núcleos de funcionários que se acham brilhantes e igualmente importantes, dignos de conversar entre si; depois vem todo o restante. Esse restante está isolado, à deriva em suas mesas, desconectado do tumulto. Tem os caras da TI. É uma variedade de estilos espalhados de maneira incoerente pelo andar, como convidados aleatórios em um casamento — não se encaixam em grupo nenhum e acabam sentados com as crianças, ou com os primos da noiva, ou com os antigos colegas de trabalho do noivo. Tem o pessoal da estatística, uma subcategoria dos caras da TI, mas com um pouco mais de prestígio, já que são eles que avisam aos jornalistas quando estão viralizando e, por tabela, ganham certa simpatia associada ao ego inflado dos outros. Tem o pessoal do hardware básico, meus preferidos, porque a função deles é a mais parecida com a minha em termos de banalidade, monotonia e completa ausência de um objetivo maior. A principal função desse grupo é ligar e desligar, todos os dias, o notebook de um jornalista Boomer chamado John, cujo "maldito troço não está funcionando de novo". Tem a mulher do RH e a recepcionista. As duas parecem existir em uma esfera própria, convictas de que são a espinha dorsal da organização, sem saber que os jornalistas nem sequer as consideram pessoas. E tem o segurança da porta, Janeel. Gosto dele. Ele agora brinca comigo toda manhã dizendo que é "mais um dia no paraíso". Essa piada não perde a graça. Na verdade, só vai ficando mais engraçada a cada vez que ele repete.

Mei Ling e eu seguimos desenvolvendo uma convivência confortável e necessária, mas que raramente se estende para além do universo do escritório. Acho que ambas reconhecemos que, considerando que cada uma é praticamente o principal motivo da outra para não se matar todos os dias no trabalho, talvez seja pedir demais que também façamos parte da vida social uma da outra. Nunca tiramos o horário de almoço juntas, já que as pausas são estritamente alternadas; a mesa de moderação de comunidades online precisa estar sempre ocupada. Também não saímos depois do expediente porque a prioridade número um, assim que o dia acaba, é sair correndo daquela cova bege e superclimatizada e pensar o mínimo possível nisso nas poucas horas que restam até termos que voltar. Assim, embora logo eu sinta que vejo e falo com Mei Ling mais do que com qualquer outra pessoa em minha vida, sei muito pouco sobre ela. Alison senta entre nós, dificultando qualquer conversa, então nossos diálogos seguem sendo apenas digitais.

A única outra pessoa com quem tenho trocas regulares é Ken, um dos jornalistas que fica na mesa ao lado do Arthur. Ele pegou o hábito de girar sua cadeira com rodinhas até onde eu fico, no canto do meu lado, sempre que precisa encerrar uma discussão sem importância ou quando está procurando alguém para sugerir o que comprar para a esposa, na esperança de deixá-la menos hostil. O Ken não sabe absolutamente nada sobre mim, além do fato de que meu nome é Hera e de que eu trabalho em um lugar fisicamente próximo ao dele.

Também tem um cara da TI, o Ian, que claramente quer virar meu amigo. Ele vive aparecendo na minha mesa para perguntar se quero ir ao pub da esquina depois do expediente. Na primeira vez em que ele fez isso, fiquei tentada a dizer sim, e até a convencer a Mei Ling a ir junto. *Gosto de pubs e gosto de beber*, pensei. O que poderia haver de ruim nisso? É isso que colegas de trabalho fazem. Sou uma colega de trabalho. Mas aí, outro dia, ele revela que ele e os amigos vão jogar *Dungeons and Dragons*, e eu não faço ideia de como esse jogo funciona, mas sei que é algo de que eu nem quero saber, muito menos participar. Imagino a cena: eu virando uma cerveja atrás da outra enquanto três homens magros na casa dos 30 mexem peças em um tabuleiro (É isso? Como eu disse, nunca joguei esse negócio). Não gosto da imagem criada em minha mente. Respondo para ele:

— Muito obrigada pelo convite, Ian, é que eu já tenho planos para esta noite. Qualquer dia a gente marca, tá?

Agora ele passa em minha mesa todos os dias às 16 horas para perguntar de novo. Spoiler: esse dia nunca vai chegar.

Eu me sinto mal, mas não mal o suficiente para jogar *Dungeons and Dragons* em um pub perto do trabalho com três desconhecidos do sexo masculino. Mei Ling me manda um gif de *Arrested Development* quando Ian volta para a mesa dele. É aquele em que Lucille (usando um tailleur Chanel cor-de-rosa maravilhoso, igual ao que Marge usa quando entra no clube de campo) responde secamente a Michael: "Se isso for uma crítica velada a mim, não vou ouvir e não vou responder".

Esse gif poderia significar tanta coisa nesse contexto. Respondo a Mei Ling com texto, não com gif. Escrevo: *Não vou ouvir e não vou responder.*

Afinal, temos um trabalho a fazer: selecionar cores para perfis que surgem na tela até o dia de nossa morte.

Em uma segunda-feira de manhã, já na quarta semana em meu cargo, Alison está particularmente irritadiça. Um moderador de comunidades dos EUA se esqueceu de avisar à nossa "equipe" de que hoje sairia uma matéria com grande potencial de causar divisão. Com comentários que obviamente causarão alvoroço — aprendi agora —, costumamos premoderar os comentários. Isso significa que, em vez de deletar ou classificar os comentários depois que eles já foram publicados, enquanto a conversa acontece diante de nossos olhos, todos os comentários entram em uma espécie de sala de espera digital até que possamos avaliar se são insanos ou não. A omissão (acidental) do colega norte-americano não é particularmente difícil de resolver. Na verdade, tudo o que precisamos fazer é clicar em um botão no back-end do site que altera a seção de comentários para premoderação. Mas seguir o protocolo é essencial para Alison, e ela leva para o lado pessoal essa falha internacional — o peso extra que isso coloca sobre ela, a interrupção no seu "fluxo de trabalho".

Alison pede que a editora-chefe venha até nossa mesa, para que ela receba todas as informações sobre a "situação". Sally prontamente atende ao chamado, puxa uma cadeira de escritório e se senta ao lado de Alison, resignada a ouvir seu desabafo por cinco minutos inteiros. Passado esse tempo, fica claro que Sally sente ter cumprido seu papel como soberana democrática: demonstrou atenção a uma funcionária subalterna. Pode dormir tranquila esta noite, certa de que ninguém poderá acusá-la de elitismo corporativo. Ela interrompe Alison no meio da frase, com a mão erguida.

— Isso é uma informação extremamente valiosa, Alison. Agradeço muito por ter me passado esse retorno. Vou conversar com a equipe de Washington para resolver isso. Preciso correr agora, continue com o bom trabalho.

Com isso, ela se vai. Alison fica apaziguada por cerca de um minuto, até que parece lhe ocorrer que Sally não perguntou quem ela deve contatar nos EUA, algo que ela precisaria saber se realmente fosse fazer o que acabou de prometer.

Para mim, há um benefício no surto matinal de Alison: chama atenção para meu cantinho da mesa, não de maneira sistêmica ou duradoura, claro, mas em um sentido bastante específico. Em minha tela, aparece uma mensagem de Arthur, no chat onde, até agora, só havia uma única palavra trocada entre nós: Doug.

Arthur Jones: *Como será que a Alison passa os domingos?*

Estou surtando por dentro, mas tento manter a calma. De jeito nenhum vou dar a entender que passei as últimas duas semanas desesperada para que Arthur me mandasse outra mensagem.

Hera Stephen: *haha. Há quanto tempo você trabalha no mesmo conjunto de mesas que ela?*

Arthur Jones: *Quando comecei a trabalhar aqui, quatro anos atrás, ela já estava aqui. Acho que ela sempre esteve aqui.*

Hera Stephen: *Né?? Eu sinceramente acho que ela nasceu e provavelmente vai morrer nesta sala. Acho que ela dorme aqui. Acho que toda noite ela faz um ninho bem debaixo dos monitores.*

Ouço uma risada abafada do outro lado de meu monitor. Sinto um barato instantâneo, como se tivesse inalado gás do riso. Nosso chat continua nesse ritmo pelo restante da semana, e os tempos de resposta vão diminuindo a cada dia. Na quinta-feira, já é praticamente uma troca constante. É fácil fazer meu trabalho enquanto converso, mas fico me perguntando como ele está conseguindo produzir alguma coisa. Passo as manhãs no ônibus pensando no que vou dizer para ele naquele dia, pesquisando no Google quais filmes fizeram sucesso no Reino Unido nos anos 2000, rolando o Twitter atrás de piadas de nicho que eu possa roubar.

Hera Stephen: *Opiniões sobre a saia de couro da Sally hoje? Tô sentindo vibes fortíssimas de Lucy Liu.*

Arthur Jones: *Exatamente o que eu estava pensando. Talvez ela vá ensinar ao pessoal da TI sobre seu papel fundamental nos meios de produção? Viva la revolución.*

Hera Stephen: *Aaaah, entendi... temos aqui mais um fã de* As Panteras. *E talvez, quem sabe, um camarada socialista?? Puta merda, eu era obcecada por ela quando era criança.*

Arthur Jones: *Lembro de ter visto esse filme no cinema na época da faculdade. Me convenceu mais de que Marx e Engels eram relevantes para minha vida do que todas as leituras obrigatórias que recebi.*

Hera Stephen: *Meu Deus, você com certeza fez todas as leituras, né? Tipo, com certeza grifou trechos, escreveu anotações nas margens e participou de debates com total seriedade. Acertei?*

Arthur Jones: *Hera, você está completamente certa.*

Na sexta-feira dessa primeira semana da nova rotina de chats, tenho planos de encontrar umas amigas depois do trabalho. Sarah se mudou para uma nova república e está usando o salário da área de comunicação para alugar o maior quarto da casa. Vai receber a mim, Soph e mais algumas pessoas que conhecemos da faculdade e da escola para tomar uns drinques na varanda. Essas noites geralmente acabam comigo bêbada, forçando todos a jogar "Eu nunca" — um jogo a que as pessoas têm resistido cada vez mais, à medida que vamos envelhecendo e as experiências de vida de todos passam a girar em torno de trabalho, sexo papai-e-mamãe com o mesmo parceiro há anos e trilhas no fim de semana.

Estou um pouquinho ansiosa por esta noite, porque estar com essas pessoas é como estar em família; conheço todas há muito tempo. Muitas delas me conhecem desde a época em que eu usava o cabelo preso em um rabo de cavalo alto todos os dias. Intimidades assim não se reproduzem facilmente com amizades feitas na vida adulta. Mas também não estou exatamente animada, porque está ficando cada vez mais claro que minhas reclamações sobre o trabalho não estão sendo muito bem recebidas. Isso é decepcionante, já que o acesso à autocomiseração coletiva era um de meus principais objetivos ao aceitar esse emprego. Parece, no entanto, que vou precisar suportar mais alguns anos de vida corporativa antes que meus amigos me aceitem como parte do grupo. A mensagem implícita parece ser: "Ligue para nós após quatro anos na mesma empresa, Hera. Aí, sim, você começará a entender o quão deprimidos estamos".

Por esse e outros motivos (incluindo: tesão, tesão, tédio e mais tesão), cancelo meus planos em um piscar de olhos, avisando minhas amigas com praticamente nenhuma antecedência, quando Arthur me manda uma mensagem por volta das 16h30 perguntando se quero ir com ele e alguns jornalistas da equipe dele ao bar que fica do outro lado da rua após o expediente.

Se eu gostaria de ir? *Que pergunta boba*, penso. É claro que eu quero ir, Arthur. Tenho esperado por isso há três semanas: você. Em um bar. Comigo. Digo que Mei Ling também vai, se não tiver problema. Ele concorda, claro. Envio uma mensagem no chat para Mei Ling e digo que sinto muito, mas que ela precisa ir. Depois de mandar três vezes seguidas *alô, alô, desgraça, sou eu de novo, você tem que ir comigo*, ela cede.

Mei Ling Chen: *Argh, tá bom.*

Como é sexta-feira, as pessoas começam a sair do escritório mais cedo do que o normal. Mas Mei Ling, Alison e eu estamos presas aos nossos postos até às 17h30, porque é assim que o trabalho por turno funciona.

Arthur e a equipe dele começam a se dispersar por volta das 17h15, com um bando de gente esbravejando "cerveja, cerveja, cerveja!" em clima de vitória.

Ele para ao passar pelo nosso lado da mesa, a caminho da saída, olha para mim e diz:

— Vejo você lá daqui a pouco?

Eu concordo com a cabeça.

— Estarei lá.

Alison me olha em choque e eu me seguro para não morrer de rir ali mesmo. Não vou matar a curiosidade dela com uma explicação, mesmo que esteja tão óbvio, tão desesperadamente claro, que ela quer saber o que está acontecendo, por que, de repente, passei a fazer parte da vida de um jornalista; alguém *do outro lado da mesa*.

Em retrospecto, agora vejo que uma pessoa de fora talvez interpretasse essa cena como o início de um jogo de poder: eu, a jovem ingênua e ansiosa; Arthur, o homem mais velho, de camisa amarrotada. Em certos aspectos, essa leitura não estaria totalmente errada. Meu desejo por ele vinha justamente por ele ser alguém completamente fora do meu mundinho. Eu o desejava ainda mais por causa da suposição de que ele estava fora de meu alcance — afinal, quem era eu perto do salário dele, do plano de aposentadoria generoso e de um nome facilmente reconhecível. Mas também não seria justo caracterizar essa dinâmica como algo totalmente predatório da parte dele: eu me considerava uma predadora também. Talvez fosse uma sensação distorcida de controle de minha parte, mas eu sentia aquilo mesmo assim. Eu era Hera, eu queria Arthur e não via motivo nenhum para não tê-lo.

Mas, sendo honesta, tudo bem, não posso negar que eu estava discretamente ansiosa para ter acesso ao outro lado da mesa. Eu queria presenciar as conversas que aqueles homens e mulheres com salários mais altos tinham entre si, as dinâmicas que se formavam e se embaralhavam nas cervejas de sexta-feira. Queria saber como eles falavam fora do escritório e se aquele ar de autocongratulação podia ser furado ou não. Queria ver eles bêbados. Queria que alguém dissesse algo homofóbico e se enrolasse ao tentar se explicar depois de sete cervejas. Queria ver se eles realmente gostavam daquilo, dessa vida que levavam. Queria ver o que Arthur achava de tudo isso. Porque alguma coisa me dizia que ele também observava.

Talvez eu tenha dado crédito demais a ele desde o início. Mas o que é a luxúria senão a generosidade perseverando? Eu queria que ele fosse o que eu precisava, e assim ele se tornou.

✦

O bar é mexicano e os funcionários são estudantes universitários brancos, é claro. É escuro e úmido, e até agora eu só tinha vindo parar aqui muito tarde da noite; é estranho ver esse lugar com tanta clareza. Mei Ling e eu cruzamos a porta para adentrar um espaço comprido e estreito, com cabines que se multiplicam à distância como dominós em um corredor de espelhos. Avisto a mesa de Arthur mais ao fundo e seguimos até lá. Estou muito consciente de que estou sendo observada. Duvido que Arthur tenha avisado aos colegas que viríamos, e eles provavelmente ficarão surpresos com a presença dessas intrusas se aproximando do sagrado reduto deles. Alguns deles se viram quando ele acena nos chamando, e vejo algumas reações discretas de surpresa, do tipo "De onde eu conheço ela?". Ken me vê e muda a expressão, em um esforço visível para esconder o espanto de que eu possa existir aqui, neste espaço, e não apenas como um apêndice da mesa onde ele se senta.

Avalio a situação e concluo que só há uma maneira de lidar com esse cenário. Eu poderia simplesmente me esgueirar para dentro da cabine como um fantasma desconfortável. Poderia deixar Arthur nos apresentar, a mim e à Mei Ling, e permitir que ele ditasse os termos de nossa aceitação, o que significaria sermos introduzidas como moderadoras de comunidades online e, em seguida, rapidamente ignoradas na conversa. (Mei Ling provavelmente não se importaria com isso, já que nem queria estar aqui mesmo.) Ou, por outro lado, posso berrar. Posso deixar claro que, aqui, não compactuarei com hierarquias de escritório. Acredito que o bar é um espaço lindamente igualitário, onde todos são iguais, desde que possa pagar sua rodada.

Fico em pé no canto da cabine, com Mei Ling ao meu lado, olhando o celular. Como sempre, fico impressionada com o talento dela para se dissociar exatamente quando é conveniente.

Dou uma olhada geral no grupo e exclamo:

— Oi, pessoal! Sou Hera, essa aqui é Mei Ling. Obrigada, Arthur, por ter estendido o convite para nós. Que delícia ver todos vocês fora do freezer. A próxima rodada é por minha conta. O que vamos beber? Vocês têm que dizer cerveja, porque meu salário é uma merda.

— Cerveja! — grita um homem de camisa de manga curta lá no fundo da cabine.

— O parceiro pediu cerveja, então vai ser cerveja. Já volto com os baldes.

Cruzo o olhar com Arthur. Ele está sorrindo, incrédulo. Dou uma piscadinha e me afasto, voltando para o bar enquanto digo por cima do ombro para Mei Ling se sentar e descansar as perninhas cansadas.

Ela revira os olhos pra mim. Nunca me viu em uma situação social, muito menos em uma como essa, em que estou claramente interpretando uma versão ampliada de mim mesma para conseguir o que quero.

Hera!, você pode dizer. *Hera, essa é sua primeira chance de criar um laço com Mei Ling fora do trabalho! Com certeza você devia aproveitar essa oportunidade para fortalecer a amizade entre mulheres e a solidariedade entre plebeias, não? Com certeza devia perguntar sobre a vida dela, e ela sobre a sua; assim vocês poderiam deixar de ser figurantes na história uma da outra; mais do que personagens secundários sem passado, família ou vida fora da própria narrativa.*

Para você, eu digo: *Esse não é o momento. Cale a boca. Estou voltando para a cabine e essas bebidas estão pesadas pra caramba.*

Quando volto para a mesa, minha oferta de cerveja é recebida com bajulação e alvoroço. Eu me ajeito na cabine, ficando de frente para Mei Ling; nós duas sentamos na ponta, uma de cada lado, afinal fomos as últimas a chegar. Ela balança a cabeça para mim, sorrindo. Dou de ombros, tipo, *o que é?* Ela ri. Decido que ela é filha do meio entre duas irmãs. Faço uma nota mental para perguntar isso algum dia e ver se acertei. Viro para Ken e pergunto o que ele queria ser quando tinha 7 anos.

— Paleontólogo — responde ele, depois de pensar um instante. — Com certeza, paleontólogo.

— E você sente que fazer reportagens sobre o mercado financeiro para um veículo de mídia satisfaz esse desejo? Imagino que seja como escavar, só que sem a sujeira, não?

Ele hesita por um segundo, depois entende a piada.

— É, sou praticamente o Indiana Jones.

— Em Os Caçadores da Despesa Perdida, acertei?

Essa arranca uma boa risada, e ele claramente gosta de como aquilo o representa, tanto que repete em voz alta para mesa toda:

— Os Caçadores da Despesa Perdida! Arthur, onde você encontrou essa mulher?

— Port Douglas — responde Arthur.

Finalmente, alguém que consegue acompanhar. O restante da mesa, obviamente, não tem o menor contexto para entender isso e reage com expressões de leve confusão. Arthur se encarrega de explicar.

— Não, tô brincando. Como você bem sabe, Ken, a Hera trabalha ali do lado com a Mei Ling. Achei que elas mereciam uma bebida, considerando que a chefe delas é a Alison.

— Ah, a Alison — diz uma mulher de terninho sentada na minha frente. — Ela é doida, né? Uma vez me denunciou para o RH porque usei um dos saquinhos de chá dela. Achei que fossem comunitários!

Todos emendam a fala dela com alguma história sobre a Alison. Pelo visto, Alison é uma espécie de lenda do escritório, e não no bom sentido.

O balde de cerveja vai sendo esvaziado e enchido novamente. A noite avança, os olhos vão ficando mais vidrados, as piadas, mais exageradas, fatos são contestados, e as pessoas começam a ir embora aos poucos, inclusive Mei Ling, cada um seguindo para suas noites, seus fins de semana.

O grupo vai diminuindo até restarmos apenas eu, Ken, Arthur e a mulher de terninho, cujo nome, ao que parece, é Killara. A princípio, acho que ouvi errado, penso que ela entendeu que eu perguntei onde ela mora, já que Killara também é o nome de um bairro em Sydney. Mas, quando pergunto de novo, minha ignorância fica escancarada: descubro que Killara é um nome da língua Dharug, que significa "sempre presente". Envergonhada, decido que preciso encontrar uma oportunidade e, então, literalmente morrer por Killara; essa é a única forma de me redimir.

Ken decide que, nesse momento, a melhor coisa a fazer é tirar sarro do meu equívoco.

— Achei que sua geração fosse toda "desconstruída", Hera. — Ele faz aspas com os dedos ao dizer isso.

— Ah, Ken, dá um tempo. É um engano comum. Acontece sempre... quando a pessoa é *racista*! — Killara se vira para mim com os olhos arregalados, um olhar acusatório. Então cai na gargalhada.

É uma piada. Graças a Deus. Ela está brincando.

Arthur observa meu rosto vermelho, minhas bochechas queimando, meus pedidos de desculpa gaguejados, meu esforço para entrar na brincadeira. Ele não se junta às provocações. Percebe que minha fachada se rompeu por um instante — e que, na verdade, eu me importo, sim, com o que as pessoas pensam de mim. Ele vê minha culpa branca brilhando, como uma lâmpada fluorescente coberta por um paninho decorativo (e inflamável) no quarto de uma estudante universitária.

Também é possível que ele não esteja vendo nada disso. É possível — aliás, bem provável — que eu esteja tão consciente de meu rosto, meu rubor, do tom da minha voz nessa conversa, que esteja projetando essa autoconsciência nele, um quase completo desconhecido que, nesse exato momento, pode muito bem estar pensando em esportes.

Mas você não acha que, às vezes, nós simplesmente sabemos? Às vezes você encontra alguém e sabe que essa pessoa a entende, e que você entende ela também. Talvez vocês nunca mais se vejam depois, mas, por um instante, naquele recorte de tempo, os dois sabem que estão olhando para a situação em que se cruzam na mesma janela, enquanto todos ao redor estão olhando por outro ângulo completamente diferente — talvez lá de baixo, talvez por uma porta entreaberta. E não é necessariamente algo sexual, embora quase sempre tenha certa carga de tensão. É como entrar em um grupo de amigos e desconhecidos que formam uma rodinha nos fundos de uma festa em casa e perceber rápido que aquele cara ali, ao lado do irmão de sua colega de república, será seu parceiro naquela noite. Outras pessoas fazem piadas, mas vocês dois não riem; vocês já estão em outro plano, onde a única coisa realmente engraçada é o contato visual que continuam fazendo no momento exato em que não deviam. Vocês se afastam do grupo, não precisam daqueles otários, talvez nem saibam o nome um do outro, talvez nem troquem nomes a noite inteira; vocês estão além disso. Nomes são para otários.

Outros tentam se juntar ao grupinho que vocês formaram, percebendo que estão se divertindo muito. Eles logo se afastam; não entendem a dinâmica que vocês dois estão criando.

O restante da festa acha vocês dois insuportáveis. E se você não fosse metade dessa dupla, também acharia. Mas você é, então não acha. Está rindo demais para pensar nisso.

No fim da noite, um amigo a leva para casa e, no dia seguinte, você lembra vagamente que amou aquele homem da noite anterior, mas não pergunta por ele, não tenta descobrir o sobrenome, não procura contato. Nos flashes de riso que cortam a névoa em que sua mente está, você sabe que o que viveram foi perfeito e, mais do que isso, sabe que vai ter aquilo para sempre. De qualquer forma, nesta vida vocês se encontrarão outra vez; disso você não tem a menor dúvida. Se, quando isso acontecer, vocês se lembrarão de que já se encontraram, é outra história. Mas não importa, vocês viverão tudo de novo. Daqui a trinta anos, você estará em um restaurante, na fila do banheiro unissex ao lado de um homem. Vocês começarão a conversar e, naquele instante, você reconhecerá aquela cena. Talvez não lembre que ele é o mesmo homem daquela festa muitos anos atrás, mas sentirá aquela certeza: esse cara a conhece, e você conhece ele. Vocês cairão na risada juntos por causa do nome do restaurante, como se só os dois conseguissem perceber: adoro como esse lugar nem tenta disfarçar que é uma fachada para o tráfico. Aí um de vocês vai entrar no banheiro, depois outro box vai abrir, e o outro também vai entrar. E o timing vai ser exato para que não se cruzem de novo na frente do espelho. Mais uma vez, você não procurará por ele no salão. Voltará para sua mesa sorrindo, e ninguém ali entenderá por que você está tão alegre; apenas suporão que está bastante aliviada por ter feito xixi, e você deixará que pensem isso mesmo.

O que estou dizendo é que, quanto mais conversava com Arthur, era esse o pressentimento que eu tinha: sentia que já nos conhecíamos e que nenhum dos dois podia controlar isso. Simplesmente era assim.

Algo no formato das sobrancelhas dele, no vinco entre elas; algo na maneira como eu sentia que ele olhava direto para dentro de mim, e conseguia ver através de mim. Talvez ele dissesse que não fazia isso, que eu sempre fui um mistério para ele e que era isso que o encantava. Mas acredito que, desde o começo, ele sabia exatamente quem eu era e o quanto eu queria, desesperadamente, ser verdadeiramente vista por alguém cujo olhar tivesse valor para mim. Talvez ele não soubesse que sabia, mas ele sabia. Desde aquela noite no bar, quando cometi minha gafe, ele percebeu que, apesar de minha pose confiante, eu não era inquebrável. Eu queria ser amada, como todos querem. Nesse ponto, não sou tão diferente de qualquer outra pessoa que já tenha estado viva.

✦

No bar mexicano, estamos todos muito bêbados. Em algum momento, o bar para de servir. É hora de ir embora. Eu só queria continuar olhando para Arthur.

Todos nos levantamos. Ken e Killara dizem que vão andando até a estação de metrô e perguntam se vamos junto.

Digo que vou de ônibus, então vou para o outro lado. Arthur parece dividido, então diz que faz sentido ele ir por ali também. Acho que nós dois sabemos que nenhum de nós quer pegar o ônibus e que, se ele realmente quisesse ir para casa, pediria um Uber. Mas talvez eu esteja interpretando tudo errado. Talvez ele ache que sou carente e desesperada e que ele não está nem um pouco interessado, só está sendo educado.

Agora somos só nós dois, parados do lado de fora do bar. Ele está tímido. Tenho certeza de que, se eu der sinal de que quero ir embora, ele aceitará essa versão da noite. Mas também estou quase certa de que, se eu ficar, ele fica. Decido ter coragem pelos dois.

— Tô morrendo de fome, e você? — digo.

Ele quase suspira de alívio e diz:

— Meu Deus, Hera, estou morrendo de fome. Você conhece algum lugar por aqui que fica aberto a essa hora?

Não conheço, mas a suposição que ele faz é que, por eu ser jovem, também sou descolada, e que devo conhecer todos os lugares para comer de madrugada por causa de meu estilo de vida caótico.

— Acho que sei de um lugar — falo e, discretamente, dou uma olhada no Google enquanto ele coloca o casaco. Tem um restaurante chinês perto que conheço desde quando era criança, não é descolado, mas está aberto, e é para lá que o levo.

Ele está bêbado, mais bêbado do que eu, e isso me diverte muito com o sorriso bobo que agora tomou conta do rosto dele. Ele quer muito ser guiado, isso está bem claro para mim.

No restaurante, somos levados até uma mesa perto da janela. O lugar está quase totalmente vazio. Não há música tocando, e é esteticamente estéril.

Arthur parece nervoso, talvez perceba pela primeira vez o quão bêbado está. Ele hesita diante do cardápio, escolhe algumas coisas — todas escolhas terríveis, brilhantemente erradas, pratos que com certeza não serão bons nesse lugar — e eu não poderia me importar menos com o que vamos comer, mas, para deixá-lo mais à vontade, escolho algumas coisas também. Pedimos a comida e duas taças de vinho. Ele é extremamente educado com o garçom. Tipo educado de maneira quase reverente, mais do que eu, e olha que sou muito educada.

Antes de o garçom voltar com a comida, temos quinze minutos para simplesmente ficar sentados ali, e ele parece sentir o peso disso, a expectativa de preencher o silêncio. De repente, parece cansado. Tudo bem, estou acostumada a estimular uma energia nos outros. Pergunto sobre o trabalho dele, a vida, seus maiores medos. Ele responde a cada pergunta de maneira ponderada, porém sucinta, pausando após cada resposta para me olhar diretamente nos olhos e diz, com um ponto de interrogação amarrado aos ombros como um suéter em um dia quente: "Se é que isso faz sentido?"

Pergunto se ele mora com colegas ou tem um lugar só dele e me arrependo na hora. Ele é um adulto de verdade, com emprego, e adultos de verdade com emprego não dividem casa com ninguém, já passaram dessa fase. A pergunta escancara a diferença de idade entre nós, algo que eu vinha tentando evitar de maneira concreta, ou melhor, tentando destacar apenas quando isso fica a meu favor. Não quando isso escancara minha relativa pobreza, falta de experiência ou sensação constante de estar deslocada. Minha juventude só pode aparecer em tom de piada, como uma graça que os dois acham divertida porque está claro que, na dinâmica entre nós, eu sou a mais velha. Sou a mais sábia, ou, pelo menos, agimos como se eu fosse.

Ele responde à minha pergunta sobre colegas de casa sem dar a entender que achou graça.

— Não. Tenho meu próprio canto. Pago aluguel.

O lugar onde ele mora fica bem perto do meu — que, na verdade, é a casa de meu pai —, como acabo descobrindo. Tiro sarro do fato de ele ter estabilidade financeira.

— Um lugar só seu! — exclamo. — *Uh lá lá!* Não sabia que estava jantando com o Rei da Inglaterra. Putz, teria trazido meu anel de sinete.

Ele ri baixinho, olhando para o próprio peito, como se estivesse envergonhado de ter dinheiro enquanto eu não tenho. Pelo menos é isso que presumo que o esteja incomodando. A verdade é que tem coisas que nós só entendemos depois; e, claro, esse "depois" nunca vem no momento certo. É como um prato que chega depois que a conta foi paga, quando você já está ferrada, empanturrada, sem forças, estufada e cambaleando.

A comida chega. É ruim — quem pede frango ao molho de mel e shoyu, pelo amor de Deus? —, mas, depois de uma garfada, já me sinto cheia. Ele devora o prato, enfiando pedaços de frango na boca por trás da palma da mão curvada e de um guardanapo, como uma mocinha de comédia romântica tentando comer um hambúrguer com elegância durante um encontro. Acho isso lindo. Percebo que ele tem dedos longos e finos. Pergunto se toca piano. Ele responde que não, mas claramente fica lisonjeado por eu imaginá-lo tocando piano.

Em um momento da conversa, ele faz uma pausa e me olha com um ar de súplica, como se estivesse me perguntando o que fazer da vida, qual o melhor caminho a seguir. Decido não responder. Nós, garotas, temos que manter alguns segredos, né, meninas?

De vez em quando, os pés dele encostam nos meus, e toda vez ele pede desculpas.

Pergunto por que ele se mudou para a Austrália. Ele demora um pouco para responder, como se estivesse escolhendo qual versão contar. Coloca o garfo sobre o prato, me olha e explica que veio para cá de férias, após terminar a faculdade, e que se apaixonou por uma australiana, então acabou ficando.

— Que romântico! — exclamo. — Parece até coisa de filme!

— Acho que sim — ele responde. — Acho que é como um filme.

— Muito bem, então — digo. — Filme favorito, vai.

Ele pega o garfo de novo, dá mais uma garfada.

— Hum... são tantos, mas provavelmente... *Antes do Amanhecer?*

— Ah, pelo amor de Deus, Arthur, vá se catar. Esse, definitivamente, não é seu filme favorito.

Quando terminamos a comida e o vinho, descubro que ele já pagou a conta; deve ter feito isso quando foi ao banheiro. Dou uma bronca meio constrangida, porque não quero presumir nada, não quero forçar um tom que talvez ele não quisesse dar à noite. Se isso fosse só um jantar de trabalho, entre colegas, deveríamos dividir a conta. Mas não: ele já pagou. Ele definiu o tom. Foi ele quem definiu o tom. Preciso me lembrar disso quando conto essa história depois. Tendo a superestimar meu controle naquela noite, quase como se estivesse tentando aliviar a culpa dele pelo que aconteceu depois.

Já é tarde quando pegamos um ônibus até o ponto final mais próximo de nossas casas — mas nenhum de nós sugere um Uber. Sentamos lado a lado no banco de trás, em silêncio quase o tempo todo. Nossas pernas se tocam levemente cada vez que o ônibus dá um solavanco.

O ônibus chega ao ponto final. Ou uma linha será cruzada agora ou não.

Não vou ser eu a beijá-lo primeiro. Tomo essa decisão nesse exato momento. Se algo acontecer entre nós, tem que partir dele. Não por causa de papéis de gênero, nem porque acho que mulheres não podem tomar a iniciativa, mas porque ele é tão tímido, tão inseguro que, quando ele me beijar, quero que ele saiba que é porque ele quer muito isso. E ele vai me beijar, eu sei disso. É só uma questão de tempo.

No terminal, ficamos muito próximos um do outro, sem nos tocar. Ele me olha, e eu olho de volta.

Dou um passo à frente; abraço ele. Abro um sorriso largo.

— Vou a pé daqui, Arthur — digo.

Ele leva um segundo para processar essa nova informação, sobre eu ir andando, depois sorri também.

— Sim, é claro. Tem certeza? Foi legal, Hera.

— Foi, sim. Foi legal.

— Podíamos repetir algum dia… — Ele vai diminuindo o tom da voz no fim da frase, talvez se arrependendo de ter dito.

— Combinado, campeão — respondo.

E saio andando pela noite, em direção à casa de meu pai, sozinha, como se esse tipo de coisa acontecesse comigo o tempo todo. Como se meu coração não estivesse disparado dentro do peito.

Na segunda-feira, no trabalho, tenho receio de que o fim de semana tenha apagado o que aconteceu na sexta. Não tenho como saber se o nível de expectativa dele está tão alto quanto o meu ou se está totalmente fora de sintonia. Sento em minha cadeira, conecto meu notebook ao monitor — ou melhor, conecto o notebook da empresa ao monitor da empresa. Nada aqui é meu, e eu deveria ser esperta o suficiente para me lembrar disso.

Chega a hora do almoço e nenhuma mensagem dele. Ele está sentado a um braço de distância de mim, em uma mesa do outro lado do monitor. A cada vez que ouço o plim de notificação em meu chat, meu corpo se enche de adrenalina; e cada vez que fico desapontada por ser uma mensagem da Mei Ling, sinto culpa. Troco umas brincadeiras sem graça com ela. É aniversário de alguém no escritório, e nos revezamos para tentar adivinhar o que o aniversariante gostaria de ganhar, mesmo sem saber absolutamente nada sobre ele, além do fato de que Sally decidiu que ele merece um bolo do Coles.

Mei Ling Chen: *ele quer um banquete*

Hera Stephen: *ele quer um boquete*

Mei Ling Chen: *ele quer esquecer os últimos seis anos da vida dele*

Hera Stephen: *ele quer esquecer que existe vida*

Mei Ling Chen: *então, bom, você teve um final de semana legal. Uhu!*

Hera Stephen: *É, tive, sim. Ele quer poder tirar um frango assado inteiro da mochila na hora do almoço e ninguém falar nada. Quer agir como se isso fosse completamente normal.*

Então recebo uma mensagem de Arthur. Plim! Eu imediatamente saio da conversa com Mei Ling.

Arthur Jones: *Teve um bom fim de semana?*

Hera Stephen: *Sim, tive uma noite de sexta-feira surpreendentemente boa. E você?*

Arthur Jones: *Estava pensando a mesma coisa.*

✦

A cada dois minutos, mais ou menos, pelo restante do tempo em que eu trabalhar neste escritório — com exceção de alguns dias específicos —, receberei um plim de Arthur. E morrerei a cada minuto que ele demorar para me responder. O fato de eu conseguir manter essa troca quase ininterrupta e, ainda assim, dar conta de minhas tarefas é mais uma prova de que meu cargo é completamente inútil. Mas alertar Alison sobre essa realidade não me ajudaria em nada, então guardo essa pequena pepita de verdade só para mim.

Eu leio muitos romances e ele lê muitas notícias. Somos o binarismo de gênero em pessoa, com a diferença de que nenhum de nós gosta de carros. Ele me conta coisas sobre o que está acontecendo no mundo, transformando tudo em conteúdo; eu digo qual das irmãs March acho que ele é. (Ele acha que é Meg, mas eu acho que, no fundo, ele é Amy; com medo de ser só mediano, e não brilhante, e que, se tivesse a chance, jogaria o manuscrito da irmã na lareira e, depois, se sentiria péssimo por ter feito isso.) Digo que ele é Meg com ascendente em Amy, e aí preciso explicar tudo sobre astrologia para ele, porque ele não entende essa linguagem, é como uma língua estrangeira. A forma como eu falo, as palavras que uso com minhas amigas, essa mistura fluida entre ironia, sinceridade, vulnerabilidade e uma espécie de apologia melancólica ao capitalismo, tudo isso com toques de horóscopo sobre o que molda o jeito como falamos e pensamos, para ele é outra língua.

Mas ele acaba se apegando de verdade a esse negócio de signo, acho que porque é algo divertido e meio bobo, e são coisas que ele normalmente não se permite ser. E também porque astrologia, no fundo, é uma maneira de construir a si mesmo por meio de metáforas — e que forma melhor de mostrar que você está ficando obcecada por alguém do que mencionar, casualmente, que seu mapa astral está dizendo que grandes mudanças estão por vir em sua vida? Você não está sendo intensa, só está compartilhando ciência. É tão infantil que se torna maduro, talvez? Não responda. De qualquer forma, é infinitamente divertido receber os links que ele me manda do astrology.com, de horóscopos vagabundos de jornais regionais que dizem que eu devia comprar um cavalo naquele dia. Inevitavelmente, o mapa dele vai mandar ele relaxar um pouco, porque isso é clássico do signo dele, e nunca deixa de ser satisfatório mandar isso para ele com um *fica a dica, bjs.*

Ele é viciado em smoothies; eu sou viciada em cigarro. Ele gosta de correr; eu gosto de ficar sentada. Ele ama rock australiano; eu amo pop chiclete.

Mando músicas para ele ouvir, e ele as escuta. Depois, solta trechos dessas músicas no meio de conversas sobre outros assuntos. Ele me diz que sente enjoo quando lê o orçamento federal. Algumas semanas após o início da troca de mensagens frenética, pergunto se ele quer me acompanhar no intervalo do almoço dali a trinta minutos (um risco enorme, que vale muito a pena).

Ele responde dizendo que acabou de fazer um teste de DNA e descobriu que é uma grande gostosa. É difícil explicar por que essas coisas que ele diz me fazem rir tanto, por que é tão bom receber, do nada, um verso fora de contexto de um trap que eu ouvia na adolescência, como resposta a uma pergunta sobre estilo de formatação de texto. Mas, pensando bem, relendo o que acabei de escrever, vejo que nem é tão difícil assim de explicar. Um homem branco, mais velho, do outro lado do meu monitor, se familiarizando — e se divertindo — com o conjunto bizarro de referências pop que acumulei desde jovem, usando isso para me entreter quando, na verdade, deveria estar concentrado em crimes de guerra na Bósnia... Isso, sim, é entretenimento. Como eu não amaria isso? Como eu não me apaixonaria por ele?

Ele também me manda músicas, mas geralmente não as ouço, porque ele tem um péssimo gosto. Cresceu como homem branco na Austrália no começo dos anos 2000. Preciso dizer mais? Três semanas após iniciarmos nossa conversa ininterrupta por mensagens, ele me manda uma música que eu conheço. Só consigo ouvi-la direito no ônibus, voltando para casa naquela noite. É de uma mulher jovem e é muito triste, sobre como todas as amigas dela estão tendo filhos e ela se sente insegura em relação a isso. Mas aí a insegurança vira inveja, os acordes não mudam e ficamos com a sensação de que ela está flutuando nesse lugar de indecisão e que, na verdade, ela escolheu estar ali conscientemente. Fico pensando por que ele me mandou essa música. Arrisco um palpite: esse é o jeito masculino dele de dizer que ele se questiona se já passou do tempo certo de ser pai e que se sente confuso sobre o assunto. É claro que ele nunca me disse por que gosta da música, e eu também não pergunto, porque tenho medo da resposta, ou da conversa que a resposta poderia desencadear. Ao longo das semanas, fico cada vez mais consciente de que há algo além da timidez por trás do jeito reservado dele. Sinto a presença de um fantasma pairando em todas as nossas conversas. Mas escolho não cutucá-lo.

A mulher da música, a que está pensando nas amigas tendo filhos, é mais velha do que eu na vida real, mas só uns cinco anos a mais. Minhas amigas ainda não começaram a ter filhos, mas tenho certeza de que logo começarão, aí serei eu cantando essa música. Não tenho uma condição financeira decente para ter filhos, mas duvido que algum dia vá ter. Já faz um tempo que eu sei que, se algum dia decidir ter um bebê, será com base no sentimento, não nas circunstâncias. Minhas amigas estão esperando conseguir um financiamento para comprar uma casa antes de procriar, mas nunca terei um financiamento, a não ser que ganhe na loteria. E vamos combinar: se eu ganhasse na loteria, eu compraria a casa à vista, né?

Então se eu não tiver um financiamento me dizendo que é hora de procriar, qual será o motivo? Sentimentos de inadequação por ser mulher?

O tédio de estar sozinha em um sábado à tarde enquanto todas as minhas amigas estão ocupadas indo a encontros para seus bebês poderem brincar juntos? E o que eu teria para oferecer a uma criança, afinal? Não estou nem falando isso em um sentido ecologicamente consciente, embora pessoas da minha idade, moralmente superiores a mim, estejam decidindo não ter filhos por esse motivo. O planeta está morrendo, eu sei disso. E já refleti sobre o assunto. Não sou imune ao discurso. Só acho que meu primeiro filho (ou o segundo, talvez) não acelerará o fim do mundo de maneira muito perceptível, especialmente enquanto bilionários continuam voando para o espaço a fim de tentar preencher o vazio existencial deles. Na verdade, se eu criá-los direito, talvez eles até consigam ver as partes boas desse lugar antes de tudo acabar e, quem sabe, se forem melhores do que eu na tabuada, até possam ajudar a consertar o planeta?

Mas deixando o planeta de lado por um momento... existe a questão de eu como mãe.

Quando eu era criança, tinha um diário de segredos. Nele, eu escrevia minhas peripécias mais profundas e sombrias de conhecimento, informações que eu tinha captado quando não era para estar ouvindo. Com minha caligrafia infantil, escrevendo torto e os b's ao contrário, eu anotava as verdades sujas das quais me tornei guardiã. Eu era enganada com muita facilidade, desde que a pessoa que estivesse mentindo para mim estivesse pelo menos dois anos adiantada na escola.

Anotei que uma menina do sexto ano disse ter viajado no tempo. Listei as vezes em que saí dos limites no parquinho. E um segredo revelado por minha mãe: *Mamãe disse que papai encontra homens em parques.*

Outra anotação, entre a bombástica revelação de que minha avó não era católica e minha própria confissão de que eu havia feito minha amiga Natalie deixar nossas Barbies se esfregarem uma na outra. Essa parte foi escrita com muita raiva, dava para ver a caneta marcando a página como um bisturi: *Mamãe disse que eu seria uma mãe sem noção.*

Não me lembro do contexto desse comentário, mas sei que doeu. Sempre tive a sensação de que eu era uma criança diferente, comparativamente estranha, mas qual criança não sonha em crescer e não ser mais estranha, ter filhos não estranhos e ser um pai ou uma mãe não estranho(a)? Desde a infância, minha mãe havia incutido em mim a crença de que minha vida seria mais difícil do que de outras pessoas, por causa de quem eu era, por causa de minha personalidade.

À medida que eu crescia e me distanciava de minha mãe, tentei pensar menos sobre sua acusação sobre meu potencial como mãe no futuro. Ela não era uma boa mãe, então por que eu deveria me importar com o que ela pensava? Mas nos agarramos às críticas sobre nossa personalidade quando temos medo de que elas sejam verdade. Sempre tive a sensação de que eu era pelo menos parcialmente sem noção, por isso era difícil desacreditar completamente de minha mãe.

✦

Ao ouvir a música que Arthur me enviou, sou levada de volta àquela sensação de que nunca serei capaz de acessar as alegrias que outras pessoas experimentam, porque esse é meu destino predeterminado na vida.

Arthur talvez esteja se sentindo mal por não ser pai aos 40 e tantos anos, por causa das circunstâncias. Mas aqui estou eu, aos 24 anos, pensando que nunca serei mãe, não por causa das circunstâncias, mas porque não mereço ter filhos.

Não posso e não digo isso a Arthur.

Pensar na ideia de que ele quer ter filhos, porém, me desperta uma sensação que eu nunca tinha sentido antes: meu útero coça. É claro que é prematuro, eu nem beijei esse homem ainda, mas me permito imaginar. Quero ser a pessoa que dá a ele a experiência da paternidade; quero enganar o universo e conseguir uma família só minha para amar — e que me ame de volta. Imagino a felicidade de Arthur ao me ver com nosso filho no colo. Consigo me ver com ele, de um jeito totalmente natural. Imagino a alegria que eu talvez redescobrisse ao enxergar o mundo pelos olhos de um bebê e como eu nunca diria a ele que ele é sem noção. Também sei que esse sentimento é, digamos, ruim para o feminismo e tal — eu não deveria desejar alcançar a felicidade proporcionando felicidade a um homem. Mas, ao mesmo tempo, sinto de verdade que é assim que conseguirei chegar lá. Já tentei ser feliz sozinha, sem depender de nada externo e, sinceramente, não funcionou. Sozinha, encontro defeitos em mim mesma. Consigo pensar em um milhão de maneiras de me sabotar, de impedir que eu receba qualquer alegria que eu tente agarrar. Mas, se for para fazer isso por outra pessoa, se for para fazer *alguém* feliz, aí não tem erro. Isso tem valor. Isso faria com que eu me importasse. A música termina, e o ônibus dá um tranco; olho ao redor e só então percebo que perdi meu ponto. Em pânico, aperto o botão e, na parada seguinte, desço e começo a marcha de volta até a casa de meu pai, tentando andar com um ar de confiança que transmita que foi exatamente isso que eu quis fazer: descer nesse ponto não foi um erro, foi uma escolha.

Papai e eu "fazemos" tacos e comemos assistindo ao noticiário. Pela primeira vez na vida, sei mais sobre as notícias do que ele, e ele gosta disso. Dou uma aula sobre as reações do público às políticas recentes, e ele finge humildade de maneira bastante performática. Enquanto lavamos a louça, Jude ajuda lambendo os pratos sujos dentro da lava-louças.

Quando me deito na cama, penso em Arthur e me pergunto onde ele está deitado e se está pensando em mim. Então me ocorre que posso pensar nele enquanto me toco.

Uma parte de mim tem receio de que, se ele de algum modo pudesse sentir que eu estava me tocando enquanto penso nele, ficasse enojado, e não excitado. Não é horrível pensar isso? Não só a ideia de que a pessoa de quem você gosta talvez não goste de você do mesmo jeito, mas que seu desejo por ela possa, na verdade, ser repulsivo para ela? Tipo, se você tentasse algo, ela poderia se sentir violada; você poderia virar exatamente o tipo de pessoa que odeia, mesmo sem ter a intenção.

Outra parte de mim pensa que não, ele é sagrado demais para ser colocado na mesma prateleira das coisas em que eu normalmente penso para gozar rápido. Fico debatendo comigo mesma se usar a imagem dele para me fazer gozar seria uma forma de homenageá-lo ou de rebaixá-lo. Decido que ainda não o conheço o suficiente. É estranho — nunca pensei de maneira ética sobre ninguém sobre quem tive pensamentos sexuais na hora de me masturbar. Será que isso é amor?

Em legendas de filmes pornô e contos eróticos na internet, eles sempre escrevem "trepar" na hora do sexo. Mas sinto, no fundo de meu coração, que se algum dia eu chegasse ao orgasmo com Arthur, eu não só teria trepado, eu teria feito amor.

Adormeço sem me masturbar, então talvez eu seja mesmo uma pessoa ética.

A vida segue, Alison continua me odiando, Mei Ling e eu mantemos uma codependência agradável durante as horas em que estamos no escritório. Arthur e eu continuamos a mandar mensagens um para o outro; as notificações das mensagens dele organizam meus dias. Meus amigos continuam vivendo, trabalhando, fazendo brunch. Uma espécie de mal-estar se instalou sobre Sydney — sobre todos nós — de diferentes maneiras. Em um sábado, seis semanas após o início de minha vida corporativa, duas semanas depois do jantar com Arthur, vou a uma feira orgânica com Soph. Estamos as duas de ressaca, depois das noites agitadas que tivemos, porém não juntas: ela com os colegas do trabalho, eu com minha amiga espiritual Daisy e o novo namorado dela, Johan, cujo maior atrativo parece ser o acesso confiável a cetamina. Entre goles de bebidas frutadas orgânicas, que tomamos como se fossem soro na veia, e a indecisão entre hortênsias e peônias, Soph para de repente e declara:

— Sinto que estou dentro de *Brilho Eterno de uma Mente sem Lembranças*.

— Você sente como se tivesse apagado da memória um amor perdido e agora quisesse ele de volta?

— Não, caralho, eu sinto como se...

— Você sente que quer pintar o cabelo de uma cor vibrante que não combina com você?

— Hera!

— Você sente que quer ver tudo ao contrário? Que tá se sentindo a Effy, de *Skins*? Que quer transar com o Jim Carrey?

Claramente, não sou muito útil de ressaca.

— Vá se foder, Hera!

Nesse momento, ela faz outra pausa. As pessoas precisam desviar de nós enquanto ela filosofa no meio do caminho, mas estou morta demais para me importar com o congestionamento que estamos causando.

— Eu me sinto como aquela pessoa na mesa da clínica de reset de memória, e todos os dias eu só… sei lá, faço as mesmas merdas e vejo as pessoas tomando decisões ruins — explica ela. — Tipo, meu trabalho é suavizar tudo com promessas falsas de que as coisas vão melhorar. E tipo… Kate e Jim não deviam ter se apagado da memória um do outro, e meio que fui eu quem facilitou isso? E aí eu só repito isso com o próximo casal, recebo meu salário e uso esse dinheiro para comprar esse suco de onze dólares, porque fico completamente bêbada toda sexta-feira à noite? Sei lá… parece tudo meio… Lembra quando dissemos que íamos nos mudar para Paris?

— *Bien sûr*, Soph. Eu me lembro muito bem disso.

— É, então… Fico tendo uns flashbacks da época em que a ideia de me mudar pra um lugar assim era tão empolgante, como se outro mundo fosse realmente possível se eu simplesmente fosse pra lá. E, agora, se alguém virasse pra mim e dissesse "Eu pago pra você se mudar pra Paris", eu ia responder "É, mas será que seria tão diferente daqui mesmo?" Sabe o que quero dizer?

— *Absolument*, Soph. Com certeza, porra! Acho que estou me apaixonando por aquele cara do trabalho de quem falei, e não sei se é porque meus sentimentos são reais ou só porque é algo pra fazer — digo.

— Amém — ela responde, sem perguntar mais nada.

Encosto a cabeça no ombro dela e seguimos andando pelo mercado assim mesmo, tropeçando e cambaleando como dois pais de escola em uma corrida beneficente de perna de pau. Escolhemos um buquê de peônias na barraca de flores e voltamos para a casa dela, onde nos jogamos no sofá para assistir a *Buffy* até Sarah aparecer com vinho e nos mandar se comportar como seres humanos e beber.

Após tomarmos algumas taças, tudo fica mais fácil; após algumas garrafas, a ressaca é esquecida. Começo a contar para Sarah sobre meu homem do trabalho, complementando o que já havia dito a Soph. Conto que está cada vez mais difícil distinguir quais partes de minha vida estou realmente sentindo. Digo que parece que estou sempre meio entorpecida, que sinto coisas quando estou com Arthur e que, se a gente troca mensagens, então isso deve significar alguma coisa, né?

Sarah me olha séria, como se estivesse considerando minha declaração com o peso que ela merece, depois diz:

— Hera, Hera... Você se lembra do Max?

Eu lembro. Eu me lembro do Max.

Mudo minha expressão para parecer confusa, como se eu não soubesse exatamente aonde ela quer chegar com isso. Levanto as sobrancelhas, como quem diz "Sim, talvez eu me lembre do Max, por quê?"

Max foi um garoto que conheci quando eu tinha 17 anos. Eu tentei me convencer de que estava apaixonada por ele. Max foi meu curso intensivo em como me tornar a fantasia de outra pessoa. Para ele, eu era uma ninfa enigmática. Fui a primeira garota que ele conheceu que entendia suas referências cinematográficas. E Max foi o primeiro garoto que conheci que parecia genuinamente interessado no que eu tinha a dizer.

Foi com Max que aprendi, pela primeira vez, que alguém amar você não é a mesma coisa que conhecer você.

Max não sabia que, no interior de meu corpo magro, havia uma pessoa gorda esperando para se libertar.

Max é o único homem com quem já transei.

Quando Max me disse que me amava, eu disse que era lésbica, e foi nisso que acreditei até muito recentemente.

Sarah está tentando sugerir que minha obsessão por Arthur é um eco do que um dia senti por Max e que isso vai passar. Eu me irrito com a comparação.

Tudo o que eu queria com Max era sentir mais, mas não sentia. Agora, no entanto, eu sinto mais. É diferente, com certeza! Mando Sarah se foder e peço que sirva mais vinho.

Estamos todas esparramadas no sofá. Sarah e eu sentadas, e Soph, por algum motivo, está ao lado, no chão, fazendo flexões de um jeito desleixado e preguiçoso. Adrienne diria que falta firmeza na postura dela, e estaria certa. Pergunto a Sarah se ela lembra do Nick Tyrell, da faculdade, para desviar a conversa para longe de meus padrões românticos e voltar a olhar para os dela. Estou aqui se precisar!

— Hera, você sabe muito bem que eu me lembro do Nick Tyrell — ela responde. — Ele é o único homem que já significou algo pra mim.

— Sarah, você fala isso de todo cara pra quem você já bateu uma punheta — eu a repreendo.

Ela me olha com sabedoria, seriedade, quase reverência.

— E falo com convicção... Todas as vezes.

Todas caímos na gargalhada, e os braços de Soph desabam da prancha totalmente frouxa que ela estava tentando manter.

Do chão, encolhida em posição quase fetal, Soph anuncia que precisamos sair, que é hora de encerrar nossa festa da autocompadecimento e abraçar o mundo. O mundo, no caso, são os bares a uma distância caminhável da casa dela e as ruas entre eles.

Estou alcançando aquele nível de bebedeira em que sinto que posso fazer quase qualquer coisa com extrema competência: o mundo se abriu para mim, talvez eu até consiga falar francês, quem sabe. Posso roubar uma planta. Posso cuidar de uma planta. Posso dizer com convicção a qualquer segurança de balada que só tomei duas taças no jantar e acreditar nisso — e talvez ele também acredite.

Fico imaginando o que Arthur está fazendo exatamente agora, provavelmente sentado em um sofá em algum lugar, também bebendo com os amigos, mas com mais dinheiro e menos risadas. Imagino todos conversando sobre *The Wire*, ou sobre a gravidez recém-anunciada de algum amigo em comum. Devem estar girando taças de vinho fino, daquelas Riedel; devem ter jantado em pratos de verdade, com talheres. Provavelmente estão prestes a ir dormir em suas casas. Talvez as esposas estejam colocando suas camisolas de seda. Talvez os homens estejam usando a expressão "a patroa". Talvez uma das patroas dê um soquinho brincalhão no braço do marido por causa disso, mas no fundo ela gosta, porque significa que está segura: ela chegou lá, virou a patroa, virou problema de outra pessoa.

E, talvez, no meio de tudo isso, só talvez, Arthur esteja em silêncio no sofá, absorto em pensamentos, pensando em mim. Talvez os amigos estejam andando ao redor dele, despedindo-se de maneira coreografada, enquanto ele permanece quieto, imóvel, imaginando como e onde estou.

A audácia da minha mente!

Olho para cima e vejo Soph passando delineador nos olhos, com uma precisão impressionante, considerando o quão bêbada ela está.

— Pra onde vamos, Soph? — pergunto.

— Pro mundo, Hera, pro mundo.

— Mas se fôssemos um pouco mais específicas...

— Mr. Moore's, eu acho.

Vejo a noite passando diante de meus olhos: as cervejas que vamos beber, as conversas que vamos ter, a ressaca com a qual acordarei amanhã.

— Brilhante.

Passo um batom rápido na boca, Sarah amarra os sapatos, e saímos de um prédio para entrar em outro, onde as bebidas são caras e todos são designers gráficos, ou seja, ou está desempregado ou criando uma logo para uma startup.

Tento me convencer de que estou gostando, por pura força do hábito.

Não somos as pessoas mais bonitas do bar, mas somos as mais barulhentas, e isso conta para algo. Logo chamamos a atenção de alguns homens de cabelo comprido, e Soph os está entretendo com uma história sobre diplomacia internacional, cheia de piscadelas para assuntos que ninguém entende, mas a camaradagem já está sendo construída.

Um dos homens foca em mim, como se tivesse acabado de registrar, na mente dele, que eu de fato estou aqui, sentada à mesa, ao lado dele, uma pessoa com quem ele pode interagir. Sempre tenho uma sensação meio nojenta quando os homens fazem isso; quando algo na postura deles muda e fica claro que decidiram tentar comer você. Não transo com um homem há sete anos e achei que nunca mais transaria, porque detesto a sensação de ser um objeto sob avaliação de um homem. Mas, além disso, vergonhosamente, também detesto o instinto competitivo que isso desperta em mim: odeio querer ser desejada por pessoas que não respeito. Será que não tenho dormido com homens porque os considero estruturalmente repulsivos ou porque tenho medo de ser rejeitada?

Mas, esta noite, nesse bar barulhento, com cabines escuras e uma obsessão crescente por um homem que nem está aqui, eu penso: *Quer saber, vamos ver no que dá. Quão ruim pode ser?* O cara de cabelo comprido diz que gostou de minha jaqueta, e ele está certo em dizer isso, porque é uma jaqueta maravilhosa. Agradeço e elogio a franjinha dele. Tenho quase certeza de que ele estava de olho na Soph, ou talvez na Sarah (boa sorte com isso, querido), mas minha aparente indiferença parece ter despertado o interesse dele, consigo ver isso. Ele começa a se gabar, como se isso agora tivesse se tornado uma disputa que ele quer vencer, justamente porque ficou mais difícil.

Não é tão difícil assim, penso. Se eu beber o suficiente, provavelmente acabarei transando com ele, e ele é bonitinho. Só não sei se vou mandar bem, para ser sincera. É como o oposto do tipo de insegurança que surge quando você vai ter uma relação com alguém do mesmo sexo pela primeira vez. Sei como chupar uma mulher, mas será que sei cavalgar um homem? Parece antinatural.

Ele me pergunta no que estou pensando, porque fiquei em silêncio por alguns segundos.

Penso em todas as coisas que eu poderia dizer nesse intervalo, todos os cenários que poderia criar com a simples abertura e fechamento dos lábios, com a ginástica de minha língua.

Considero dizer a ele uma versão da verdade, que estar nesse bar me faz lembrar de uma época no primeiro ano da faculdade, quando um grupo de amigos recém-conhecidos e eu atravessamos as ruas de Newtown à noite, embriagados com a vida, mas principalmente com álcool, e todos estávamos tão empolgados por termos nos encontrado, pela cidade agora estar acessível para nós de um jeito que antes não era, quando ainda estávamos presos às nossas respectivas escolas, carregando mochilas pesadas todos os dias no trajeto até a aula e de volta para os quartos da infância. De como uma garota cujo nome agora não consigo lembrar começou a saltar em zigue-zague por um bequinho, e nós fomos atrás dela, e de algum jeito começamos a cantar uma música que estávamos inventando na hora, e a música fazia sentido para nós, era alegre e barulhenta. E lembro que agora, se eu estivesse em um grupo de pessoas na mesma situação, não sentiria mais aquilo — aquela euforia — e me pergunto se a vida é isso: uma tentativa de recriar situações que tragam de volta uma alegria antiga, ou se ainda existe alegria nova a ser descoberta e, se sim, onde ela está? Será que ele sabe?

Digo a ele que estou pensando nas mudanças climáticas.

Ele responde que também pensa nisso o tempo todo e começa a descrever, em detalhes, o processo de compostagem que faz em casa. A mão dele pousa em minha perna, e nenhum de nós comenta o fato. É inevitável; tudo isso é inevitável.

Quando transo com ele no final daquela noite, penso em Arthur. Acaba tão rápido que chega a ser desconcertante. No sexo lésbico, fui treinada desde cedo a entender que reciprocidade é o mínimo: sei como tocar, como lamber, quero fazer a outra se sentir bem. Mesmo que seja só uma transa de uma noite, gosto de pensar (e penso) que existe respeito entre nós.

Com esse homem (qual é o nome dele mesmo? Não posso perguntar de novo, já perguntei tantas vezes), sinto que isso é uma transação, mas também que todas as inseguranças que já tive sobre meu corpo e minha personalidade são provavelmente verdadeiras e gritantes, e ele só está fazendo isso para gozar, e que eu deveria estar grata por me deixar participar. De onde vêm esses pensamentos? Por que meu instinto imediato é me odiar, mesmo quando nenhuma evidência sugere que eu seja indesejável?

Não importa, deixo esses pensamentos de lado. Estou aqui em uma missão antropológica: estou aqui para transar com um homem.

A república onde ele mora fica em um sobrado; o quarto dele é o da frente, no térreo. E é claro que a cama dele é um colchão sobre pallets. Não consigo ver muito mais do que isso, já que não acendemos a luz. Vamos direto ao que interessa. Ou melhor: ele vai. Sou um receptáculo, um recipiente, sou tudo o que sempre imaginei que uma mulher sentiria sendo penetrada em um sexo hétero. E não sei se sou eu quem está me fazendo sentir assim ou se é ele quem me faz sentir assim. Tento me impor, arranhar, puxar. Mas tudo acontece tão rápido, e ele goza quase imediatamente, e eu percebo: pelo menos nesse aspecto físico, não há com o que se preocupar. Eu não gozo, nem chego perto de gozar. Transar com um homem é a coisa mais previsível do mundo.

Quando saio da casa dele pela manhã, não o acordo.

Já faz três meses desde que comecei minha nova vida corporativa e, no trabalho, agora sou uma parte aceita da máquina, não um elemento especificamente valorizado, é claro, mas parte da estrutura que inevitavelmente existe, por algum motivo. É esperado que eu faça uma piada sempre que algo estressante acontece, e todos os jornalistas ficam em polvorosa, para, depois, me dizerem como sou sortuda por ter um emprego que não é nem de longe tão exigente quanto o deles. Ironicamente, acabo sabendo de alguns acontecimentos que rodam nos canais de notícias antes da maioria deles, porque é meu trabalho monitorar as reações do público, e quem passa a vida comentando notícias na internet é rápido em anunciar sua opinião. No tempo que leva para um tópico começar a viralizar no Twitter, pode ter certeza que Darren, lá de Central Coast, já comentou vinte e cinco vezes direto na seção de comentários da matéria principal do site.

Quando essas notícias afetam diretamente o trabalho de Ken, ou seja, sempre que está relacionado a finanças, o que, convenhamos, é praticamente tudo, já que não existe nada que Ken não considere diretamente relacionado ao mercado de ações, ele assobia e cantarola para os colegas de mesa:

— Hoje tô correndo atrás do dindim, galera!

Ele repete isso como se fosse um jingle publicitário completamente desafinado. Às vezes, quando sente necessidade de incluir uma piadinha nessa atividade diária, Ken se levanta e me pergunta em voz alta, por cima dos monitores:

— E aí, Hera, já terminou de fazer as unhas aí?

E dá risada sozinho, satisfeito. Alison ignora essas interações como se fosse surda e cega. Normalmente, eu também ignoro, mas às vezes respondo, só para arrancar uma risada de Arthur. Só para ouvir a risada de Arthur. Digo algo tipo:

— Nada de novo no front, parceiro. E já que perguntou, só pintei o dedo do meio, quer ver?

Ou alguma outra bobagem igualmente infantil. É o único nível em que Ken funciona, discursivamente, e é necessário enfrentá-lo nesse nível, caso contrário ele não entenderá.

Em seguida, Arthur me manda uma mensagem: *Você tinha tesão em Lew Ayres, confessa.*

Eu respondo: *Não, a guerra me dava tesão.*

Ele diz: *Essa é minha garota, sempre pronta para a ação.*

Eu não respondo a essa porque ele acabou de escrever "essa é minha garota", e sei que é só um jeito casual de falar, mas fala sério: isso é flerte, né? Nós estamos flertando. Se isso não for flerte, então eu entendi tudo errado sobre o que é flertar durante a vida inteira.

Mas tanto faz. Não importa. Trocamos mensagens há meses. Nada aconteceu entre nós além de um jantar chinês; talvez nada nunca aconteça entre nós. Exceto que, obviamente, vai.

✦

Mais uma sexta-feira chega e, por volta das 14 horas desse dia auspicioso, Ken cria um grupo no WhatsApp chamado "Manos da Notícia", e eu sou incluída nele. Mei Ling, não. Fico me sentindo mal por isso, mas não tenho segurança suficiente para pedir a inclusão de outras pessoas. Para começo de conversa, sou a única no chat que não é jornalista. Ninguém fala isso abertamente, mas está claro que sou uma exceção e que normalmente isso não aconteceria. É isso, então: basta ser jovem, afiada nas respostas, mulher, ter seios razoáveis e nenhuma ambição jornalística declarada e, *voilà*, você também pode ser convidada para o círculo íntimo dos drinques.

O plano desta noite, para variar, é ir ao bar mexicano do outro lado da rua do escritório. Ken anuncia que hoje vamos "liberar geral", já que a mulher dele estará fora da cidade no fim de semana. Queria ter visto o momento em que Ken aprendeu a expressão "liberar geral". Consigo imaginar a alegria pura e cristalina no rosto dele ao perceber que tinha encontrado uma frase com 100% de energia Ken™, que, inevitavelmente, viraria seu lema da vida.

Aviso Soph que talvez eu a encontre mais tarde em alguma balada, mas sei muito bem que, se Arthur não sair mais cedo do bar, eu também não vou.

✦

Arthur não sai mais cedo, nem eu.

Durante toda a casualidade fingida da noite, que se estende sem pressa, enquanto nós dois cumprimos o protocolo de conversar com outras pessoas, acabamos sempre ao lado um do outro. Alguém se levanta para ir ao banheiro e, pronto, Arthur encosta sua perna na minha na cabine apertada. Ou então estou ali, me esforçando para focar a história de Killara sobre a vez em que ela e as amigas manipularam a eleição para representante de turma no terceiro ano. Mesmo sendo uma história muito engraçada, e mesmo com minha firme intenção de estar presente ali como alguém que não vive à espera de outra pessoa... Toda vez que desvio os olhos de Killara, dou de cara com o olhar de

Arthur; porque Arthur está sempre me olhando e tentando parecer que não está. Mesmo quando ele está falando com outra pessoa, dá para ver que ele está tentando acompanhar a conversa que eu estou tendo do outro lado da mesa. Vejo ele dar aquele sorrisinho discreto quando faço uma piada, ao mesmo tempo que discute com os colegas sobre o financiamento atual do jornalismo investigativo no país (está ruim, é o consenso).

Fica claro para mim, esta noite, que Arthur é, na verdade, o chefe de Ken. Aliás, é o chefe da maioria dos jornalistas que estão no bar agora. Como ele é discreto e nunca mencionou exatamente qual é o cargo dele (ou talvez tenha mencionado quando nos conhecemos, e eu esqueci), fiz questão de não perguntar muito sobre o trabalho dele; não quero parecer puxa-saco, não quero dar a entender que estou interessada no mundo dele porque quero um empurrãozinho ou uma dica. Já tinha passado por minha cabeça que ele podia ser o chefe, mas logo descartei, porque nunca o vi gritando com ninguém, e aquele jeito dele, meio complacente, não combinava com o estereótipo de chefe, ou pelo menos era o que eu achava. Mas, não. Killara faz um comentário despretensioso sobre um prazo que ele definiu para a entrega de um texto, então minha ficha caiu. É óbvio que ele é o chefe: sempre atraio obstáculos para minha felicidade. É óbvio que ele é o chefe: sempre tenho que escolher o caminho mais difícil.

As bebidas, assim como os anos, começam a vir e não param mais. Viramos shot, tomamos cerveja, eu pago uma rodada de margaritas porque já estou bêbada o suficiente para não ligar para o arrombo que isso representa em minha conta bancária.

Alguém, acho que Ken, sugere karaokê e, de repente, estamos todos na rua, cambaleando em direção ao centro parecendo um bando de crianças desajeitadas em uma excursão escolar.

Quando chegamos ao karaokê, após subirmos uma escada de concreto de um prédio escorado entre um teatro e um restaurante chinês, os funcionários já estão nos esperando — aparentemente Killara ligou antes avisando. Meu Deus, essa mulher é boa. Ela pede drinques para todo mundo e empurra a galera para dentro de nossa salinha. Há dois microfones sem fio em cima da mesinha baixa ao redor da qual nos sentamos, e agora a única missão é escolher as músicas. Não me passa despercebido o fato de que foi Killara quem organizou tudo, e não um dos homens. Mal conheço essa mulher, mas dá vontade de abraçá-la e dizer: "Você é foda, né? Você arrasa". Duvido muito que algum homem de escritório já tenha organizado uma ida ao karaokê; embora todo homem de escritório já tenha monopolizado o microfone.

Não me dou ao trabalho de sugerir músicas. Prefiro muito mais entrar no coro de algum hino esquecido a começar a fuçar no livrão plastificado e pegajoso ou tentar usar aquele controle remoto capenga para digitar meu pedido. Admito, em silêncio, que estou torcendo para algum dos colegas insuportáveis de Ken, cujos nomes não faço ideia, escolher alguma do Springsteen. Afinal, eu basicamente passei todas as noites de minha vida ensaiando a discografia inteira do homem enquanto lavava a louça com meu pai após o jantar.

Mas, não. É Bon Jovi, e Journey; depois Macklemore, e Psy.

Eu estava distraída, mas mesmo assim ficava discretamente de olho em Arthur, que estava sentado do outro lado, em um dos cantos da cabine, olhando para o celular com cara de cansado. Talvez ele não goste de karaokê, ou ache que sua autoridade de chefe ficaria abalada se escolhesse uma música e cantasse mal.

De vez em quando, canto junto com o grupo, mas não ouso tentar pegar um dos microfones, que, aliás, estão sendo monopolizados pelos homens orbitando Ken.

Uma breve pausa enquanto uma música termina e outra começa. Levanto o olhar e vejo Arthur me observando com aquele meio sorriso dele. Me sinto recompensada e retribuo com um sorrisinho contido.

E aí que ouço... aquelas notas iniciais melodiosas, a gaita. Olho em volta e vejo algumas pessoas se dando conta do que está tocando e soltando uns gemidos de protesto.

— Quem foi o filho da puta que escolheu essa em vez de *Born in the USA?*

Uma voz começa a cantar a primeira frase baixinho, mas ainda assim audível por cima da base instrumental. É uma voz grave, não exatamente impressionante, mas uma voz que acredita no que está cantando. Seja lá quem for, essa pessoa está realmente canalizando a melancolia perdida de um garoto de Nova Jersey empurrado cedo demais para a vida adulta.

Alguém grita um "uhul" no fundo e, em seguida, a sala praticamente se cala, exceto pela voz que continua cantando a música. Me dou conta de que só pode haver uma pessoa capaz disso, porque ninguém mais teria o poder de impor silêncio em um karaokê cheio de gente bêbada.

É Arthur. Claro que é Arthur. Olho para ele outra vez, ali no canto, e ele está segurando um microfone. Quando nossos olhares se cruzam, ele faz um gesto em direção ao outro microfone, que está ali na mesa, bem na minha frente. Não faço ideia de como ele conseguiu orquestrar isso, nem por que ninguém mais pegou o segundo microfone, sendo que, até agora, todas as músicas tinham gerado disputa como se fosse bandeirinha em jogo de rouba-bandeira.

— Ande, Hera! O microfone está gritando seu nome! — berra Killara, animadíssima.

Então o restante da turma começa a cantar em coro:

— Hera! Hera! Hera!

Tenho certeza de que a maioria só está gritando isso porque, finalmente, conseguiu descobrir meu nome.

Certo, então é isso. Vou ter que cantar. Recusar agora seria bancar a estraga-prazeres.

Mas eles não fazem ideia do quanto isso me deixará vulnerável. Mal sabem que, se eu pudesse descrever a noite perfeita, seria exatamente esta: cantando *The River* com Arthur, nessa mesma sala, e com ele tendo escolhido a música.

O que será que está escrito na minha testa "música mais triste do Bruce Springsteen"? Ele sabia.

Entro na música bem na hora do verso sobre engravidar Mary, sob gritos de adoração — em parte porque todos já estão bêbados, mas também porque, acontece que, sim, eu sei cantar. E sei cantar essa música de olhos fechados, com os pés nas costas.

Quando tudo desandou entre meus pais, eu e meu pai costumávamos cantar essa música no carro. Tínhamos o álbum em fita cassete. Ele sempre batucava no volante entre os versos. Dizia que um dia eu entenderia o que essa música significava de um jeito ainda mais profundo do que já entendia. E ele tinha razão.

Arthur está radiante agora; ele me olha como se eu tivesse todas as respostas. Eu tento não encará-lo demais enquanto continuamos a cantar juntos, porque sei que meu rosto é como a superfície de um lago, reagindo a cada brisa, a cada pedrinha que encosta, e eu realmente preferia que o escritório inteiro não visse o desejo que está pulsando dentro de mim.

Quando chegamos ao último verso, o silêncio ao nosso redor parece um transe. É como se todos estivessem recordando um tempo em que eram mais felizes do que são hoje. Não preciso mais me preocupar tanto em não olhar para Arthur, porque tenho certeza de que, agora, todos estão voltados para dentro de si.

Então olho de soslaio, e ele ainda está cantando para mim. Agora estou sorrindo de volta, escancarada, sem conseguir controlar. Eu me jogo no melodrama dos "ooh-oohs" finais. Estou fazendo a segunda voz duas oitavas acima, e não estou nem aí se parece exibicionismo, porque quero me exibir para ele. Quero que ele veja e ouça do que sou capaz. Quero que ele conheça meu modo de sentir as coisas.

Quando a música termina e o som vai diminuindo, todos aplaudem e logo passa para a próxima música. "Hips Don't Lie" começa a tocar e os Kens retomam a posse dos microfones. Nossa música vira só mais um momento da noite, mais um entre tantos.

Mas não para mim, é claro. Para mim, algo mudou.

✦

À meia-noite, somos chutados do bar de karaokê e o pessoal começa a se dispersar; uns vão para a estação, outros chamam um Uber. Sinto uma presença ao meu lado: é Arthur, com as mãos nos bolsos.

— Quer dividir um Uber? — ele pergunta. — Pelo que me lembro, moramos muito perto um do outro.

Dou uma olhada em volta para ver se alguém está prestando atenção na interação; felizmente, ninguém está.

— Claro, pode ser.

Sentamos no banco de trás, com o assento do meio vazio entre nós, e conversamos em tom baixo sobre a noite, sobre quais músicas foram as mais sofridas de aguentar.

Após uma pausa, ele diz:

— Sua voz é incrível. Eu sabia que você conseguiria cantar.

— E eu, de algum jeito, já sabia que você escolheria a música mais triste da lista — retruco.

Estamos passando por uma rua conhecida, e sei que, em questão de minutos, vamos chegar à minha casa, então vou sair do carro e esse momento vai acabar. Não suporto a ideia de deixar isso acontecer e sinto que ele também não. Mas fui eu quem prolongou a noite da última vez, não vou fazer isso de novo. Nós esperamos. Até que ele quebra o silêncio.

— Escute — ele diz. — Quer tomar mais uma?

— Todos os bares já devem estar fechados, Arthur.

— É… acho que você tem razão. É só que… Não quero ir para casa ainda.

!!!

Penso em minhas opções. Decido.

— Sei que talvez seja meio estranho, porque moro com meu pai, mas ele já vai estar dormindo, então… bom, se você quiser ir lá em casa pra tomar algo… Tem bastante vinho, ou uísque, se isso combinar mais com seu estilo, Senhor Chefão.

— Gostaria muito de ir.

— Certo — digo, olhando para baixo.

Então seguimos em silêncio pelo restante do trajeto, com exceção do momento em que Arthur avisa ao motorista que faremos apenas uma parada.

É uma sensação muito, muito estranha abrir o portão da frente e ter Arthur me seguindo pelo caminho até minha casa. Aqui não é o trabalho, nem o bar perto do trabalho; é minha casa, e sou eu quem está guiando ele.

Peço para ele se sentar no sofá da sala da frente enquanto vou buscar as bebidas. Faço isso com cuidado, tentando não fazer barulho para não acordar meu pai. Não que ele fosse descer, se ouvisse, mas… bom, ele ia sacar o que está acontecendo.

Meu corpo está leve. Minha fala também. Esse cômodo, essa casa… tudo parece fácil. E aqui está Arthur: o homem que me olhou com incredulidade naquele primeiro dia no elevador, não o homem inalcançável por trás dos monitores. Dito isso, quando volto para a sala com a garrafa de vinho e duas taças, ele está claramente nervoso. Enquanto coloco os copos na mesinha de centro, ele torce as mãos, me agradece com educação pelo vinho. Quando me sento, ele mantém certa distância no sofá, está encenando um respeito por meu espaço, e eu bem que queria que ele não estivesse.

Também trouxe meu notebook que estava na cozinha e aperto o Play em uma playlist tranquila. O pop melancólico da Maggie Rogers escapa pelas caixinhas do computador e preenche o ar ao nosso redor. Arthur fica com os pés plantados no chão, enquanto ergo os meus e cruzo as pernas no sofá, virada de frente para ele.

Nós começamos a conversar sobre tudo. Ele está bêbado, está engraçado, atencioso. Chegamos até a falar sobre mudanças climáticas e filhos. Ele começa a falar sobre vacas e emissões de metano e sobre como ter filhos, na verdade, é o menor de nossos problemas quando o planeta está colapsando. Ele sabe várias estatísticas que eu não conheço, e não consigo evitar de me impressionar com ele, com a fluidez com que expõe argumentos que eu mesma hesitaria em levantar, com medo de parecer ignorante ou insensível. Mas ele não é nenhuma dessas coisas, parece que realmente pensou sobre isso, e eu gostei.

— Também tenho medo de não ser boa nisso... — digo, porque, a essa altura, o vinho já soltou minha língua. — Ser mãe de uma criança, quero dizer. Acho que usar a questão climática é só um jeito de não dizer que, no fundo, tenho pavor de não ter nada de verdade para oferecer a uma criança nesse mundo, sabe?

Ele me olha muito sério e diz devagar, com intenção:

— Hera, qualquer criança que tiver você como mãe vai ser a criança mais sortuda do mundo.

De alguma forma, agora estamos sentados bem próximos. Não lembro exatamente como isso aconteceu, mas aqui estamos.

Fico profundamente tocada pelo que ele acabou de dizer.

Eu me inclino um pouco para a frente, sabendo que, se ele me rejeitar agora, vou morrer. Sem dizer nada, passo dois dedos ao redor da mandíbula dele.

Ele toma uma decisão e me puxa para perto; ele me tem. As mãos dele envolvem meu rosto, depois descem por meus ombros, minhas costas, minha cintura. Ele beija minhas clavículas, minhas bochechas, minha boca. Minha boca. Sinto meu corpo se soltar. Meu corpo cede. É claro. Era isso que eu queria. Agora sei o que quero da vida.

Você ri, mas estou falando sério.

Eu o interrompo e digo:

— Ou você vai embora agora, ou subimos. A escolha é sua.

Quero que ele tenha certeza. Ah, como quero que ele tenha certeza.

— Vamos subir — ele diz.

Então subimos.

De pé em meu quarto de infância, ao lado da cama, Arthur levanta meu vestido até os ombros e o deixa cair no chão. Tento retribuir. Desajeitada, começo a desabotoar sua camisa, jogo a peça no chão; mas, quando chego ao cinto, me atrapalho. Estou bêbada, sim, mas também não estou acostumada com roupas masculinas. Percebendo meu nervosismo, minhas mãos trêmulas, ele sorri e me afasta com delicadeza. Ele desabotoa o próprio cinto, se livra da calça com um movimento rápido, e eu o observo. Arthur está diante de mim, só de cueca, e percebo que está excitado. Quero me exibir para ele. Desabotoo meu sutiã, tiro a calcinha. Em silêncio, dou um passo à frente e abaixo a cueca dele até os tornozelos, deixando que ele termine de tirar. Dou um passo para trás e fico ereta. Quero que ele me veja olhando para ele. Ele solta um gemido; depois se aproxima e me beija. Segura meus ombros e me empurra suavemente para a cama. Sinto todo o corpo dele contra o meu, estamos molhados, quentes, escorregadios. É um borrão, a maneira como nos beijamos, nos agarramos, nos lambemos. Mas, quando o sinto dentro de mim, há um instante de absoluta clareza. Esse sentimento é algo pelo qual vou lutar.

PARTE DOIS

Eu gostaria de poder dizer que, na manhã seguinte, acordamos em minha cama, cansados, de ressaca, mas satisfeitos. Gostaria de dizer como ele talvez estivesse acariciando minhas costas distraidamente enquanto eu despertava. Talvez eu tivesse que tirá-lo de casa às escondidas, para evitar que meu pai o visse. Ou sobre como pensei: dane-se, vou encarar isso de vez, e então o acompanhei até lá embaixo e o apresentei ao meu pai.

Mas não fiz nada disso, porque depois que fizemos amor — só alguns minutos depois, na verdade —, o celular dele começou a tocar. E, em meu estado de felicidade plena, eu disse para ele atender, que podia ser importante. E ele, bêbado e grogue, atendeu. Alguém falava com ele, uma pessoa irritada; eu não conseguia ouvir as palavras, mas reconhecia o tom. E dava para perceber que era uma mulher. E ele disse:

— Sim, sim, já estou chegando em casa. A noite foi mais longa do que eu esperava. Tá bem. Até já.

Olhei para ele com a compreensão surgindo, e ele me olhou de volta, sabendo que eu havia entendido.

— Me desculpe, Hera.

Depois se levantou. Fiquei deitada na cama, nua, observando enquanto ele vestia as calças, a camisa, fechava o cinto. Em seguida, abriu a porta de meu quarto e a fechou atrás de si. Alguns segundos depois, ouvi a porta da frente bater. Eu estava sozinha em minha cama. Completamente sozinha. Foi assim que aconteceu, e eu queria poder dizer que foi diferente.

Eu ainda sentia o cheiro dele em meu corpo, em meus lençóis. O leve afundado que o corpo dele deixara no colchão ainda estava lá. Meu corpo continuava sensível, úmido, aberto. E, embora o que eu sentisse fosse um vazio terrível, mesmo, uma parte de mim já sabia que algo assim poderia acontecer.

De algum jeito, adormeci. Quando acordei, poucas horas depois, ele ainda não estava ali, e eu ainda estava sozinha; com nada além da lembrança para me assegurar de que aquilo de fato tinha acontecido. Mas o que exatamente tinha acontecido? Era perturbador perceber que, enquanto eu achava que uma coisa estava acontecendo, na verdade era outra completamente diferente. Ou não? Aquilo que senti deixou de valer agora? Seria apagado depois, como se nunca tivesse existido?

Não dava. Eu não conseguia apagar aquilo, mesmo que quisesse. E, infelizmente, eu não queria.

Eu tinha sentido felicidade.

Mesmo enjoada, mesmo sabendo que ele tinha mentido para mim, mesmo sabendo que o caminho à frente — se eu escolhesse seguir por ele — estaria cheio de armadilhas e problemas, e muito provavelmente não me levaria aonde eu queria chegar... Apesar de tudo isso, eu sabia que, se ele não parasse, eu também não pararia.

Talvez seja difícil aceitar essa minha decisão de continuar. Talvez você diga que eu devia ter colocado um ponto final; que isso teria sido o mais ético a se fazer, que teria me poupado de sentir tanto sofrimento.

Mas o que eu mais queria era justamente isto: sentir algo a ponto de querer proteger aquilo. E agora eu tinha. Então eu seguiria em frente.

A ressaca na manhã seguinte à primeira vez em que fiz sexo com Arthur é forte, mas não é mortal. Atordoada, passo um tempo andando pelo andar de baixo, recolhendo as taças de vinho e a garrafa que Arthur e eu deixamos no sofá da sala de estar, pensando em como, enquanto bebíamos, tudo estava carregado de expectativas, e agora há apenas manchas vermelhas no carpete de meu pai. O potencial metafórico é muito amplo; estou me sentindo confusa.

Esta tarde farei um piquenique com Soph, Sarah, nossa amiga da faculdade, Daisy, e outro amigo, Ben, que fez direito com Soph, mas está perdoado porque não exerce a profissão.

Meu pai está na cozinha lendo o jornal quando vou avisá-lo de que estou saindo. Ele tem um encontro esta noite, embora se recuse a admitir que é um encontro.

— Homens adultos não "namoram", Hera. Somos apenas duas pessoas que se acham interessantes jantando juntas.

Reviro os olhos e digo:

— Tá bom, pai. Divirta-se em seu encontro.

Ao sair da cozinha, vejo que ele está sorrindo para si mesmo.

Ao chegar ao parque onde vou encontrar minhas amigas, a tela de meu celular se ilumina com uma notificação de DM no Instagram. Aquele cor-de-rosa, aquele roxo, aquela maravilha! Ele me adicionou, mandou uma mensagem. A foto de perfil é uma forma abstrata, que me lembra, de um jeito estranhamente reconfortante, os velhos no Facebook que deixam a imagem padrão — aquele contorno genérico de rosto —, porque não sabem como trocar ou porque vivem dizendo que se preocupam com privacidade online, apesar de estarem nas redes sociais.

A primeira linha revelada na tela inicial do celular faz meu coração disparar e desmoronar ao mesmo tempo. Abro a mensagem, consciente de que ele verá que eu visualizei. Estou apostando meu orgulho nessa jogada.

A mensagem dizia: *Oi. Obrigado por ontem à noite. Não consigo parar de pensar nisso. Em você. Odeio ter que pedir isso, mas preciso: você se importaria de, por favor, não contar para ninguém?*

Sinto aquele alívio ofegante que vem com a primeira mensagem após o sexo: é a confirmação de que aquilo de fato aconteceu, de que não vai haver um sumiço recíproco imediato, relegando a noite ao passado. Mas, junto com isso, vem também a compreensão de que já fui relegada à condição de vergonha secreta dele. Eu me pergunto se existe alguma maneira de manter a dignidade nessa situação ou se isso é impossível.

Respiro fundo e começo a digitar minha resposta. Estou tentando mantê-lo na conversa, tentando fazer com que ele continue olhando para o celular, mas também tentando estabelecer uma espécie de vantagem (não que eu a tenha, por que sequer estou tentando).

Oie. Humm, de nada? Infelizmente eu também não consigo parar de pensar nisso. Tipo, o tempo todo. E foi mal, mas já mandei um e-mail para o RH. Tarde demais.

Dois segundos depois, digito:

Claro que não vou falar para ninguém, Arthur. Não sou uma psicopata.

Ele: *Eu ainda estou com seu cheiro.*

Eu: *Engarrafa isso e você vai ficar milionário.*

Minhas amigas chegam e, é claro, conto tudo para elas. Bom, quase tudo. Eu me concentro nos meses de tensão sexual culminando em um sexo absolutamente arrasador e, depois, na traição.

Não conto que, desde ontem à noite, continuei trocando mensagens com ele. Decido não mencionar que já tomei a decisão antiética de manter a troca de mensagens, mesmo sabendo da verdade.

O dia está ensolarado, a grama está verde e quero correr por aí celebrando essa bondade toda, porque minha pureza já foi roubada. Vamos beber sidra, comer morangos e rir à luz do dia sobre minha conquista. Que elas vejam minha felicidade explícita, que eu possa tê-la, só por hoje.

Elas querem ver fotos, então eu mostro. As opções são limitadas, já que não tirei nenhuma foto dele, mas, mesmo no perfil profissional — fácil de achar no Google —, ele é uma graça. Elas exclamam que ele tem olhos azuis lindíssimos (como se eu não soubesse).

— Hera, a destruidora de corações! — elas gritam. — Você vai acabar com esse homem!

Elas não sabem o quão perto da verdade estão... Mas também o quão longe.

É Sarah quem levanta o ponto inevitável; que alguém que trai a parceira talvez não seja exatamente a melhor pessoa do mundo.

Felizmente para mim, ninguém parece muito preocupado com o que isso diz sobre o caráter dele, pelo menos por enquanto. A parte da traição é convenientemente ignorada quando Ben solta:

— Cara, todo homem é cachorro, né. Quem liga. Mas, e aí, o pau era bom?

Apesar de Soph e Sarah saberem, por nossas conversas anteriores, que eu me importo, sim, e muito, com Arthur, e que o fato de ele ter uma parceira que não sou eu está muito longe do ideal, todas fingimos o contrário, por minha causa, pelo bem da piada. Nos deliciamos com o drama e o fingimento coletivo de que estou emocionalmente intacta. Peguei o cara e ainda saí com uma história. Aos olhos delas, se eu fizer de novo, estarei no controle da situação. A parte que não conto é o esforço que fiz para não chorar quando ele atendeu aquela ligação.

No dia seguinte, no domingo, durmo com um cara chamado Rav, só pra continuar dizendo a mim mesma que estou no controle, que não estou apenas me rendendo ao papel de amante.

Homens! Parece que agora eu durmo com homens. Não é grande coisa, a sexualidade é fluida e eu me odeio, muitas coisas podem ser verdade ao mesmo tempo.

Arthur é só mais um, repito em minha cabeça e para minhas amigas. Não posso ficar esperando por ele, e não vou.

Então faço uma conta no aplicativo Bumble e encontro Rav, um cara que topou transar comigo enquanto passava o dedo para a direita em uma foto de meu rosto, assim como fiz com ele Entrar nesses aplicativos é como ir a uma festa no ensino médio vestindo tamanho 44: você sabe que, embora provavelmente não seja a primeira opção de nenhum cara, até o final da noite acabará sendo a última opção de alguém. É uma questão de decidir se aceita essa realidade ou não.

No ensino médio, eu era magra, mas como essa magreza era fruto de fome, nunca senti que ela era realmente minha, era só algo que se apropriou de mim temporariamente. Agora tenho um corpo que come, então ele é meu, e eu deveria habitá-lo de verdade. Mas não consigo evitar a sensação de que tudo isso é temporário e que qualquer versão da minha carne que eu apresente a um homem será falsa. Nenhuma delas é a verdadeira eu, apenas um estágio passageiro desse corpo que habito. Em dois anos, serei diferente do que sou hoje, sei disso. Não ofereço nenhuma promessa de estabilidade. E não me sinto assim com mulheres. Por quê?

Rav não é nada; Rav é apenas adequado para fazer sexo. Quando sinto ele dentro de mim pela primeira vez, sinto a penetração física, e só. Ele deixa uma música da Tash Sultana tocando em uma caixinha de som o tempo todo. Fico tendo flashbacks de Arthur, de como, quando saímos do sofá e fomos para meu quarto, estava tocando Julia Jacklin baixinho em meu notebook — e de como, ontem de manhã, quando olhei para o notebook, a bateria já estava descarregada. Quando liguei para carregar de novo, a música que voltou a tocar era "Someday".

Dizem que existem dois tipos de pessoas no mundo: aquelas que escutam a letra das músicas e imediatamente aplicam tudo à própria vida e aquelas que se deixam levar pelo ritmo ou pela melodia, mal registrando as palavras. Como você já deve ter adivinhado, sou o primeiro tipo.

Someday, someday, someday.

Um dia.

Na manhã seguinte, já correndo da cama do Rav, onde eu, burra, havia adormecido, chego ao trabalho sentindo que estou à beira de um ataque.

Alison começa a semana nos avisando que teremos que ser ainda mais vigilantes nos próximos dias, já que estão rolando eleições em um país importante para a Austrália e para os EUA, e logo deve começar a chover canivete nos comentários. (Preciso dizer que, durante todo o tempo em que trabalhei nesse emprego, nenhuma conta foi realmente suspensa. Vigilância, no fim das contas, significava mudar o status de azul para laranja, e depois para vermelho; significava ver as coisas e simplesmente marcar que tínhamos visto.)

Mei Ling me manda uma mensagem privada perguntando como foi meu fim de semana depois da bebedeira com o pessoal do Manos da Notícia. Digo que foi tranquilo. O dela também foi, tirando o drama de ter pedido um kebab e o entregador do Deliveroo ter esquecido o molho; o que, de fato, foi muito triste. Confirmo que realmente é "muito triste" e seguimos nossos dias. Passo boa parte do tempo removendo links de um clipe não oficial de "Beds Are Burning" que começaram a pipocar nos comentários de uma matéria sobre a nova política do governo australiano para combustíveis fósseis. Sempre que excluo um link, outro aparece, postado por alguém indignado com o "Estado-babá".

Na hora do almoço, meu computador apita de novo. Dessa vez é Arthur, pedindo o número de meu celular. É claro que ele poderia ter pego o número direto do grupo Manos da Notícia no WhatsApp, mas ele não pensou nisso, o que acho encantador. Digito os números, prendendo a respiração ao apertar Enter. Ele não liga na hora, faz sentido, estamos no trabalho. Mas é claro que meu estômago parecer estar em gravidade zero enquanto penso no que ele pode querer dizer. Embora a raiva pelo status de relacionamento dele devesse ser minha emoção principal, o que mais me assusta é que ele ligue só para dizer que a noite de sexta foi um erro, que sente muito e que devemos manter as coisas no profissional. Não sei se conseguiria continuar nesse emprego se fosse assim. Mas também existem outras possibilidades; e essas possibilidades, embora igualmente assustadoras, me agradam.

Durante meu intervalo, andando em círculos pelos becos perto do trabalho, recebo a ligação de um número desconhecido. Respiro fundo e atendo. Eu me encolho contra a parede como uma fugitiva, com uma garoa fina caindo, molhando minha blusa de algodão laranja, que mancha fácil.

Do outro lado da linha, silêncio. Não falo primeiro. Fico encarando o prédio grafitado à minha frente e espero.

— Oi — diz ele, como um cumprimento.

— Oi? — respondo, como uma pergunta.

Sempre essa hesitação, essa timidez. Como a intimidade pode ser apagada tão rápido. E como é trabalhoso reconstruí-la, palavra por palavra, gesto por gesto. Será que ele não lembra como era? Será que não podemos simplesmente retomar de onde paramos?

— Olhe — ele continua —, desculpe pela mensagem de sábado. Eu meio que surtei.

— Tudo bem, eu entendo.

Quero dizer, entendo e não entendo, mas quero que ele continue falando, e essa resposta facilita isso.

— É que... bom, minha situação é complicada, meu casamento é complicado. Sinto muito que você tenha descoberto desse jeito. Mas... Nunca fiz nada parecido antes, e eu queria dizer que entendo se você não quiser ter mais nada comigo.

Ah, então não era só uma namorada; era uma esposa! Excelente. E o que ele quer insinuar dizendo que "nunca fez nada parecido antes"? Que ele é melhor do que os outros caras? E por que, mesmo assim, sinto vontade de perdoá-lo?

Respiro devagar. Preciso dizer algo verdadeiro.

— Arthur, eu... Também não estou acostumada com isso. Sei que deveria querer me afastar de você agora. Só que, sei lá... Não quero. Então, não sei o que isso faz de mim, não é nem um pouco ideal. Acho... O que você pensa disso?

Quase posso ouvir o suspiro de alívio vindo do outro lado da linha. Alguns segundos depois, ele responde, cuidadoso, como quem devolve uma bola para o meio da quadra, preferindo a precisão do que a velocidade do chute.

— Bom... já que é assim, Hera, você deveria saber que, nos últimos dois dias, eu praticamente só pensei em ver você de novo.

A bola entrou. Não consigo conter o sorriso que se estampa em meu rosto.

Sei que isso é errado. Sei que aceitar essas palavras me torna cúmplice. Mas meus sentimentos começaram antes mesmo de eu saber que havia traição envolvida. Eles começaram puros, e isso tem que contar para alguma coisa, não? Eu não queria ser a amante. Nunca sonhei em ser cúmplice de adultério. Mas eu quero amar. Quero ser amada. E aqui estou, amando.

Então decido. Ali mesmo, naquela ruela suja, eu decido que se é só uma migalha de amor que posso ter, vou aceitá-la, porque talvez, um dia, ela vire algo maior. Talvez você ache que isso me torna fraca — até digna de pena. Mas a experiência me ensinou que é raro eu me importar de verdade com alguém, romanticamente falando, e aqui está esse homem por quem eu me importo, e muito, me oferecendo uma parte de si. Por que eu escolheria a possibilidade de nada se existe uma chance de ter alguma coisa agora? Estou tão cansada de não me importar com nada. Estou tão cansada de moderar comentários. Estou tão cansada de não ter alguém que eu queira abraçar.

Arthur interpreta meu silêncio como um sinal e continua a troca, dessa vez com uma rebatida suave para o centro da quadra, colocada com cuidado, me convidando a responder:

— Diga se for demais, mas... Você quer se encontrar comigo de novo? Fora do trabalho, quero dizer.

Dou uma risada.

— Bom, sim, Arthur, é claro que eu gostaria de "me encontrar" com você de novo. Embora eu ame nossos encontros ocasionais no escritório, acho que não é o cenário mais apropriado.

Eu me preparo, respirando fundo, decidida a dizer o que quero. A vergonha que se dane.

— E se por "se encontrar" você quer dizer se eu quero muito beijá-lo outra vez, então a resposta também é sim. O que você tinha em mente?

Mesmo depois de já termos transado e estarmos claramente começando um caso, só de mencionar que quero beijá-lo outra vez me parece ousado, como se eu estivesse improvisando uma fala maluca no meio de uma peça. Eu me surpreendo comigo mesma, com os papéis que somos capazes de assumir; e que qualquer pessoa pode, a qualquer momento, apenas se decidir. Todos os papéis estão disponíveis, o tempo todo.

Agora é ele quem ri, nervoso de empolgação.

Parece que ele ensaiou essa conversa na cabeça, mas está apavorado agora que ela está realmente acontecendo. Ele consegue balbuciar:

— Bom... que tal um hotel?

Seguro a vontade de rir. Como é que vim parar nessa situação? Mas rir estragaria o clima.

— Tá bom. Vamos pra um hotel. Você já tem algum de costume pra esse tipo de coisa?

— Hera — ele responde —, acho que você sabe muito bem que não.

E foi assim que eu mesma achei o lugar, fiz a reserva e usei meu cartão de débito sem cor definida para pagar.

Após quatro dias e meio intermináveis de moderação de comentários, no sábado à tarde, caminho de casa até um hotel pequeno, em um bairro vizinho. Penso em passar maquiagem, vestir algo sexy, fazer o tipo sedutora. Mas decido que não é assim que quero que seja entre nós. Não quero encenar uma performance erótica de confiança; não quero ser uma *femme fatale*. Estou com o rosto limpo, recém-saída do banho, visto uma calça larga e um suéter verde de que gosto. Quando chego ao hotel, minha pele já está um pouco úmida de suor: é um dia ensolarado em Sydney.

Ao me aproximar do prédio, vejo um portão trancado e percebo que não faço ideia de como entrar. Será que mandaram algum código por e-mail? Não sei. Depois que fiz a reserva e enviei o endereço e o horário para Arthur, dei a logística como encerrada.

Parada ali do lado de fora, começo a vasculhar o celular e não acho a resposta. Tudo o que encontro é a evidência gritante de que reservei o quarto por um site chamado *dayuse.com*, um endereço tão escancaradamente voltado para encontros extraconjugais que faz eu me sentir, ao mesmo tempo, ofendida e admirada.

Nesse momento, me sinto tanto adulta quanto criança. Sou uma mulher feita. Estou iniciando um caso. Ainda assim, moro com meu pai, fico nervosa em festas e nunca comprei mantimentos com mais de um dia de antecedência do que pretendo comer. Não sei o que fazer com as mãos quando me sinto desconfortável. Amantes deveriam ser confiantes; sou uma fraude.

Alguns minutos depois, ainda parada no meio da calçada, um carro estaciona e ele desce. Ele também parece meio perdido. Assumindo o controle com um falso ar de bravura, como fiz na primeira vez no bar mexicano, digo:

— Que bom que você veio — digo e o beijo na boca.

Por ser mais alto do que eu, ele precisa se abaixar para receber o beijo; percebo que hesita um pouco, provavelmente porque estamos em um espaço público onde qualquer um poderia testemunhar o adultério. Também noto que ele parece surpreso com o beijo, com a rapidez com que tomei a iniciativa, o que acho divertido, considerando o que estamos prestes a fazer. Não vim aqui para comer um lanche, vim para *ele* me comer.

Ele está com a bolsa do notebook (presumo que tenha dito à esposa que precisava trabalhar), mas nenhum de nós carrega mala de viagem; não há sequer a encenação de uma estadia prolongada para enganar a pessoa da recepção. Digo a ele que não sei como entrar no prédio, e ele não oferece nenhuma sugestão útil. Procuro o local no Google e ligo para o número que aparece na página de resultados. Depois de explicar, toda atrapalhada, para a mulher ao telefone que estamos do lado de fora e perguntar se podemos entrar, uma luz verde pisca no portão e eu o empurro para abrir.

A recepção é charmosa, arrumada, funcional. Ao me aproximar do balcão, digo à atendente que tenho uma reserva. Constato que ela certamente sabe o que está acontecendo e me pergunto se acha divertido nosso jeito desajeitado e animado, ou se isso acontece com tanta frequência que, para ela, já virou algo banal. Ela pergunta se estamos visitando a cidade e eu respondo — de um jeito que me deixa discretamente orgulhosa

— "de certa forma", o que não resulta em nenhuma mudança de expressão no rosto dela. Essa é das minhas: impenetrável. Ela me entrega a chave, explica onde fica o quarto e informa que o check-out é às 22 horas. Fazemos expressões e sons como se isso fosse a coisa mais natural do mundo.

Começo a subir as escadas em direção ao nosso quarto, sem olhar para trás para checar se Arthur está vindo. Afinal, estou com a chave. A reserva está em meu nome. O quarto é meu; ele que me acompanhe, se quiser. Seguimos nessa marcha silenciosa até chegarmos ao nosso destino; meu corpo me parece quase ridículo de tão explícito no que quer. Sinto meus quadris balançando enquanto caminho, como se estivessem executando uma dança de sedução — o que é absurdo —, então tento controlar o movimento.

Finalmente chegamos à porta: sinto a mão dele em minha lombar, pressionando de leve onde minha cintura termina e meus quadris começam. Parece que ele quer me acompanhar, sim. Não consigo esperar mais. Viro para encará-lo e, dessa vez, é ele quem avança e me beija. Não é um beijo apressado, nem parece movido apenas pelo desejo. Em seguida, nos afastamos por um instante.

— Oi — ele diz.

— Oi — respondo.

Ele me olha com tanta seriedade.

— Estou esperando para fazer isso desde que saí da sua casa — diz ele. — Na verdade, desde antes... todo santo dia.

Não sei como responder a isso; sinto que qualquer coisa que eu diga vai soar exagerada, melodramática, falsa. Então não digo nada. Apenas sorrio. Estou feliz, mas desconcertada. Não é nosso jogo de troca de mensagens afiadas, que já dominamos; é sincero e, por isso mesmo, me deixa desarmada. Se for um jogo, não sei bem como jogar.

— Então vamos lá — eu comando.

Destranco a porta e nós atravessamos o limite para nosso pequeno paraíso climatizado. O quarto é pequeno, mas bem iluminado. Há sombras dançando nas paredes, projetadas pelas árvores lá fora.

O que alguém relaxado faria? Chuto os sapatos para longe, me jogo na cama e fico sentada de pernas cruzadas, bem no centro, o edredom se abrindo ao meu redor como pétalas. Olho para Arthur, que está em pé ao lado da cama, me observando, sorrindo.

Eu deveria dizer algo sensual, sei que esse é o momento. Mas não consigo fazer isso, então murmuro:

— Arthur?

— Sim, Hera?

— A bolsa do seu notebook é muito sexy.

Ele ri.

— Eu sabia que você não ia resistir a fazer uma piada sobre isso! É sexy, né?

— Ah, é sim — respondo séria. — Supersexy. Todo mundo sabe que mulher adora homem que usa bolsa de couro pra carregar seus eletrônicos. Lembra o James Bond.

— Bom, nesse caso — ele ergue as sobrancelhas —, você me quer mexido... ou batido?

Eu não aguento, ainda mais com o sotaque dele. Caio na risada, revirando os olhos.

— Vem cá, seu idiota. — Bato com a mão na cama.

Ele pula no colchão ao meu lado e ficamos deitados ali por uns trinta segundos, completamente vestidos. Acho que nós dois estamos tentando nos acostumar com a estranheza extrema da situação e também com a sensação de estarmos sozinhos, sóbrios. Parece que nenhum dos dois leu o manual de instruções sobre como ter um caso.

— Arthur? — eu o chamo.

— Hera — ele responde.

— Você trouxe camisinha?

— Cristo! — Ele ri. — Ela é direta.

Sustento o olhar dele, como se fosse um desafio:

— Eu avisei que gosto de ação direta.

Ele aponta para a calça dele.

— Está mais pra ação... ereta.

Mais uma vez, seguro o riso.

— Não acredito que você acabou de dizer isso.

Ele imita um sotaque norte-americano:

— Pode acreditar, gata.

— Uau, tá bom. — Começo a desabotoar a camisa dele. — Agora preciso que você pare de falar.

— Consigo fazer isso. Mas só pra você saber, as camisinhas estão na bolsa do notebook.

Ele pisca, e isso deveria me fazer querer sair correndo desse quarto e nunca mais voltar... Mas não faz. Acho graça em cada coisa idiota que ele faz. Vou até a bolsa dele e pego uma camisinha. Deixo-a sobre a cama. Devagar, bem devagar, tiro a camisa dele. Juntos, desabotoamos o cinto, deslizamos a calça. Ele está duro, e a sensação ainda é estranha para mim, apesar de minhas recentes aventuras heterossexuais. Não sei muito bem como lidar com o pênis dele, fico meio hesitante. Ainda não tiro a cueca.

Em vez disso, me levanto e fico em pé diante dele, aos pés da cama. Eu tinha gostado da performance de me despir na frente dele em meu quarto, e agora queria fazer isso direito, como uma performance. Tiro o moletom e a calça e — surpresa! — não estou usando mais nada por baixo. Escolhi não vestir lingerie só para ver a reação dele, e valeu a pena. Ele está meio erguido na cama, boquiaberto, olhando para mim. É assim que eu sonhava que ele me olhasse. Isso me dá coragem.

— Arthur — ordeno —, tire a cueca. Depois me toque.

Ele obedece rapidinho, jogando a cueca no chão.

— Sim, senhora.

Eu me jogo de volta na cama e nossos corpos se encontram. Então nos abraçamos, nos agarramos. Ele desliza a mão para me tocar; estou encharcada. Ele passa o dedo com delicadeza, sendo sensível, devagar. Mas não consigo ser devagar agora. Estico o braço para pegar a camisinha e tento abrir o pacote, mas não sei como abrir aquilo.

— Arthur, me ajude, por favor — peço, entregando a ele o quadradinho de plástico.

Ele rasga a embalagem e eu o observo enquanto ele desliza a camisinha. Tento memorizar o que ele faz, pensando no que fazer da próxima vez.

Com isso resolvido, eu o empurro para trás, monto sobre ele, depois me abaixo, tomando-o dentro de mim. Gememos baixinho, olhos presos um no outro, enquanto começamos a fazer amor.

As pessoas escrevem sobre desejo o tempo todo, e eu leio poemas, vejo filmes. Já transei bastante, não vou fingir que não. Mas nada prepara você para aquele momento, durante o sexo, em que tudo faz sentido com aquela pessoa, e você pensa: *Ah. Ah, sim. Agora eu entendo!*

Hoje não dizemos em voz alta, mas acho que ambos entendemos: eu sei, ele sabe que seja lá o que for isso, é diferente. As circunstâncias podem ser sórdidas, mas o que está acontecendo aqui, entre nós, não é normal. Parece gigantesco. Parece que demos vida a uma força imensa e agora somos guardiões dela. Nunca me senti assim, como se estivesse protegendo algo mágico.

Mais tarde, no calor e no suor dos lençóis amassados, ele tira uma garrafa de vinho da bolsa do notebook e encontramos dois copos de água no banheiro; bebemos e rimos durante uma conversa preguiçosa.

Após um tempo em silêncio, os dois tranquilos, decido dizer o que estou pensando, caso ainda não esteja claro.

— Acho que você já sabe, mas vou dizer mesmo assim. Isso… isso não é um jogo pra mim, Arthur. Não estou aqui só por diversão.

— Ufa, fico aliviado.

— Tô falando sério, Arthur.

Ele fica quieto.

— Eu sei, eu sei, desculpe. — Ele faz uma pausa. — Eu… não sei o que dizer quando estou com você. Fico sem palavras.

— Tá, então só diz o que está pensando. Tenta isso.

— Estou pensando… Estou pensando que isso é algo diferente. E que não sei como lidar com essa situação.

— Você acha que eu sei?

— Não, não foi isso o que quis dizer.

— Arthur, o que vamos fazer?

Nós já transamos duas vezes, mas não vou dar um ultimato. Não vou ser esse tipo de mulher. Mas queria que ele dissesse alguma coisa, qualquer coisa, para mostrar que sente isso tanto quanto eu.

Ele respira fundo. Consigo ouvir as engrenagens da mente dele girando.

— Eu… Eu não tenho todas as respostas agora. Não estava preparado pra… isso. Mas quero que saiba que não estou sendo leviano.

Ele não está entendendo a indireta, é isso.

— Tá, tá… Mas Arthur, acho que o que estou tentando perguntar é… Tipo, você quer estar comigo?

Não acredito que acabei de perguntar isso. Me sinto uma adolescente.

Ele dá uma risadinha.

— Hera, achei que isso fosse óbvio.

Era mesmo??

— Ah, certo... Tá bom, então... Então estamos meio enrolados, né.

— É o que parece.

Com isso, ele me abraça apertado, e eu me aninho no ombro dele, pensando: *Merda*.

Não sei exatamente o que foi que ele acabou de afirmar; ele disse que quer estar comigo, mas também não disse que quer estar *só* comigo. Não dá para perguntar mais nada agora, seria desespero. Decido esperar e ver no que dá.

Em certo momento, vamos embora do hotel. Não ficamos até o check-out. Tenho um jantar que marquei de propósito, para não ficar sozinha e arrasada depois disso, e ele precisa voltar para casa, para a esposa. Não que ele tenha dito isso com todas as letras, é claro. Na verdade, durante o tempo em que passamos juntos, ela praticamente deixa de existir; quase nunca é mencionada.

Devolvemos as chaves para a atendente. Não tenho dúvida de que ela ouviu nossa transa empolgada, e tento pedir desculpas com o olhar.

— Eu o vejo no trabalho, Arthur — digo, quando já estamos de novo na calçada. Vou embora sem lhe dar a chance de responder. Vou guardar essa tarde em um potinho. Sem mais palavras; só uma sensação que levo comigo enquanto me afasto, com a impressão de que Sydney não parecia tão viva assim há muito, muito tempo.

No jantar, não falo nada de diferente sobre meu dia. Estamos em um restaurante libanês que todos conhecemos bem; um lugar onde alguns clientes do teatro ali perto já nos mandaram calar a boca várias vezes, onde nos sentimos à vontade o suficiente para pedir mais pão sírio sem culpa. Minhas amigas e seus parceiros contam como preencheram as horas desde o café da manhã. Nenhum deles se apaixonou em plena luz do dia. Tenho pena deles, embora saiba que, se soubessem de minha situação, eles provavelmente teriam pena de mim.

Durante o jantar, fico checando o celular. Acho encantador o fato de ele ainda estar me mandando mensagens pelo Instagram, que é claramente um território meu, não dele; mesmo sabendo que isso também é um símbolo da mentira em que ele está metido. É improvável que ele use o aplicativo para qualquer outra coisa. No perfil dele tem, sei lá, quatro fotos; uma delas com ela, juntos, tirada claramente anos atrás, e eu tento, sem sucesso, não ficar obcecada por isso.

Um pontinho verde me mostra que ele está online. Três pontinhos e ele pergunta como está o jantar.

Respondo: *Animado.*

Lembro de jantares animados, ele digita de volta.

Sorrio para mim mesma, pensando nesse pequeno tesouro secreto de emoções que agora carrego no bolso. Quero levá-lo aos meus jantares. Quero ele sentado ao meu lado, passando a mão em minha perna quando Sarah estiver sendo ridícula, rindo de minhas piadas idiotas quando ninguém mais ri. Quero lhe devolver o mundo que, de algum jeito, ele deixou escapar sem perceber, ao longo dos anos que nos separam. Quero ser a pessoa que mostrará que ainda existe alegria e, ao mostrar isso, enxergá-la também.

Durante o jantar, a conversa muda para trabalho sexual: você faria, é ético, é feminista? No geral, acho esse debate meio batido (sim, pode ser feminista; sim, pode ser ético; não, eu provavelmente não faria, não por ética, mas pela minha total incapacidade de separar sexo de outras áreas de minha vida), mas estou tranquila em entrar no assunto com esse grupo, já que parece que alguns dos namorados estão refletindo sobre isso pela primeira vez. É sempre importante incentivar os namorados quando eles refletem sobre assuntos que não envolvem diretamente a própria vida ou Bitcoin, porque não dá para garantir que isso vá acontecer de novo.

John (namorado da Angela) leu recentemente um artigo de opinião na *The Atlantic*, escrito por uma mulher que dizia que trabalhar com sexo é o maior "foda-se feminista" ao capitalismo, porque permite que ela seja dona do próprio corpo e o venda com lucro direto enquanto, normalmente, o corpo dela é capital no negócio de outra pessoa. Ele não diz isso com essas palavras. O que ele diz mesmo é:

— Tinha uma mina falando que ser prostituta é, tipo, o acordo mais honesto que uma mulher pode fazer, e eu pensei: "Força pra você"

Angela recompensa John por seu pensamento progressista com um tapinha no braço, como quem aprova. Com base nisso, os outros caras entendem que a opinião de John é correta entre as mulheres e começam a trocar lugares-comuns sobre o trabalho sexual ser a profissão mais antiga do mundo e sobre como o sexo é um serviço como qualquer outro.

Diante disso, algumas das garotas recuam; sentem que talvez eles tenham se empolgado demais nos argumentos.

Não tenho um parceiro para reforçar ou educar, então como mais homus e deixo a conversa seguir para seu destino inevitável, ou seja, com Soph dizendo que tudo se resume ao direito de escolha. Ninguém discorda disso; todos amam a ideia de poder escolher.

Trabalho sexual: bom ou ruim?, digito para Arthur.

Sexo é bom, mas trabalhar é ruim, ele responde.

Dou uma risadinha e, depois, suspiro. Olho para meus amigos, que ainda conversam animadamente, como se o mundo inteiro coubesse naquela mesa. Mas eu descobri outro mundo. E pretendo colonizá-lo.

Passamos as semanas seguintes assim: trabalho durante a semana, hotéis à noite e nos fins de semana. É possível que, sozinhos, estejamos sustentando a indústria hospitaleira australiana. O trabalho continua mortalmente entediante, mas passo a maior parte do tempo no escritório trocando mensagens com Arthur. De vez em quando nos pegamos na escada de incêndio. Ele tenta ser discreto, enquanto eu, secretamente, estou implorando para ser pega. Mei Ling não comenta sobre meu evidente estado de distração. Killara passou a trazer cafés para mim ao voltar para o escritório, após fazer o que o cargo dela permite: sair do prédio, entrevistar pessoas, estar no mundo. De vez em quando, ela até me conta sobre as matérias em que está trabalhando, embora pare muito antes de me pedir opinião.

O chat entre mim e Arthur oscila entre piadinhas e sentimentos. Puxo para o lado emocional sempre que dá, usando fofocas inofensivas sobre celebridades como gancho para entrar em territórios mais íntimos. De tempos em tempos, penso na possibilidade real de que nossos chefes leiam essa conversa a qualquer momento, mas, em vez de isso me assustar, acho reconfortante. Acho reconfortante porque, se eu sei que é um risco, Arthur certamente também sabe. E o fato de ele estar disposto a correr esse risco indica que está mais interessado em falar comigo do que em manter o próprio emprego. É isso que digo a mim mesma.

Hera Stephen: *Certo, sobre o escândalo das admissões nas faculdades, você não acha que a Glenn Close devia interpretar uma Felicity Huffman mais velha quando fizerem um filme sobre isso?*

Arthur Jones: *E a Teri Hatcher como Lori Loughlin, pra reacender a tensão de* Desperate Housewives*?*

Obviamente, estou obcecada com essa resposta.

Hera Stephen: *Hahaha você é tão besta. Certo, em* Desperate Housewives, *qual deles é você?*

Arthur Jones: *Posso ser qualquer um, só não diga que sou o Mike, eu não suportava aquele cara.*

Hera Stephen: *Você não é o Mike, Arthur.*

Arthur Jones: *Então tá bom. E você, quem é?*

Considero minhas opções.

Hera Stephen: *Olhe, queria dizer que não sou a Edie, mas tem algo nela que bate comigo.*

Arthur Jones: *Tem muito o que amar na Edie!! Só, por favor, não morra eletrocutada.*

Ele se importaria se eu morresse! A régua é baixa, mas eu aceito.

✦

Em uma manhã, estou sentada à minha mesa, como de costume, rolando os comentários de mais um artigo de opinião, com dificuldade de me concentrar porque Arthur acabou de mandar uma mensagem falando sobre me fazer gozar. Nós dois estamos cada vez mais à vontade para escrever sobre o que queremos fazer um com o outro. Essas conversas começam durante o expediente e migram sem esforço para o Instagram assim que saímos do escritório, o que, na minha cabeça, é um gesto fofo de respeito à separação entre trabalho e prazer. Tipo: sim, estamos usando o horário do trabalho para falar de sexo, mas estamos respeitando o ambiente profissional, porque usamos o chat pessoal para isso.

Fato é que falar safadeza no trabalho tem seus desafios. Por exemplo, agora: são 11 horas, Alison está sentada ao meu lado e eu estou com um tesão insuportável enquanto tento acompanhar uma thread de comentários sobre cortes no financiamento federal para a cultura. Um usuário chamado @donaldbadman está feliz porque terá menos verba para os "punheteiros do teatro"; @changeagent concorda dizendo que teatro é coisa de elite; @curiousgeorge está preocupado com o impacto nos atores de *Home and Away*, e tudo o que quero é me masturbar.

Escrevo isso para Arthur e vejo os pontinhos dele aparecerem e sumirem. Por fim, a resposta chega: "Então se joga, Sheryl Sandberg. As sufragistas morreram para que você pudesse se tocar no trabalho".

É por esse motivo, pelo feminismo, que me pego tendo um orgasmo sentada na privada do banheiro do escritório menos de dez minutos depois. Quando volto para a mesa, Arthur me manda: "Diga pra mim que você deixou a Emmeline Pankhurst orgulhosa".

"Querido", respondo "ela tá chorando no túmulo".

✦

Tudo não se resume a sexo. Essa é uma das coisas que estou aprendendo sobre ter um caso. Nos filmes e nas séries, geralmente se dá muita ênfase ao ato sexual em si. E não me entenda mal, boa parte disso *é* transar. Mas, ainda mais do que isso, é esperar. Arthur e eu tecnicamente passamos os dias da semana juntos no trabalho, a poucos metros de distância, mas, na maior parte do tempo, tudo o que conseguimos fazer é trocar mensagens. Quando não estamos no escritório, conseguimos passar algumas horas, às vezes noites inteiras, juntos. Mas ainda mais frequentes são as horas passadas digitando *Estou com saudade; Queria estar com você;* e *O que você está fazendo agora?*

Nos relacionamentos, normalmente após alguns encontros, se a coisa ainda não esfriou, você começa a apresentar a pessoa ao seu círculo de amizades; testa como ela se encaixará em sua vida como um todo, como se sai com seus amigos. O julgamento dos amigos e da família inevitavelmente influencia como você enxerga aquele parceiro em potencial, por mais que diga a si mesma que não. E a qualidade do tempo juntos também muda — passa a ser compartilhado com outras pessoas, em churrascos, bares, festas, no trajeto até o trabalho.

No entanto, quando o relacionamento é secreto, isso necessariamente limita o número de pessoas envolvidas no desenvolvimento da intimidade. Existe você. E existe essa pessoa, essa pessoa, essa pessoa. Abstraídos, distantes do ritmo da vida compartilhada, os dois acabam contando tudo um ao outro. Vocês falam sobre a vida um do outro, porque a descrição é o único acesso que um tem à existência paralela do outro.

É como quando Hallie e Annie planejam trocar de lugar depois do acampamento de verão e passam todo o tempo na cabana decorando a planta da casa uma da outra, aprendendo os apelidos que cada membro da família usa.

Em vez de conhecer meus amigos, ele ouve falar deles com muitos detalhes. Sabe que Sarah é a mais confiável, aquela em quem eu confiaria em um momento de crise. Sabe que Soph representa o que eu acho que poderia ter sido se tivesse escolhido outro caminho e que, embora ela me faça sentir viva de um jeito muito particular, existe uma parte de mim que nunca confiará totalmente nela, porque vejo em Soph a parte de mim que toma e, em Sarah, vejo a parte de mim que oferece. Em cada história que conto, ele costura a própria compreensão; vê meu mundo do jeito que eu o vejo. Eu nunca tinha dado isso a ninguém, porque os outros já tinham visto meu mundo com os próprios olhos, e eu jamais ousaria presumir que a perspectiva que tenho da minha vida é mais confiável do que a deles.

Arthur tem uma memória excelente para detalhes, muito melhor do que a minha. Com o tempo, ele começa a me avisar quando começo a contar uma história que já contei, e eu adoro isso. Fico imaginando que, no dia em que não houver mais nenhuma história minha que ele ainda não conheça, aí sim serei realmente feliz, porque ele terá a imagem completa de mim, me conhecerá por inteiro, e não terá ido embora.

Percebo que ele não tem muitas pessoas com quem compartilhar as próprias histórias, embora, tecnicamente, contar histórias seja o que ele faz da vida. Mas as histórias que ele conta no trabalho não são dele. Ele não tem muitos amigos e, pelo modo como fala da esposa, o que acontece raramente, entendo que, durante muito tempo, ela foi sua melhor amiga. Mas agora ela é a pessoa com quem ele divide a casa. E isso o faz se sentir profundamente vazio. Dá para ver que ele se sente mais culpado por isso do que pelo sexo em si. Porque, no fim das contas, agora é comigo que ele ri, e não mais com ela. Ele havia prometido que seriam sempre os dois rindo juntos. E achou que conseguiria cumprir essa promessa.

✦

Em uma tarde de domingo, cerca de um mês depois de começarmos essa rotina, estamos deitados em uma cama de hotel no centro da cidade. Fizemos amor e agora estamos conversando à toa sobre o trabalho. Descubro que Arthur também odeia Ken, o que não é exatamente uma surpresa, mas, ainda assim, é reconfortante.

Pergunto sobre a primeira vez em que ele me viu, se ele sentiu alguma coisa ali, assim como eu, ou se foi algo que foi crescendo aos poucos.

— Mas olhe só que perguntinha estratégica — ele responde.

— Ah, querido, conta logo. Fale a verdade: você ficou obcecado por mim na hora, né?

Ele me puxa para junto do peito, acaricia minhas costas e diz que não, que não ficou obcecado por mim de imediato. Mas ficou intrigado, isso sim. E logo de cara soube que queria me conhecer melhor.

— Ah, não fode, Arthur, você sabe que isso é a mesma coisa. Pare de fingir. Você soube *imediatamente* que queria transar comigo no Castlereagh Boutique Hotel, né?

Ele suspira.

— Às vezes acho que você lê minha mente.

E com isso, voltamos a nos beijar, e ele foi descendo, descendo, descendo, depois de eu ter explicado que, no sexo lésbico, oral é obrigatório sempre e que eu tenho padrões.

Depois que gozo, ele desliza de volta pela cama e ficamos grudados outra vez, como dois gatos ronronando.

O celular dele vibra com uma mensagem, e ele se estica para ler do lado da cama. Pelo jeito como o corpo dele tensiona, sei que é dela.

Quando volta a se aninhar em mim, não pergunto sobre o que era a mensagem. Mas não paro de pensar nela. O que ela está fazendo agora? Onde ela acha que ele está? Será que está com amigas? Fazendo compras para o jantar mais tarde? Que tipo de poder ela tem sobre ele?

— Arthur?

— Sim, meu doce? (Ele realmente diz coisas assim e, por algum motivo, em vez de achar repulsivo, eu me derreto.)

— Há quanto tempo você está com sua esposa?

Ele me olha sério. Sei que vai me responder. Raramente faço esse tipo de pergunta, e a honestidade é a marca registrada dele — essa imagem de homem sincero é o que o mantém vivo, estou começando a entender. Então ele não vai se esquivar, se e quando eu perguntar algo. É que, na maior parte do tempo, prefiro não perguntar. Prefiro não saber e não o lembrar de que sou a outra, só pelo ato de perguntar. Mas, agora, enroscada na cama com um homem por quem estou começando a me apaixonar, preciso entender com o que estou lidando. Quanta destruição vou causar, se acabar conseguindo o que quero.

— Nós nos conhecemos quando eu vim para Sydney de férias, depois da faculdade. Acho que já contei isso, né? E então... ficamos juntos.

— Certo — respondo, processando. — Então você está me dizendo que está com sua esposa há tipo... quase vinte anos?

— É isso que estou dizendo. Sim. — Ele engole em seco, como se estivesse decidindo se conta mais, ou se preparando para isso. — Antes de você, eu... Bom, só estive com ela.

Quase engasgo com a própria saliva. Essa informação não era o que eu esperava ouvir. Fico chocada e, ainda assim, por algum motivo, também me sinto reconfortada. Tudo isso é muito novo para mim; estar com um homem adulto. Mas agora ele está me dizendo que sou a segunda pessoa com quem ele já transou. Talvez nossas situações não sejam tão diferentes assim.

— Puta merda.

Ele ri, meio sem graça.

— Puta merda mesmo.

Como não digo nada, ele continua:

— Quando nos conhecemos, ela era... Ela era tão inteligente, divertida e...

Ele faz uma pausa. Imagino que falar dela desse jeito talvez pareça uma nova traição.

Tento aliviar o clima, tento manter o tom leve, para não deixar transparecer o quanto estou envolvida nessa conversa, o quanto estou sedenta por qualquer migalha de informação que ele possa me dar sobre ela.

— Então ela não é mais inteligente e divertida? Pegou pesado, querido.

O sorriso dele carrega dor.

— Não, ela é. Ela ainda é todas essas coisas. É só que...

Ele deixa a frase no ar.

— Tá, então por que você está aqui comigo?

— Porque eu não consigo não estar, Hera.

Isso não é exatamente uma resposta, mas por enquanto deixo passar. E não é como se eu não fosse afetada por essa revelação; os vinte anos que, aparentemente, estou prestes a mandar pelos ares. E, sim, talvez eu ainda nem tivesse entrado na escola quando eles se conheceram, e de certo modo isso faz eu me sentir pequena, boba, perto do que eles têm. Mas eu já amei. Já vivi alguma coisa. Sinto compaixão por ela e por ele. Mas também sinto por mim mesma.

Tenho pais que não se amam mais, se é que algum dia se amaram, e, sinceramente, queria que eles tivessem tido casos mais cedo. Se não por eles, por mim. Queria que um dos dois tivesse ido embora. Aprendi cedo que, às vezes, mesmo que você tenha feito uma promessa, não deveria cumpri-la. Às vezes, a melhor plateia para suas piadas é você mesma.

Mudo de assunto para um terreno mais seguro. Pergunto sobre a infância dele, e ele me conta como foi crescer — assim como eu, é filho único — e sobre ser bom em esportes, mas não o bastante. Fala da mãe, da dependência dela em relação a ele, da raiva constante que ela carrega contra o mundo e com a qual ele sempre teve que conviver sem nunca entender muito bem. Digo que acho que a mãe dele e eu talvez nos entendêssemos, e ele hesita por um instante, mas depois concorda. Ele me fala dos amigos da escola, alguns morando em outras partes do mundo agora, outros ainda vivendo na cidade onde ele cresceu. Ele consegue reencontrar a maioria a cada um ou dois anos, quando volta para a Inglaterra para visitar a família ou quando algum deles vem para Sydney, mas nunca vê todos ao mesmo tempo.

Diz que sente inveja da leveza e da quantidade de amigos que eu tenho, que se impressiona com minha vida social e com a agenda cheia de pessoas com quem me encontrar; queria conseguir ser mais assim.

— Mas, Arthur — digo —, não tem nada de leveza. Dá trabalho. Estou sempre me esforçando.

Ele dá um sorrisinho de canto, como quem diz que não acredita nisso.

Eu também dou um sorrisinho, como quem diz que eu também não. Porque esse é nosso jogo: fingimos que sou uma pessoa socialmente resolvida. Sou jovem e financeiramente instável. Se eu não parecer uma pessoa com uma vida social plena, o que mais me resta?

— É claro, Arthur, tenho um milhão de amigos e estou vivendo a melhor fase da minha vida.

Eu amo ficar sozinha com Arthur, mas também adoro ser vista com ele. Quando estamos fora do escritório e longe dos bairros próximos à casa dele, andamos de mãos dadas, e eu me sinto orgulhosa de ser a parceira ao lado dele. Gosto do papel que me cabe. Devo parecer uma mulher comum, saindo à noite com o namorado. Esse pensamento me dá prazer. E talvez seja homofobia internalizada, talvez eu goste de ser vista como hétero. Mas tem algo além disso também. Acho que é só que... Nunca fui vista como essa mulher antes. Nunca tive o papel da jovem despreocupada, a ingênua encantada, passeando pela cidade com seu homem. É satisfatório interpretar papéis que conhecemos tão bem.

Não sei como explicar a alegria que sinto, em uma noite qualquer, na semana seguinte à revelação sobre a linha do tempo do casamento dele, quando Arthur diz à esposa que tem uma reunião de trabalho até muito tarde, só para poder passar a noite comigo. E, a caminho de um bar após o jantar, damos de cara com Colin, o antigo gerente de um emprego que tive no final da adolescência.

Já estou nas nuvens com Arthur, e reencontrar o Colin... é demais! Fico empolgadíssima em vê-lo, alguém de meu passado; fico tão, mas tão feliz por Arthur poder me ver interagir com ele. Arthur nunca presencia como sou com as pessoas da minha vida fora do trabalho, e eu nunca tenho a chance de apresentá-lo a ninguém que conheço. Esse parece o nível perfeito de exposição: Colin não é tão próximo a ponto de complicar alguma coisa, mas é próximo o bastante para haver familiaridade e afeto mútuo. Apresentar Arthur para Colin é mais um passo para expandir nosso universo particular para o mundo real.

— Colin! — grito, pulando na calçada até ele, com Arthur vindo logo atrás, meio tímido.

Nós nos abraçamos de maneira dramática, como duas adolescentes que não se veem há um dia.

— Hera! Como você está, sua linda? Faz anos! Você está maravilhosa!

Arthur ainda está alguns passos atrás, me deixando curtir o momento, enquanto Colin e eu conversamos, empolgados. Logo descubro que Colin agora é budista e usa outro nome. Tento disfarçar a surpresa, porque, quando trabalhei com ele, ele aparecia no trabalho ainda elétrico, encantando a equipe com histórias da noite anterior: poppers, boys novinhos, pistas de dança, e *mais* boys novinhos! *Mas que bom para ele*, penso. Ele parece feliz, mesmo que, para mim, ser um viado gostoso e drogado ainda soe muito mais divertido do que ser budista.

Dou um gritinho animado e me viro para Arthur, pronta para apresentá-lo. Ele sorri, ainda em silêncio, com uma expressão um pouco hesitante. Percebo na hora: ele está calculando a chance de Colin conhecer alguém que ele também conhece e, assim, revelar o caso para outras pessoas. Mas as chances são mínimas, então resolvo seguir em frente. Apresento Arthur como meu namorado e, por um instante, o Colin-budista dá lugar ao Colin que eu conhecia.

— Hera, sua safadinha! Quando a conheci, você era uma sapatinha em formação, agora, olhe pra você: está de namorado! — diz com as mãos na cintura.

Virando-se para Arthur, completa, em um tom cúmplice:

— Elas crescem tão rápido, né? — diz com uma piscada.

Arthur não sabe o que dizer diante disso, e é extremamente divertido ver ele se esforçando para pensar em uma resposta. No fim, ele solta:

— Pois é, crescem mesmo.

Logo Colin diz que precisa ir, que tem que voltar para casa e meditar. Dou um abraço de despedida, Arthur diz que foi um prazer conhecê-lo, e seguimos noite adentro. Estou elétrica, rindo à toa.

— Aaahh! Colin! — exclamo, animada. — Tô tão feliz que você conheceu o Colin! Ele deixava eu tocar a trilha de *Les Misérables* no repeat nas caixas de som da loja! Um amorzinho de pessoa!

Arthur ri, me impede de continuar andando e, colocando as mãos em minha cintura, me levanta do chão e me gira no ar. Quando me põe de volta na calçada, me dá um beijo e diz:

— Você amou mesmo aquilo, né? Você realmente adorou encontrar aquele cara.

Ele parece, ao mesmo tempo, orgulhoso e intrigado, como se eu fosse um bichinho de estimação maluco que ele adora.

Arthur ama que eu amo amar. E, por causa disso, consigo abraçar essa parte de mim quando estou com ele. A parte que tem tanta alegria dentro de si. A parte que se encanta com o mundo. Se eu dissesse isso para Sarah e Soph, elas provavelmente diriam que eu deveria encontrar a felicidade sozinha. Diriam que homem nenhum curará minha depressão. Mas o que é que elas sabem? Estou experimentando a medicina alternativa. Sou a porra da pioneira nisso.

Nos dois primeiros meses do nosso relacionamento, não passamos nenhuma noite inteira juntos. Quando estamos cansados e satisfeitos depois do jantar e do sexo, não podemos adormecer abraçados. Não sei se ele ronca. Ele não sabe que fico me mexendo sem parar quando estou sonhando. Não acordamos um ao lado do outro. Não sei se, de manhã, ele primeiro toma banho ou café.

Mas, certo fim de semana, ele decide dizer à esposa que passará a noite na casa de praia de um amigo. Fico me perguntando que tipo de relação eles têm, para ele estar tão confiante de que uma mentira tão descarada passará impune. Se eu mentisse para Sarah dizendo que viajaria no fim de semana, acho que ela levaria umas duas horas para descobrir. Será que eles não conversam? Será que não falam com os amigos um do outro? Deixo para lá: não é problema meu! Vou passar uma noite com o Arthur, pouco me importa como isso foi possível.

Dessa vez é um Airbnb, e foi ele quem reservou, o que me deixa radiante. Até agora, eu é quem tinha reservado todos os hotéis. Fica em Surry Hills, em uma rua tranquila, arborizada, com casas geminadas, e é claramente a casa de verdade de alguém. Tem fotos de família nas paredes, temperos no armário da cozinha e nenhuma atendente para quem tenhamos que fingir. Parece o tipo de lugar onde um casal comum se hospedaria. Parece um lar que poderia ser nosso.

Abrimos o vinho que trouxemos e servimos em taças de verdade, não em copos d'água de banheiro de hotel. Sentamos no sofá (no sofá!) da sala (a sala!); eu me aninho nele e conto sobre minha semana, sobre como, na quarta-feira de manhã, a barista do café perto do trabalho, onde agora vou quase todos os dias e peço um *flat white*, me olhou e gesticulou: "O de sempre?" E, ao me entregar o café, vi que ela tinha feito um mocha com leite desnatado. Um mocha com leite desnatado! Ela acha que sou esse tipo de pessoa. Acha que sou a pior pessoa do mundo.

— Deveria ser fuzilada — decreta Arthur.

Exatamente! *Deveria* ser fuzilada. Ele entende.

Começamos a procurar restaurantes nos arredores, lendo resenhas em voz alta um para o outro. Arthur sugere uma pizzaria a uma quadra dali, porque um tal de Drew, de Melbourne, escreveu: *A borda me lembra a de Brunswick*. Sugiro um restaurante espanhol a sete minutos de caminhada, porque Antoinette (mãe de quatro) promete: *Cadeiras largas, banheiro limpo.*

Acabamos optando por comida japonesa, não por causa das resenhas, mas porque Arthur nunca comeu guioza! Tenho mesmo que lhe apresentar o mundo.

A caminho do restaurante, ele segura minha mão, e mais uma vez vejo casais heteronormativos sorrindo para nós com aprovação, sem nada escondido no olhar. Sinto culpa por isso me deixar tão feliz. Sempre que eu andava de mãos dadas com minha ex-namorada, os olhares dos héteros na rua iam do completamente impassível ao exageradamente encorajador, como se quisessem nos provar que eram aliados, que aprovavam nosso "estilo de vida", que com certeza votaram a favor do casamento gay. Todo dia em público era uma briga contra o mundo, e era uma briga que eu tinha orgulho de travar, mas que cansa. Cansa lutar o tempo todo.

No restaurante, a boa vontade continua: o garçom diz que somos um casal lindo. Arthur e eu rimos, talvez por motivos diferentes. Estou fazendo cosplay de namoradinha padrão e estou me saindo bem! Bebemos mais vinho, nos entupimos de comida, e nossa risada domina o ambiente, mas ninguém parece se importar. Pelo contrário, parecem felizes por nós.

Quando voltamos para o Airbnb, estamos bêbados. Arthur está tentando imitar um sotaque escocês e está falhando miseravelmente. Ele se joga no sofá enquanto vou até a cozinha preparar um chá, e, dali, consigo vê-lo, agora e no futuro. Consigo imaginá-lo em um sofá que seja nosso.

Como de costume, vamos para o quarto. Inauguramos a casa fazendo sexo nela.

Passei boa parte da vida me sentindo apagada. Acredito que meu brilho natural se perdeu lá pelo oitavo ano, eu acho, se tivesse que calcular. Em geral, é como se eu estivesse andando em linha reta em meio a uma névoa espessa, sem esperar nada de bom no caminho, só seguindo em frente porque, se parar, eu morro. Mas, de vez em quando — muito, muito raramente —, o ar ao meu redor muda. Fica nítido, fresco por um segundo, e na minha mente surge uma sensação como se as nuvens se abrissem. É uma promessa de *promessa*. Por um instante, eu sei: tem mais por vir. Sei que não vou me sentir assim para sempre. Que talvez eu volte a me sentir bem um dia. Essa premonição vai embora tão rápido quanto veio. E nunca é mais específica do que isso.

O que quero dizer é que fazer sexo com Arthur é um atalho para acessar essa sensação de promessa sempre que eu quiser.

Quando ele está dentro de mim e nossos olhos se encontram, quando nossos corpos se movem juntos, eu lembro que nem sempre estive triste. E que talvez um dia eu não esteja mais.

Talvez isso pareça, para você, uma régua baixa para chamar de amor. Mas confie em mim; e se você sabe, você sabe — não é?

Já tem um tempo que isso vem crescendo. Tentei deixar os pensamentos se assentarem, mas eles só se intensificaram.

Agora, nesse pós-sexo iluminado, sinto essa coisa borbulhando, essa coisa que preciso dizer, que está pulando dentro de mim. Claro que estou apavorada. Apavorada com a resposta dele. Mas também sei, ou acho que sei, que se ele permitir a si mesmo dizer a verdade de volta, tudo ficará bem.

— Ei, Arthur?

— Sim, meu bem?

Estamos deitados na cama, e ele passa o dedo indicador devagar por minha coluna.

Ainda bem que não estou de frente para ele; se estivesse, não sei se teria coragem de falar.

— Ai, Deus. Certo. Estou me sentindo tão idiota por querer dizer isso.

A respiração dele fica acelerada; tenho certeza de que ele sabe.

— Pode dizer, Hera. Por favor, diga.

Como sempre, serei corajosa por nós dois.

— Arthur, eu amo você.

Ele me vira de frente para ele. Está radiante. Segura meus ombros e me puxa de uma vez. Então me beija como se estivesse me agradecendo.

Ele se afasta apenas o suficiente para me encarar nos olhos e, quando fala, parece que estava segurando isso há muito tempo.

— Hera, estou ridícula e perdidamente apaixonado por você.

Dou uma risadinha.

— Olhe, isso é bom — sussurro.

— Sim — concorda Arthur. — Acho isso muito, muito bom.

Apesar de tudo o que há de ruim, é bom. É muito, muito bom sentir isso.

É sempre mais fácil justificar para nós mesmas as decisões duvidosas que tomamos do que justificá-las para as amigas. É por isso que, às vezes, omitimos alguns detalhes na hora de contar uma história durante o brunch, dizemos que transamos com o cara, mas não mencionamos que ele tinha uma tatuagem cujo significado era duvidoso, por exemplo. Não contei nada para minhas amigas sobre o que estou vivendo com Arthur porque tenho medo do julgamento delas e porque sei que não vou ouvir os conselhos delas, se não quero segui-los. Não quero colocar nenhuma de nós nessa posição.

Mas não dá mais para esconder. Até agora, só fui escapando com respostas evasivas. Nunca menti de fato, mas elas já sacaram que tem algo rolando. Elas perceberam que tenho saído mais cedo de nossos encontros, sempre com uma carinha de quem acabou aprontar alguma coisa.

Na sexta-feira depois do fim de semana do Airbnb com Arthur, combinamos uma noite clássica de fofoca e vinho. Nosso grupo de WhatsApp para organizar esse tipo de encontro se chama "Jeans e uma Blusinha Bonita". Temos grupos diferentes para cada finalidade. Tem o "Call Me Maybe" para falar de sexo e amor; tem o "Não Conte Comigo", que usamos para reclamar. Os assuntos podem variar desde reclamações sobre áudios muito longos até sobre o sistema prisional, desde que o tom da conversa seja puramente negativo. A Sarah fica irritadíssima quando o papo não combina com o propósito de cada grupo. Para hoje, o plano é: casa da Soph, vinho rosé. Missão: encher a cara.

Nós três estamos na varanda da Soph, com uma tábua de queijos equilibrada na mesinha e garrafas de vinho em um cooler ao lado de meu pé, como soldados prontos para a ação. Na caixinha de som, está tocando Caroline Polachek. Estamos em nosso habitat natural. O papo começa. Sarah conta que começou a sair uma pessoa nova, uma artista chamada Tess. Ela relata, toda feliz, a aventura de comprar uma cinta peniana em casal, um marco lindo de todo novo relacionamento sáfico.

— E escute essa — diz Sarah, empolgada. — Antes de mim, Tess nunca tinha usado vibrador duplo!! Tipo, o que ela estava fazendo da vida??

— Talvez... Não perfurando a própria pepeca? — sugere Soph, prestativa.

— Muito engraçado, Soph. Mas isso foi homofóbico.

(Sarah e eu achamos que tudo o que nos incomoda é homofóbico. Calça de cintura baixa? Homofóbico. Fila no correio? Homofóbico.)

Sarah está feliz. As histórias pulam da boca dela com a velocidade feroz da luxúria. Soph, é claro, incentiva os detalhes picantes. Estou feliz por ela, de verdade. Mas também estou com inveja. Ela pode começar um romance e só aproveitar. Contar para as amigas, se esbaldar. Que sorte da porra. Sei que estou sendo injusta, porque ser um casal queer nunca é simples, mas imagine se eu pudesse simplesmente chamar Arthur para vir aqui agora? Eu preciso contar a elas. Vou contar. Vou contar que não só me apaixonei por um homem (vergonhoso), como por um homem casado.

Soph começa a falar do ex, Reid. Ela terminou com ele porque ele era um babaca, mas agora soube por um amigo em comum que ele estava traindo ela. Avalio que esse não é o momento ideal para trazer Arthur à tona. Vou esperar. Vou consolar. E beber mais vinho.

— Soph, minha deusa, minha anja — começo —, sei que é péssimo descobrir isso e sinto muito, de verdade, porque ser traída é horrível. Mas será que não é mais uma prova de que você fez muito bem em terminar com ele? Aquele cara era um lixo. Pra começo de conversa, ele só tinha um lençol, Soph. Um. Lençol.

— Eu sei, eu sei — concorda ela. — Mas também é, tipo... revoltante. Tipo, *ele me* trair??

— É tipo o Jay-Z traindo a Beyoncé — diz Sarah. — Não faz sentido.

— Não faz o menor sentido! — retruca Soph. — É como se... Se a Beyoncé tivesse um aneurisma e começasse a namorar o Nick Lachey, e aí o Nick Lachey traísse *ela*.

— Soph? — pergunto, cautelosa. — Você está assistindo *Newlyweds* de novo?

Soph vira o copo de rosé. Levanta as mãos ao lado da cabeça.

— Culpada, bebê. Culpada com força.

— Eu sabia! — rio.

— A Jessica Simpson é tão fofinha! Eu amo ela! — Soph já está gritando.

Levanto meu copo. Soph reabastece o dela. Sarah já está bebendo direto da garrafa.

— Um brinde à Jessica Simpson — brindo.

— À Jessica Simpson!

Elas estão ficando bem bêbadas. Eu também, mas tenho uma missão. Algumas garrafas depois, eu me jogo no abismo.

— Então, lembram daquele cara do trabalho com quem eu transei? O Arthur, que depois descobri que era casado?

— Ah, acho que lembramos, sim, Hera — diz Soph, impassível. Ela estreita os olhos para mim. — E entãooo?

— Bom... é que... Não encerrei isso.

As duas trocam um olhar cúmplice.

— Jesus Cristo, Hera — resmunga Sarah.

Soph faz cena.

— Pelo amor de Deus, Hera. Isso é sério?

Agora ela olha para Sarah como quem diz: *O que nossa filha idiota aprontou desta vez?*

Concordo com a cabeça, solene.

— Tão sério quanto a crise climática, infelizmente.

— E isso tá rolando há quanto tempo, exatamente? — pergunta Sarah.

— Uns dois meses.

Viraram dupla de interrogatório.

— E você não contou antes por quê? — cutuca Soph.

— Por motivos óbvios, né! Não é exatamente divertido introduzir esse assunto. Sei que é moralmente duvidoso, ou algo assim.

Sarah entra no modo conselheira, com uma voz absurdamente calma.

— E você pretende continuar com isso por quanto tempo, amiga? É só sexo ou tem sentimento envolvido?

Suspiro, dramática.

— Apesar dos meus esforços, parece que é nível Hayley Kiyoko de sentimento.

— Certo. — Soph abre mais uma garrafa.

O chão da varanda está parecendo um festival depois do fim de um show.

— Então, primeiro vamos falar do elefante na sala. Você sabe que, estatisticamente, ele não vai largar a esposa, né?

— Estou ciente das estatísticas de casos extraconjugais, sim. Obrigada, Sophie.

— Então, tendo isso em mente...

— É... Não é como se eu tivesse planejado isso. Eu sei que trair é errado. E me desculpe especialmente por trazer isso hoje, Soph, justo depois do que aconteceu com Reid. Mas o Reid era um idiota que não a merecia, e espero mesmo que vocês acreditem quando eu digo que o que sinto por esse cara é... Bom, ele me faz rir. E eu faço ele rir. Parece um padrãozinho, talvez? Mas é tão raro eu querer transar com alguém que também me faça rir.

Sarah interrompe:

— Hera, você já não pegou um comediante?

— Exatamente. Não quero mais sair com gente que não me faz rir.

Elas riem. Consegui aliviar a tensão.

Sarah volta ao modo séria.

— Hera, você sabe que nunca vamos dizer a você o que fazer. Tenho certeza de que você já pensou na esposa dele, como isso a machucaria, se descobrisse. E tenho certeza de que já considerou que tem grandes chances de isso acabar com você se ferrando.

— Essa é a frase final ou ainda tem mais? — pergunto.

— É só que... Nós — ela olha para Soph — *queremos* que você seja feliz. E *queremos* que esteja com alguém que a trate bem. Se você acha que esse cara é essa pessoa, vamos apoiá-la. Mas, no momento em que ele parar de fazer você feliz, já era, tá?

Concordo, encarando meu copo.

— É justo. Isso é justo.

Um silêncio paira no ar. Não consigo continuar essa conversa, vou ficar sentimental demais, e elas precisam ir assimilando essa bomba aos poucos. Elas reagiram bem até agora, mas sei que ainda não disseram metade do que estão pensando.

— Podemos mudar de assunto agora? — imploro.

Como boas amigas que são, elas aceitam. A noite continua.

Não é como se eu nunca tivesse estado do outro lado; quando amigas namoram pessoas das quais desconfiamos, e por anos e anos precisamos nos controlar e até apoiar, porque é assim que funciona. Apoiei Soph quando ela namorou Brian, aquele que "não acreditava" em antidepressivos. Apoiei Sarah quando ela era obcecada por uma mulher que, toda quarta-feira, terminava com ela para transar com alguma aleatória na noite lésbica do bar gay e, depois, voltava com Sarah no dia seguinte. Apoiei Ben quando ele não parava de transar com um cara que chamava boquete de "chupetinha da sorte".

Você não pode dizer para uma amiga que o relacionamento dela está fadado ao fracasso porque o cara é um lixo. Nem que ele pode até não ser um lixo completo, mas ainda assim... Não é lá essas coisas; tipo, o.k., mas quem quer ficar com um "o.k." para sempre?

Então entendo que, para Sarah e Soph, Arthur seja só um traidor prometendo amor e, na prática, me oferecendo umas horas esporádicas por semana. Eu entendo que, aos olhos delas, ele não seja exatamente a melhor aposta para manter minha saúde emocional em dia.

Mas elas não entendem! Não consigo explicar para elas que eu adoro a ideia de receber jornalistas caretas para jantar na minha casa com o Arthur, onde falarei barbaridades e fingirei desprezo por Nagorno-Karabakh e eles dirão em seguida: "Ai, Hera! Estamos falando do Irã e você sabe disso!"; e então eu vou me esgueirar até a cozinha, comer a sobremesa que preparei e me recusar a dividi-la. Depois os caretas vão embora e eu terei meu próprio careta lindo, e o fato de ele saber de cor todos os países da África é, para mim, uma coisa divina. A imagem dele decorando um mapa na parede do quarto de criança, com cama de solteiro, em uma casa qualquer de subúrbio.

Quero dizer isso para Sarah e Soph, quero mesmo. Mas tenho medo de que soe bobo, carente demais. E se for carência mesmo, não quero saber. Porque eu quero ele. Então decido que só vou falar do Arthur se me perguntarem diretamente. No Uber, por volta das 2 horas da manhã, mando uma mensagem para ele. Estou bêbada, é óbvio.

Hera: *Oi, amor. Tá acordado?*

Ele não está. Não tem nenhum pontinho verde.

Hera: *Só queria dizer que te amo. Tô com saudade da sua ação ereta.*

Hera: *Mas também tô só com saudade de você.*

Hera: *Tá bom, boa noite, sr dorminhoco. Dorme com os anjinhos.*

Na manhã seguinte, ele responde: *Te amo, sua bêbada.*

Isso é romance. Isso é amor.

Depois da noite com minhas amigas, ficou mais difícil compartimentalizar mentalmente os momentos em que Arthur me decepciona (ele está indisponível, está com a esposa, não me deu nenhum plano concreto sobre quando isso vai mudar) dos momentos em que estou feliz com ele. Ainda faço isso, só que agora exige mais esforço. Compartimentalizar, aliás, não parece ser um problema para Arthur. Fico impressionada com a suavidade da topografia emocional dele. Enquanto eu passei boa parte da vida sem conseguir escapar de tristezas sem motivo, Arthur parece só se abalar quando corre o risco de ser visto como alguém que está fracassando no trabalho ou na vida.

Ele fica tenso quando está com prazos apertados ou quando há a chance de alguém da equipe dele ter feito besteira e ele precisar repreender. Detesta confronto — uma característica que fica mais evidente à medida que passo mais tempo com ele e que ele tira o notebook do trabalho nos quartos de hotel.

Quando não quer falar sobre o que o está incomodando enquanto digita sem parar, ele curva os ombros, fica um pouco ríspido e diz que está tudo bem, embora esteja óbvio que não está, e eu acho isso adorável. Digo, gosto da ideia de que talvez ele não perceba os próprios humores, que talvez ele realmente não saiba o quanto sua irritação é transparente para mim. Estou sempre extremamente consciente do meu estado emocional, e dos outros também. Crescer com pais que se odiavam me treinou desde bebê a ler a linguagem corporal e o tom de voz das pessoas, para captar o que vibra no ar e agir como mediadora. Acho meio fofo acompanhar as pequenas trajetórias emocionais que Arthur invariavelmente segue quando está estressado — o olhar baixo, o afastamento físico, o jeito como ele precisa que eu o traga de volta devagar, com brincadeiras leves, um carinho suave, até que ele volte a si. O ritmo emocional dele me parece um problema que sei resolver. E, comparado às minhas crises existenciais e ao fato de ele ter uma esposa, cuidar desses picos de ansiedade é quase relaxante, como fazer um tsuru no automático ou cortar manga em cubinhos com uma faca afiada.

Nos dois primeiros meses do caso, fiquei tão dopada de endorfina e da perspectiva de ter uma vida além do emprego que fui adiando a tarefa de pensar nos problemas que nos esperam. Tipo adiar o imposto de renda. Tipo não comprar uma passagem promocional para uma viagem que com certeza acontecerá. Deixar tudo sempre leve: que ele conheça só minha versão despreocupada, por enquanto. Não lhe conto sobre a tristeza persistente que sempre carreguei, nem como agora encontrei um jeito de acalmá-la, usando Arthur como se fosse um antídoto emocional. Não conto o que sinto quando penso na esposa dele, nele com ela, e não comigo.

Quero ter o lado bom e rejeitar o ruim.

Mas o tempo passa. Isso não é mais só um caso. Falar com minhas amigas fez tudo ficar mais real, aumentou o peso das decisões. Não sou insensível, e está ficando cada vez mais difícil bancar a garota tranquila. A verdade é que estou sempre tensa, e nenhum pedacinho desse relacionamento é um jogo glamoroso para mim. Estou aprendendo que não tem nada de glamoroso nisso. O Holiday Inn não é glamoroso.

Mandar mensagem antes de ligar para confirmar se ele não está com a esposa não é glamoroso. Ser o segredo da pessoa que você ama não é glamoroso. É como andar sozinha em um cemitério à meia-noite em Sunnydale sem uma estaca. Ou menstruar no meio de uma trilha sem ter um absorvente. É como fingir que leu um livro e alguém perguntar sobre um detalhe específico da trama.

Estou percebendo que preciso desesperadamente que Arthur deixe a esposa. Quero esse homem só para mim. Quero que ele tenha uma única parceira, e que essa parceira seja eu. Odeio isso, mas é inevitável, quero ser a pessoa que faz o smoothie dele. Quero que ele conheça meu pai e que eles se deem bem por causa do amor que sentem por mim. Quero que eles riam de eu não entender nada de esportes. Quero que Arthur fique bêbado com minhas amigas. Quero que Sarah e Soph contem para ele histórias do colégio. Quero me enroscar com ele no sofá, e com o Jude.

Quero pedir para ele deixá-la. Porém, mais do que isso, quero não precisar pedir. Por favor, Arthur, não me faça implorar por você.

✦

Mais dois meses se passaram. No trabalho, trocamos mensagens. À noite e nos fins de semana, transamos quando dá. Já consigo mapear Sydney pelos hotéis baratos. Sei quais têm promoção de última hora. Sei quais deixam fazer check-in antecipado. Também daria para mapear a cidade pelos parques. Sei quais têm cantos mais reservados. Sei quais têm árvores com folhas que formam uma espécie de capuz ao nosso redor. Sei quais têm a melhor grama. E, mesmo dizendo que me ama, Arthur não fala nada sobre "o próximo passo".

Certa noite, em um hotel, quatro meses após o início dessa nossa relação, eu arrisco. Já transamos, estamos saciados e, agora, seria aquele momento da noite em que, se ele não tivesse uma esposa, talvez tomássemos um banho, para depois nos aninharmos e dormirmos no calor do que acabamos de viver. Mas ele tem uma esposa. E vai embora. Então, antes de começarmos o ritual de nos vestir e chamar o Uber, crio coragem e digo:

— Imagine se você não precisasse ir embora. Imagine se pudéssemos apenas relaxar agora.

A dor no rosto dele é verdadeira. Ele diz que sente muito, que sabe que tudo isso é injusto.

— Você merecia tanto isso, Hera.

É como quando tropeçamos na rua e nos seguramos, seguramos, mas aí alguém pergunta se está tudo bem e, só por aquele gesto de gentileza, nós desabamos. Como na primeira sessão de terapia em que você conta tudo o que já passou como quem recita uma lista de compras e a terapeuta diz: "Parece que você já passou por muita coisa"; pronto, você desaba em lágrimas.

O reconhecimento de Arthur de que tudo isso é injusto abre uma fenda em minha muralha de defesa e começo a chorar em silêncio. Ele nunca me viu chorar. Será que ele imaginava que eu não chorava? Ele faz uma careta, como se só agora percebesse o quanto isso me afeta, como se eu não fosse só uma jovem borboleta feliz, polinizando flores por aí. Ou talvez ele soubesse e estivesse apenas torcendo para que eu nunca falasse disso. De um jeito ou de outro, agora ele é obrigado a encarar.

— Hera — diz ele com doçura —, eu também não quero sair deste quarto. É só que... Eu não queria presumir que o que eu quero é o mesmo que você. Às vezes não entendo por que você me quer, pra ser honesto.

Dou uma risada. Ele está mesmo insinuando que o motivo de não fazer planos para nosso futuro é não ter certeza se eu estou comprometida? Eu recusei uma viagem de fim de semana com minhas amigas só porque existia a possibilidade de ele ter duas horas livres no domingo para transar em um hotel sem ar-condicionado do lado de uma estação de trem. Meus sentimentos não estão óbvios?! Ele não sabe que fantasio sobre dividirmos um apartamento financiado? Preciso mostrar a ele o quanto quero isso.

— Olhe, não estou dizendo que faz todo o sentido... Ou que eu poderia prever que me apaixonaria por um homem que acha que usar camisa polo é aceitável. Mas se o que o preocupa é que um dia eu possa acordar de saco cheio de você, esqueça isso, seu idiota. Eu quero você o tempo todo. Já vivi o caos dos 20 e poucos anos e, pra falar a verdade, cansei. Quero tomar café da manhã com você. Quero fazer o quiz de sábado com você. Quero ir à IKEA com você. Se você me quiser, eu quero ser entediante com você.

— Meu Deus, Hera, quero muito ser entediante com você.

— O.k.

— O.k.

Eu tinha esperança de que, após afirmarmos que queremos ficar juntos, ele viesse com um plano, algo concreto. Mas não. De novo, sou eu quem tem que falar o que nenhum dos dois quer dizer.

— Então o que isso significa pra nós, Arthur? Não quero ser grosseira, mas... Não posso terminar com sua esposa por você.

— Isso você não pode mesmo.

Ele respira fundo, como se estivesse resolvendo uma equação difícil.

— Eu não... Não sei como isso vai funcionar. Mas, Hera, quero você, quero estar com você. Então vou contar a ela. Não sei como, mas prometo que vou.

Deixo escapar só um sorrisinho. Não quero revelar o quanto estou radiante com isso. Ele finalmente fez uma promessa. E, sim, tive que arrancar isso dele, mas ainda conta. Ele também sorri, um sorriso bem largo.

— Então isso é real mesmo?

— Real pra caralho, Arthur!

Ele solta um "Arghh!" empolgado, se lança para a frente e me envolve em um abraço de urso apertado.

Somos dois idiotas, sim. E acabamos de fazer um pacto.

Então, agora, quando você se perguntar como eu pude ter sido tão tola, quando estiver tentada a me repreender, talvez por minha ingenuidade, lembre-se disto: eu sabia que ele era uma boa pessoa, sabia que me amava e não conseguia entender por que ele me causaria tanta dor, a ela também e a si mesmo se não fosse, ao menos, com a intenção de algum dia ser feliz em meio a tudo isso, mudar de vida, começar de novo.

Nosso futuro juntos era simplesmente a opção mais lógica; além de ser, por acaso, a única que ainda me dava algum sentido de pertencimento no mundo e na minha vida.

Antes de Arthur fazer essa promessa, eu ainda tinha uma dúvida pairando em minha mente sobre se eu deveria manter minhas opções em aberto. Eu ainda fazia questão de ver meus amigos de vez em quando; mantinha um pé no mundo que não envolvia Arthur. Mas agora não sinto mais esse impulso. Só consigo pensar em quando esse período de espera vai acabar, quando a vida de verdade vai começar. Quando não estou com ele, estou pensando nele. Imagino em que tipo de casa vamos morar. Imagino para onde vamos viajar juntos. Estou lendo livros de receitas pela primeira vez, para poder cozinhar para ele quando chegar a hora. Eu já fazia meu trabalho no piloto automático, mas agora percebi que o mínimo aceitável é ainda menos do que eu pensava. Antes da promessa, eu ainda trocava umas piadas sem graça com Ken. Agora, respondo às observações dele como se estivesse falando com um parente chato ao telefone no Natal: "Uhum... É... Aham, com certeza. Nossa, que coisa". Antes da promessa, Mei Ling e eu trocávamos mensagens sobre nosso tédio interminável. Mas fazer isso agora pareceria desonesto: sim, o trabalho continua chato, mas tenho uma linda vida secreta pela frente. Sinto culpa por saber que sairei dessa, enquanto para Mei Ling nada mudou. Nunca perguntei se ela é a filha do meio. Não tenho mais curiosidade em saber.

Os relacionamentos no trabalho que não envolvem Arthur agora me parecem irrelevantes.

Na maioria dos dias, mas não em todos, Arthur me encontra em algum lugar depois do trabalho, geralmente em um bar, às vezes em um parque, se o tempo estiver bom. Eu quase sempre chego antes dele, fico lendo um livro e passando o tempo até ele aparecer, repetindo para mim mesma que essa espera não é patética, porque, se eu não estivesse esperando por ele, provavelmente estaria lendo um livro em qualquer outro lugar mesmo. Às vezes, os bares em que nos encontramos estão cheios de homens de terno tomando drinques após o expediente, e eu sempre pareço completamente deslocada, sentada sozinha com meu livro da Bell Hooks e minha mochila. Consigo sentir os olhares, como se todos estivessem tentando entender o que estou fazendo ali. Uma mulher jovem, sem terno, sozinha em um bar cheio de executivos às 18 horas — eu nunca imaginei que me tornaria essa pessoa.

E, então, quando ele entra no lugar com aquele ar de quem saiu direto do escritório e desliza no banco em que estou sentada, sinto um arrepio de felicidade, como se pensasse: *Lá vem ele, o MEU homem de escritório!* Fico radiante; abraço ele com tanta força que amarroto a camisa dele com minha empolgação. Digo: "Me conta absolutamente tudo sobre seu dia!" Mesmo sabendo o que aconteceu, já que ouço suas ligações e trocamos mensagens a cada poucos minutos, eu realmente quero saber. Quero saber como é o dia dele por sua perspectiva, quero comparar com minha versão do que ele viveu e quero compartilhar essas comparações com ele. Ele faz o mesmo comigo, contando como imagina que foi meu dia, o que eu estava pensando do outro lado da trincheira da Dell. Ele descreve as expressões, em meu rosto, como quando estou digitando e pareço estar fazendo uma cirurgia no cérebro de alguém.

Ele quase sempre tem que ir embora logo após chegar. Precisa voltar para casa, para ela e, por enquanto, aceito isso. Estou jogando investindo no longo prazo.

Nos fins de semana, as trilhas separadas em que nossas vidas correm se tornam mais problemáticas. Os bairros onde encontro meus amigos e vou beber não ficam perto da casa de Arthur nem da casa de meu pai. Isso significa que, às vezes — em uma sexta-feira à noite, por exemplo —, não vejo Arthur a noite inteira, e ele fica chateado com isso. Às 22 horas, ele manda uma mensagem dizendo *consegui dar uma escapada* e, infelizmente, nesse momento estou longe, em outra parte da cidade, e percebo que perdi a chance de vê-lo.

Para resolver isso, começo a sair menos. Não me importo. Ele vai deixar a esposa, essa é só uma situação temporária. Fico em casa nos fins de semana, esperando as mensagens dele, esperando ele dizer que temos uma brecha e, então, aí sim é hora de sair, sair, sair!

Meu pai adotou uma política de não comentar sobre a mudança em meu estilo de vida. Nunca pergunta aonde estou indo quando saio de casa em horários estranhos, voltando uma ou duas horas depois de bom humor — e que logo vira mau humor. De vez em quando ele comenta que não vê Sarah faz tempo, ou pergunta como Soph está, e tenho informações suficientes para tranquilizá-lo de que não brigamos; então ele me deixa continuar a viver essa vida fantasma, presumindo claramente que sei o que estou fazendo.

✦

Um fim de semana, cerca de cinco meses após o início de tudo isso, um mês após Arthur dizer que deixará a esposa, estou fazendo minha rotina habitual de espera, tendo dito a ele que estaria por aqui. Meu pai vai sair à noite, e eu estou em casa com Jude, checando o celular e tentando fazer o tempo passar. Estou assistindo *Não Confie na P--- do Apartamento 23* outra vez. São 21 horas e ainda não tive nenhuma notícia de Arthur sobre se ou quando vamos nos ver hoje. Estou ficando inquieta e me sentindo sozinha. Então, quando Sarah liga me dizendo para pegar um Uber e ir a uma exposição de que Tess, agora oficialmente sua namorada, está participando, me convenço a sair de minha reclusão autoimposta.

Sempre senti uma alegria quase transcendental em eventos assim: ver todos aqueles hipsters fabulosamente autoconscientes, mas performaticamente indiferentes, usando roupas malucas, calças escultóricas caríssimas e corpetes bizarros comprados no brechó, tentando vender troncos de árvore pintados com spray, repetindo a palavra "intermidiático" de novo e de novo, fingindo não conhecer os pais engravatados que apareceram para dar apoio e que pagaram pela faculdade de artes e pelos materiais para a montagem daquela exposição.

Sarah generosamente me deixa zoar a obra de Tess, uma "contemplação da textualidade na era digital". Tess fez prints de tela de todas as mensagens de término com a ex e transformou esses textos em uma tapeçaria na parede. Pergunto para Sarah se ela não tem medo de que as mensagens dela também virem obra de arte, caso elas terminem um dia, e ela responde:

— Ah, pra ser honesta, a gente quase não troca mensagens. Praticamente vivemos grudadas.

Imagine poder estar com seu parceiro o tempo todo?!

Fazia séculos que eu não saía assim, sem hora para voltar, rindo com minhas amigas, bebendo uma latinha de cerveja ruim e fumando vape nas vielas; estou me esbaldando, é como se deitar em um lençol de seda. Com Sarah ao lado, Tess me apresenta aos colegas da faculdade de artes e eu pergunto a cada um quem é seu artista favorito. Eles dizem Jenny Holzer, Marina Abramović, Nick Cave, Stanley Brouwn, Yinka Shonibare. Quando devolvem a pergunta, eu respondo séria:

— Rupi Kaur.

O horror na cara deles! Meu Deus, como senti falta disso. Sarah decide entrar na brincadeira comigo.

— Você não tava dizendo outro dia, Hera, que a Rupi Kaur é tipo o Christian Bök de saia?

Os estudantes de arte ficam perplexos, não sabem como reagir. Estão puxando vape como loucos, alguns mandando mensagens — imagino que estejam trocando mensagens no próprio grupo, falando horrores da "adoradora da Rupi Kaur" que está na frente deles.

— Eu tava dizendo isso, sim, Sarah. Acho que Kaur já construiu o que Bök ainda está tentando alcançar, sabe?

Tess revira os olhos e ri.

— Vocês duas são umas idiotas. Por favor, ignorem elas.

Sarah e eu nos entreolhamos e declaramos, em coro:

— Isso é homofobia, Tess.

Sarah dá um beijo em Tess e corremos de volta para o bar da exposição para beber mais do horrível, porém gratuito, *sauvignon blanc*.

Enquanto Sarah e eu rodamos pelo ambiente, comentando alto sobre as obras: "Esta aqui é claramente uma homenagem a Ken Done quando ele começou" e "É tão interessante o que a artista fez com as texturas nesta". Percebo que não olho meu celular há horas. Então pego ele na bolsa e vejo que tenho doze mensagens de Arthur, enviadas há duas horas, dizendo que poderia me encontrar em dez minutos; depois perguntando onde estou; e, então, escrevendo em um tom quase grosseiro; depois voltando atrás dizendo que me ama e espera que eu esteja tendo uma noite legal; em seguida, perguntando de novo onde estou. Ignoro Sarah por um momento, aflita, e respondo dizendo que sinto muito, que estou com minhas amigas e perdi a noção do tempo, que posso vê-lo a qualquer hora amanhã.

Mas o pontinho verde não está lá e agora já é tarde; ele claramente foi dormir emburrado. Minha euforia vai embora e eu me sinto esvaziada, estúpida e triste. Eu me despeço de todos e pego um Uber para casa. Ele só responde no fim do dia seguinte, dizendo que está tudo bem, que ficou chateado porque estava com saudade, eu tinha dito que estaria por perto e ele estava contando com isso.

Agora me sinto culpada. Que mensagem estou passando para ele, estando fora de contato enquanto me embebedo em uma sexta-feira à noite? Preciso mostrar que sou responsável, que consigo viver uma vida adulta ao lado dele. Mas, então, vem uma rara faísca de irritação também, algo como: *Esse cara tá falando sério? Minha vida inteira tá pausada por causa dele, ele ainda não deixou a esposa e agora está bravo porque numa única ocasião entre cem eu não estava imediatamente disponível quando ele quis?* Quase no mesmo instante em que esse sentimento surge, é substituído por compreensão: eu também ficaria chateada se ele sumisse após dizer que estaria disponível. Eu me sinto presa. Sei que uma versão anterior de mim mesma, uma que não estivesse tão enroscada nisso, enxergaria tudo isso com muito mais clareza — provavelmente se defenderia mais, acharia o sentimento de posse dele insuportável, ou simplesmente nunca teria ficado esperando, para começo de conversa.

Mas parece impossível acessar essa lucidez agora.

Na vez seguinte em que vejo Arthur é no domingo à tarde, logo após aquela sexta-feira à noite. Nós nos encontramos em um parque que fica entre nossas casas e falamos sobre aquela noite, sobre como aquilo fez ambos se sentirem. Sentamos sobre uma manta que levei de casa e sorrimos educadamente para as pessoas passeando com seus cachorros ao nosso redor. Está frio, e não estou vestida adequadamente para esse clima. Meus dentes batem enquanto explico para Arthur como, na sexta-feira, eu me senti presa ao ficar esperando por ele; e ele diz que imaginou que eu devia estar me sentindo assim, que isso o fez se sentir péssimo, que sente muito e que mais do que tudo não quer fazer eu me sentir desse jeito, mas que ele sempre sente minha falta e estava contando em me ver e que, quando não respondi, ele se sentiu idiota, abandonado, deixado no vácuo. É friamente irônico para mim que ele se ache no direito de dizer isso após ter sentido isso uma única vez, sendo que é assim que me sinto a maior parte do tempo; mesmo assim, não falo para ele, protejo ele disso, da dor que ele me causa.

Então, movida pela raiva desse padrão injusto que ele nem parece enxergar, eu digo:

— Então deixe sua esposa.

Ao que ele responde, sério:

— Eu vou. Juro que vou. — E continua: — Só preciso encontrar o momento certo, preciso fazer isso com respeito. Ela está muito ocupada com o trabalho agora. Mas, assim que esse projeto acabar, acho que tudo vai ficar mais viável. Não quero dar um chute nela quando ela já está no chão.

Apesar dessa justificativa ser uma baita desculpa esfarrapada — nunca existirá um bom momento para contar à esposa que você vai deixá-la por uma mulher mais jovem — o simples fato de ele estar pensando na logística, considerando prazos, já me anima. E o fato de ele estar compartilhando esse raciocínio comigo? Isso é bom, é transparência. Vamos continuar essa nossa dança adúltera. Mas serei como Sophie Ellis-Bextor no clipe de "Murder on the Dancefloor". Farei o que for preciso para garantir que sejamos o casal que vence no final.

Nas semanas que se seguiram àquela última "conversa", eu me vi constantemente insistindo para que Arthur contasse a verdade para ela, oscilando entre a frieza e uma histeria meio desesperada, à medida que eu ficava cada vez mais obcecada, cada vez mais convencida de que ele era o único caminho possível para minha vida. Ele me despistava com promessas vagas. Dizia "logo, logo". Eu fazia perguntas que só tinham duas opções de resposta, obrigando-o a se comprometer. Em vez de "Que tipo de casa você imagina pra gente?", eu perguntava: "Você acha que a gente tem mais cara de casal de apartamento ou de sobrado geminado?" E me encolhia de vergonha quando me ouvia — essa mulher insistente em que eu estava me transformando. Nas raras ocasiões em que me encontrava com Sarah e Soph, eu mal estava presente. Ficava absorta no celular, esperando uma mensagem. As conversas delas não me interessavam. Eu mal conseguia fingir interesse pelo namoro de Sarah e ria nas partes erradas das histórias de trabalho de Soph. Tão jovens, esses dilemas! Tão pequenos, tão tolos, que bobagem a juventude delas.

Em uma noite qualquer da semana, volto do trabalho e encontro meu pai já em casa, lendo um livro na varanda, com Jude deitado aos pés dele.

— Saiu mais cedo, foi? — pergunto.

Ele ergue os olhos do livro e me avalia.

— Espero ter ensinado a você, minha filha, que às vezes a melhor coisa a fazer com um dia ruim é deixá-lo para trás e recomeçar no dia seguinte. Dito isso, aceita um gim-tônica?

Ele levanta o copo vazio que está segurando.

— Não vou recusar. Outro pra você?

— Agradeço.

Vou até a cozinha preparar nossas bebidas e, quando volto para a varanda, sento em uma cadeira ao lado da dele. Ficamos ali, em silêncio, saboreando a serenidade.

— Como vai o mundo frenético das notícias? — ele pergunta.

— Uma atriz britânica foi pega traindo o marido, e agora estão pedindo a demissão dela do programa que ela apresenta há, sei lá, décadas.

— Ah, nada de novo sob o sol — ele diz, pensativo.

— E você, como está?

— Já não sou tão jovem quanto antes.

— Deixe eu adivinhar: você projetou o saguão de um prédio residencial e hoje percebeu que se esqueceu de inserir a porta no projeto?

— Foi exatamente isso o que aconteceu, Hera. Mas dei um jeito explicando aos engenheiros que foi uma escolha conceitual, um comentário sobre a futilidade da tendência divina de sempre abrir janelas.

— Aposto que eles adoraram.

— Sim, estamos nos dando muito bem. Não, pra responder à sua pergunta, meu dia foi completamente mediano, e lá pelas 15 horas eu pensei "ah, que se dane" e decidi que seria muito mais agradável vir pra casa e sentar aqui. Então saí e sentei.

— Pai, você sabe que eu amo você, mas é meu dever avisá-lo que isso aí é o típico privilégio dos Boomers, viu. Tipo, o que eu não daria pra poder sair do trabalho quando me desse na telha.

Ele reflete um pouco. Já está acostumado a ser cobaia de todas as minhas mágoas geracionais.

— Você tem razão, Hera. Sou mesmo o inimigo da economia. Aliás, como vai o aluguel gratuito?

Ele me dá um momento para ficar sem graça e, então, continua, em um tom mais sério:

— Não falei brincando antes, Hera. Saí do trabalho cedo porque, como espero que você saiba, às vezes a coisa mais poderosa que se pode fazer é ir embora, desde que você tenha avaliado que o que ganhará é mais importante do que aquilo que você poderá perder.

— Tá bom, Confúcio, cadê meu pai?

Ele se vira para Jude:

— Viu como ela me trata?

Ficamos um tempo em silêncio, até que pego Jude no colo e começo a acariciá-lo com um ar contido, como uma velha dama com seu lulu-da-pomerânia em um filme de época.

A conversa muda de rumo, vai para assuntos menos filosóficos, mas fico mexida com esse conselho existencial de meu pai. O que será que ele sabe ou acha que sabe? Com base nisso, o que ele está tentando me dizer?

Não é como se ele não entendesse os caprichos do mundo: ele entende mais do que muita gente. Às vezes, você simplesmente precisa ir embora.

✦

Naquela noite, cozinhamos um curry e jantamos na cozinha enquanto assistimos a um drama policial britânico na TV.

Mais ou menos na metade do episódio, recebo uma mensagem de Arthur: *Daqui a dez? Posso encontrá-la no parque?*

Meu coração se aquece e respondo na hora que sim. Deixo o celular de lado e me viro para meu pai:

— Se você conseguir sobreviver à minha ausência — digo —, acho que vou sair um pouco pra encontrar um amigo pra beber algo.

Ele tenta esconder, mas percebo que ficou magoado, estávamos tendo nosso momento juntos, e estou interrompendo-o de maneira brusca.

— Ah, claro, uma saída repentina. Jude e eu vamos ter que nos virar sem você, pelo jeito.

— Foi mal, pai. Preciso viver as noites gloriosas da juventude. Sabe como é! — Eu me levanto da mesa e dou um abraço nele por trás.

Saio apressada em direção ao parque. Quando chego a nosso ponto de encontro, o parque está vazio, e ainda faltam dois minutos para ele chegar, então me sento, dou uma olhada no celular e deixo os pensamentos sobre os braços dele me aquecerem.

Passam-se mais sete minutos e Arthur agora está oficialmente cinco minutos atrasado. Tudo bem, cinco minutos não é nada. Não tem nenhum pontinho verde visível, o que com certeza quer dizer que ele está vindo.

Vejo um bêbado tropeçando do outro lado do parque. Ele segura uma garrafa de vinho pelo gargalo e fala alto consigo mesmo. Eu me encolho, tentando me tornar menor para não chamar atenção. Pode ser alguém inofensivo, pode ser um estuprador; em situações como essa (e na vida em geral, acho), não dá para saber, mas é melhor pecar pelo excesso de cautela.

Fico encarando o celular, digitando letras aleatórias no bloco de notas, para parecer que estou conversando com alguém, que não sou só uma garota sozinha em um parque à noite.

Arthur está dez minutos atrasado agora, e o bêbado se sentou em uma parte úmida da grama, na minha visão periférica.

Dez minutos após o horário combinado: é quando você já pode mandar mensagem perguntando onde a pessoa está, sugerindo que você está esperando e que já cansou. Eu preferia não mandar, não queria ser esse tipo de mulher, mas não consigo evitar.

Tô no parque. Tá perto?

O pontinho verde ainda não apareceu, e não há sinal de que ele tenha lido a mensagem.

Não trouxe fone de ouvido, então não dá para ouvir música e, de qualquer forma, é melhor não, por segurança e tal. O bêbado está cantando agora, eu queria dizer que é uma balada triste irlandesa ou uma música melancólica do Eric Clapton, mas não é. É Avicii. Estou ouvindo um homem totalmente desafinado berrando "Heeeey, brother" sem parar. Até sinto pena dele, juro, pois são as únicas palavras que as pessoas se lembram da música, mas, no contexto, chega a ser ameaçador.

Apoio o celular na perna e fico olhando para o céu. Meus pensamentos voltam para meu pai. Imagino ele em casa, a poucos quarteirões dali, vendo TV sozinho em nossa casa quentinha, provavelmente se perguntando o que estou fazendo, por que saí assim do nada em plena terça-feira à noite após o jantar. Penso em todos os jantares que ele teve que passar sozinho e meu coração se parte. Eu me odeio por isso. Estou aqui, em um parque, esperando um homem que tem uma esposa, enquanto meu pai estava assistindo *Spooks* com a filha, mas agora está assistindo sozinho com o cachorro — o que é fofo, sim, mas não é a mesma coisa.

Finalmente, após e vinte minutos, a tela de meu celular se acende: *Desculpe, me atrasei, tive que resolver uma coisa aqui. Tô saindo agora.*

Não abro a notificação. Não quero dar a ele o gostinho de ver que li a mensagem, de saber que estou aqui, sentada, ansiosa por qualquer sinal dele. Ele sabe disso mesmo assim, é claro, mas me agarro ao restante de dignidade que tenho. Não respondo. Só espero. Tento pensar em como vou disfarçar minha irritação quando ele chegar. Faço uma piada? Finjo que estava lendo uma *New Yorker* interminável e que nem notei o tempo passar? Brinco com ele, dou uma zoada?

Recebo uma mensagem de Soph: *E aí, tô no Mr Moore's. Quer vir curtir?*

Não, Sophie, penso. Não quero "curtir". Estou ocupada sentada sozinha em um parque público por tempo indeterminado.

Mas sério, onde ele está? Eu me forço a esperar mais cinco minutos, chegando a um total de quarenta, então mando outra mensagem:

Arthur, sem ofensa, mas onde caralhos você tá?

O pontinho verde tá lá, aceso! Vejo ele digitando, apagando, digitando, apagando. A mensagem aparece.

Hera, me desculpe. *Não vou conseguir ir. Não consegui sair.*

Logo em seguida, outra: *Achei que ia dar, desculpe mesmo.*

Só percebo que estou chorando quando uma lágrima escorre em meu rosto. Nesse momento, me sinto patética. E olhe que já senti muitas coisas com Arthur, mas nunca isso. Nas outras vezes em que esperei por ele, eu tinha com o que me ocupar: livros, pessoas para observar. Tinha distrações que me ajudavam a acreditar que eu não estava exatamente perdendo tempo. Eu era jovem, tinha opções. Tinha certo poder. Mas agora, esse isolamento absoluto, o silêncio e a escuridão desse lugar. Evitando um bêbado que talvez sim, talvez não, seja perigoso. Achei que não fazíamos esse tipo de coisa. Achei que tínhamos um acordo não verbal: ele não faria os clichês dos homens adúlteros de novela, e eu, por consequência, não o trataria como um. Mas mandar a amante esperar em um parque à noite e, depois, deixá-la lá sozinha porque não conseguiu bolar uma desculpa boa o bastante para a esposa? Achei que soubéssemos qual era o limite.

Eu me levanto e sacudo a roupa. O bêbado me nota. Ele está em pé outra vez, tropeçando a poucos metros de mim.

Olho direto para ele, quase desafiando-o. Mas ele não se aproxima. Só ergue a garrafa, acho que oferecendo um gole e diz, com a fala arrastada:

— Anima aí, gata, não pode ser tão ruim assim!

Não sei o que responder, então faço uma expressão de meio sorriso, meio careta, com um aceno de cabeça antes de sair do parque.

Quando chego em casa, as luzes estão apagadas. Meu pai já foi dormir e a casa está completamente silenciosa.

Quanto tempo isso pode durar, você se pergunta. Quanto tempo duas pessoas conseguem continuar apaixonadas uma pela outra, transando em quartos de hotel e se beijando na escada do trabalho, trocando mensagens a cada dois minutos, todos os dias, antes que uma delas canse de esperar que a outra largue a esposa?

Só posso falar por mim, é claro, mas, no meu caso, tenho um número. São seis meses. Seis malditos meses, se você quer saber.

PARTE TRÊS

No aniversário de seis meses do que quer que seja que Arthur e eu tínhamos como relacionamento, entrei em um avião para a Inglaterra, deixando Sydney e Arthur para trás.

Vou explicar. Naquela noite, sentada naquele parque me sentindo patética, as coisas mudaram para mim. Passei os dias seguintes, metade da semana e o fim da semana todo remoendo isso. Tomei uma decisão radical. Eu não queria deixá-lo, mas também não podia ficar. Arthur estava tão enraizado em Sydney, tão certo de seu lugar, tão amarrado à própria vida. E eu vinha me amarrando a ela também. Mas agora parecia que continuar vivendo e trabalhando ali seria como segurar uma âncora presa a nada. Eu tinha 24 anos. Essa não deveria ser minha vida.

No trabalho, nos dias que se seguiram ao bolo que levei no parque, eu estava sentada em minha mesa compartilhada e sentia a presença de Arthur do outro lado. Se antes a divisória da Dell era excitante, uma metáfora para nosso romance proibido, agora me parecia uma metáfora muito mais simples: estávamos divididos e não conseguíamos nos ver. Ele não fazia nenhum esforço para se levantar e procurar meu olhar por cima da barreira. Não tentava derrubá-la.

Enquanto Alison me dava bronca por usar a cor errada nas marcações, Mei Ling me mandava gifs de Moira Rose — *Ai, Deus. Eu mataria por um belo de um coma agora* —, e Ken divagava sem parar sobre a taxa de juros negativa, eu sentia que estava perdendo o controle. Todo pensamento que voltava, todo plano que eu tentava montar, levava ao mesmo ponto, à semente que eu já não conseguia ignorar: eu não podia continuar vivendo assim.

Disse a mim mesma que, se isso fosse amor — se fosse real —, daria certo, Arthur deixaria a esposa. Mas, por ora, eu precisava ir embora. Precisava mostrar a ele como era viver sem mim. Ele tinha que entender que eu não esperaria para sempre, que, sem ele, eu podia fazer o que quisesse. O mundo era meu se eu escolhesse. Ele precisava enxergar isso. E eu precisava acreditar nisso também.

Eu tinha passaporte britânico. Tinha um pouco de dinheiro guardado, após anos morando com meu pai. Pediria demissão, e o motivo oficial seria profissional. Procuraria um emprego no Reino Unido, não importava a área. Comecei a usar meu tempo no trabalho para procurar vagas de emprego disfarçadamente, trocando a aba do navegador sempre que Alison passava por mim. Mandava currículos como se estivesse distribuindo panfletos da Domino's. Eu era uma mulher independente, seguiria meu próprio caminho. Construiria uma vida sem Arthur, uma vida só minha. Não ia mais ficar esperando em parques.

Dessa vez, eu tinha mais direcionamento para buscar um emprego. Já conhecia os jargões, as palavras mágicas. Além disso, agora eu tinha experiência em uma empresa de notícias de renome. Encontrei várias vagas freelance com salário ruim como produtora de conteúdo. O Reino Unido parecia lotado deles. Na quarta-feira, consegui uma entrevista que seria na sexta-feira. Peguei meio expediente de folga e, às 8 horas no horário de Sydney, fiz uma entrevista de vinte minutos por Skype com uma gerente britânica. Durante a conversa, ela basicamente disse que o emprego era meu, que mandariam a papelada na segunda-feira. Eu seria uma freelancer de "conteúdo feminista" para uma empresa de marketing digital. E dizem que o trabalho dos sonhos não existe.

É claro que havia um fundo de segundas intenções na decisão de trocar minha vida na Austrália por uma vida no Reino Unido. Arthur era do Reino Unido. Será que uma parte de mim esperava que ele se sentisse tentado a me seguir, a voltar para o país dele para ficar com a jovem e doce paixão de sua vida? Não posso dizer que essa ideia não passou por minha cabeça. Moraríamos em um apartamento em cima de uma lojinha no Soho. Ele escreveria e eu descobriria o que queria fazer da vida. Comeríamos English breakfasts. Beberíamos gim em latinha. Mas eu não diria nada disso para ele. Ele precisava entender por conta própria. O que eu diria pareceria pragmático. Ele tinha que acreditar que eu estava cortando laços. Precisava ser forçado a agir.

Então, naquele sábado, antes mesmo de receber a papelada do novo emprego, marquei com Arthur em um café que ficava no caminho entre nossas casas. Fui fria com ele a semana toda, e ele sabia que havia algo errado. Estava com uma expressão desesperada, e gostei de ver isso estampado no rosto dele. Geralmente era eu quem estava com as emoções estampadas em meu rosto, por mais que tentasse esconder.

Com um *smoothie* (ele) e um *flat white* (eu), disse a Arthur que o amava, mas que estava indo embora, que ele precisava se resolver, que eu só poderia ficar com ele quando ele provasse que estava falando sério; quando ele a deixasse.

— O que você está dizendo? — ele perguntou. — Você não pode fazer isso. Não pode simplesmente me deixar sem nem conversar comigo antes, Hera.

Nunca tinha estado nessa posição com ele. Ele estava implorando. Eu gostei daquilo.

— Estou falando sério, Arthur. Queria não estar, mas estou — respondi. Dei um gole em meu café e o encarei com firmeza, como quem está demitindo alguém em uma reunião de corte de gastos. Consegui me dissociar. Tinha tomado uma decisão e não voltaria atrás. Agora era a vez dele de sentir o que eu vinha sentindo. A vez dele de se sentir impotente.

— Mas, Hera, eu amo você. Sei que as coisas têm sido difíceis, mas vamos resolver isso juntos. Só que não dá para resolver se você não estiver aqui. Por favor, não me deixe.

Parei por um instante, escolhendo bem as palavras. Depois falei devagar:

— É justamente isso, Arthur. Fiquei aqui, esperando você largar sua esposa, como havia prometido. E você não fez isso; nem sequer planejou como fazer. Eu o amo, você sabe disso, mas não é o bastante. Preciso que você tome uma atitude. Então vou embora, e você vai ficar aqui. Se deixar sua esposa, me avisa. Mas fora isso, não quero que me procure. Não quero mensagens. Se você não vai deixá-la, preciso que me deixe viver.

Pela primeira vez, vi Arthur chorar. As lágrimas eram silenciosas e intensas. Seu corpo tremia, seus olhos estavam vidrados. Ali estava um homem que, talvez pela primeira vez, não estava conseguindo o que queria. Levantei da mesa, fui até o lado dele, toquei seus ombros. Beijei seu ombro esquerdo. Fui até o balcão, paguei por nossas bebidas e saí. Ele precisava encarar o que tinha feito. Precisava sentir o peso que havia colocado em meus ombros.

Eu estava arrasada, mas também orgulhosa de mim. Talvez até conseguisse cumprir o que tinha ameaçado, talvez conseguisse mesmo começar uma vida nova.

No domingo, quando contei sobre meu plano a meu pai, ele não pareceu surpreso.

— Você nunca foi de se contentar com pouco, Hera.

Se ele soubesse! Tudo o que eu queria era justamente isto: me acomodar. Fugir é o que fazemos quando não conseguimos nos acomodar, eu queria dizer.

— Bem, meu país de origem vai se beneficiar da minha perda, então vou me contentar com isso — ele disse.

Comecei a chorar. Por que ele tinha tanta fé de que eu era uma boa pessoa? Eu não merecia isso.

Ele me abraçou, e eu chorei, embora não pelos motivos que ele provavelmente imaginava.

Na quarta-feira seguinte, à noite, depois do trabalho, já tendo assinado os papéis do novo emprego, enviei minha carta de demissão para Alison por e-mail. Na manhã de quinta-feira, no escritório, ela me chamou em uma salinha de reuniões e disse que recebeu meu pedido. Falou isso sem demonstrar emoção. Sua maior preocupação era que eu devolvesse o headset para o setor de TI no meu último dia, porque "as pessoas sempre acham que podem ficar com eles". Agradeci pela mentoria, e ela me olhou como se quisesse me matar.

Agora eu precisava contar a Mei Ling. De volta à minha mesa, mandei uma mensagem muito direta:

Hera Stephen: *alô alô sua vaca*

Mei Ling Chen: *fala*

Hera Stephen: *o que é o que é, que tem dois peitos e tá dando o fora daqui?*

Mei Ling Chen: *...???*

Mei Ling Chen: *pf não me diga que é o que tô pensando*

Hera Stephen: *desculpa bb. Tô caindo fora. Sua força é uma inspiração, mas sou fraca.*

Mei Ling Chen: *vc tá msm me deixando sozinha com a Alison? Hera, eu vou morrer*

Hera Stephen: *então pede demissão também! Vai ser divertido! Vou me mudar pro Reino Unido. A gente pode virar fanática por futebol e passar os dias cheirando pó barato!! Me diga se isso não parece tentador.*

Mei Ling Chen: *óbvio que parece, mas Hera, não posso. Minha família tá aqui. Moro com minha mãe. Ela precisa de mim.*

Eu não fazia ideia de que Mei Ling morava com a mãe e cuidava dela. Percebi que eu não sabia quase nada sobre ela. Nunca tinha perguntado.

Quando o e-mail geral da empresa avisando que eu estava saindo foi enviado, recebi respostas de pessoas com quem eu nunca tinha conversado, que eu nem conhecia, me desejando "boa sorte" e dizendo que sentiriam minha falta. Arthur não enviou nada.

Ken mandou um e-mail: "Triste ver nossa mocinha voando do ninho". Killara veio até minha mesa, me deu um abraço e disse que queria ter me conhecido melhor. Fiquei emocionada com isso. Não acho que ela estivesse sendo totalmente sincera, mas foi gentil da parte dela.

Em meu último dia no escritório, me deram um bolo de chocolate do Coles e um cartão, escolhido por Ken. Ele mal conseguia conter o riso quando me viu abrir o envelope. Na capa do cartão estava escrito: "Você morreu para nós". Dentro havia algumas assinaturas que não consegui identificar, uma mensagem de Sally dizendo "Você vai fazer falta", uma da Mei Ling "Continue brilhando por aí" e um desenho de palitinho de uma mulher tomando uma caneca de cerveja, escrito "Enche a cara. Ken". Procurei bem por uma mensagem de Arthur. Não havia nenhuma. Acabei achando uma assinada por "Doug". Dizia: "Não vá".

A mensagem dele me deixou triste, depois com raiva. Quem ele pensa que é para me dizer para não ir? Ele tinha o poder de fazer com que eu ficasse e escolheu não usá-lo. Cortei um pedaço de bolo e deixei migalhas por todo o teclado. Não limpei.

Contei a Soph e Sarah sobre minha decisão praticamente no momento em que a tomei. Nas semanas seguintes, elas passaram por várias fases — incredulidade, mágoa, empolgação. Acho que, no fim das contas, elas oscilavam entre ciúmes e preocupação. Ciúmes porque eu estava me livrando de uma vida que não me servia, e preocupação porque, claramente, meu plano não era lá muito racional.

Sarah, sempre prática, demonstrou receio de que eu estivesse tentando resolver um problema enorme de maneira bastante dramática e que me mudar para o Reino Unido, onde eu não tinha amigos e quase nenhum familiar, para um emprego home office, talvez não fosse a ideia mais brilhante que já tive. Garanti que ela estava errada e que, na verdade, era a melhor ideia que eu, ou qualquer pessoa na história da humanidade, já teve.

Soph não tentou me dissuadir. Algumas coisas nunca mudam. Em vez disso, me fez prometer que eu faria FaceTime com as duas sempre que possível. Prometi que manteria contato.

E posso dizer agora, com toda certeza, que eu pretendia desaparecer. Desaparecer de minha vida inteira.

E, assim, fui embora.

Infelizmente, embora você possa mudar sua vida de lugar, ela ainda será sua vida. Aprendi isso depressa.

Não sabia exatamente o que eu esperava. Acho que esperava por uma transformação. Nos livros, quando as pessoas se mudam para um cidade nova, elas passam a fazer parte de novas histórias, os enredos de suas vidas se entrelaçam em novas teias, criam texturas inesperadas, enrolam-se nos edifícios como cachecóis, encontram sua família escolhida ou, ao menos, um espelho no qual enxergam um reflexo diferente de si mesmas. Percebem que podem ser diferentes ali, que podem romper com os antigos padrões, que não assistirão às mesmas duas séries da Netflix antes de dormir todas as noites, tentando cair no sono, nem terão os mesmos pensamentos que as mantêm acordadas, presas à realidade, incapazes de sonhar.

Acho que pensei que, por ser relativamente jovem, mulher e não totalmente desinteressante, eu seria arrebatada por uma nova corrente, uma vida nova, e talvez deixasse de amar Arthur e passasse a amar outra pessoa, de preferência alguém solteiro. Ou também, viveria uma existência agradavelmente distraída até o momento em que Arthur deixasse a esposa e viesse até mim. Quero essas duas coisas ao mesmo tempo, embora elas sejam fundamentalmente incompatíveis. Vou tentar viver nesse lugar como se não estivesse apaixonada, mesmo estando.

Chove muito nessa nova cidade, e meu trabalho poderia ser feito de qualquer lugar. Como não envolve um escritório, meus dias se resumem a acordar, fazer login, inserir palavras empoderadoras em releases de imprensa de marcas de vibradores e serviços de entrega de vapes, ajustar os espaços entre legendas e hashtags no Instagram, e editar a exibição de fotos de naturezas-mortas foscas de ovos de jade. Digo a mim mesma que isso é algo bom, que isso é viver minha vida sem Arthur. Às vezes, passo batom e vou ao pub com minha nova colega de apartamento, que parece ter ainda menos amigos nessa cidade do que eu, apesar de ter crescido aqui. O nome dela é Poppy. Eu a encontrei em um site de procura por colegas de apartamento. Lá ela dizia que seus hobbies eram "música, vinho e malhar". Na prática, estou descobrindo que o principal hobby dela é ser incrivelmente barulhenta. Ainda assim, quando não aguento ficar sozinha à noite, aceito beber pints com ela enquanto ela fala sem parar dos amigos do colégio que agora moram em outras cidades. Quando o pub fecha, voltamos tropeçando para nosso apezinho de dois quartos, sem termos nos conhecido nem um pouco melhor do que no início da noite. Entro para um coral, saio do coral. Entro para um clube do livro feminista, mas, já no primeiro encontro, percebo que o lugar é uma casa de chá aberta vinte e quatro horas e não um bar ou um pub, o que já diz tudo sobre o clima do grupo. Quem quer tomar chá de hortelã em um lugar público às 20 horas? Catorze mulheres brancas quase idênticas, todas com franjinha, discutem os méritos interseccionais de *Má Feminista*, de Roxane Gay. Saio do clube do livro.

O que se faz quando se está em uma cidade nova, completamente sozinha e sem ninguém com quem conversar sobre o caso que você teve e sobre como agora está de coração partido porque ele não deixou a esposa? Só a possibilidade de ter esse tipo de conversa exige anos de amizade. A pessoa precisa gostar muito de você antes que você possa dar o próximo passo e mostrar o quanto você é podre por dentro. Quando se tenta fazer amizade em uma cidade nova, não quer que a primeira coisa que o potencial amigo saiba sobre você seja que você é uma destruidora de lares fracassada. Ser destruidora de lares já é ruim, mas ser uma dessas que fez tudo errado e, ainda assim, não ficou com o cara? Isso não é só uma falha moral, é patético.

Faço uma playlist de músicas tristes, obviamente. Nos intervalos do trabalho, coloco o fone com cancelamento de ruído e saio para caminhar ouvindo "Running Up that Hill", de Kate Bush, repetidamente. A cidade é praticamente plana, o que dificulta realizar a simbologia da música, mas às vezes encontro umas subidas, o que já é alguma coisa. Até hoje, quando ouço os primeiros acordes, tenho flashbacks das caminhadas deprimidas: o olhar fixo à frente, as mãos nos bolsos do casaco, as lágrimas escorrendo pelo rosto.

Ainda não descobri como me vestir aqui, já que faz mais frio do que estou acostumada. Resultado: ou uso roupa demais ou de menos, então cada caminhada termina comigo tremendo de frio ou suando feito louca; às vezes as duas coisas. Nessas andanças, tento encontrar algum encanto inesperado nos arredores de onde moro, mas não encontro nada. Descubro muitos becos, muitos pontos de crack abandonados, uma lanchonete boa de kebab.

De vez em quando, se é fim de semana e ela não está trabalhando, Poppy tenta me acompanhar nas caminhadas, dizendo em tom casual:

— Ah, uma voltinha cairia bem agora, né?

E eu respondo:

— Deus, nem fala. Enfim, até mais! — E saio pela porta toda animada, como se não tivesse percebido a indireta.

Começo tentando trabalhar em cafés, achando que isso vai me conectar à paisagem urbana e fazer eu sentir que estou mesmo aqui. Todos os dias abro meu notebook em uma mesinha desconfortável, tomo um *flat white* decepcionante (café britânico é um lixo, por mais descolado que seja o lugar), abro o Twitter e digito algo. Como na época das candidaturas às vagas de emprego, me impressiona a forma como consigo me dissociar. Podem se passar três horas e, de repente, percebo que escrevi quatro páginas sobre um produto do qual não me lembro de nem sequer ter tomado consciência, muito menos aprendido algo. Mando o texto para o além: Sue, Sara, Amanda, Emily — e fico esperando instruções para escrever as próximas quinhentas palavras urgentes sobre velas feministas.

Todos os dias, logo após o almoço, meu estômago ronca e compro um sanduíche superfaturado em qualquer café hipster em que eu estiver, só para não ter que caminhar doze minutos até meu apartamento, onde está minha sanduicheira, e enfrentar a possibilidade, ainda que remota, de dar de cara com Poppy. Digo a mim mesma que estou economizando tempo. Mas o que não estou economizando é dinheiro. Nem a mim mesma.

Estou tentando esquecer Arthur. Estou tentando seguir em frente. Mas trabalhar nesses cafés, andar quilômetros todos os dias, não conhecer ninguém — tudo isso só me dá ainda mais tempo e espaço para sonhar acordada com ele.

Você pode existir em dois planos ao mesmo tempo, ter duas motivações que a guiam, mesmo que, juntas, essas motivações formem uma combinação autodestrutiva. Quero que Arthur deixe a esposa e venha até mim. Mas também sei que ele não fará isso. Então decido acelerar o processo de me apaixonar por outra pessoa dormindo com britânicos desconhecidos.

Eu me cadastro em dois aplicativos de namoro e crio duas versões genéricas de mim mesma. Na primeira, sou hétero, australiana, estou aqui para curtir, e não por muito tempo; essas coisas. Digo que meu filme favorito é *Crocodilo Dundee*. No segundo, sou queer, fã de política, esquerdista radical e amante de cerveja artesanal. Digo que meu filme favorito é *O Babadook*. Todas as bases cobertas, começo a transar com uma amostragem variada de personagens.

Mas, em vez de parecer o início de uma nova jornada, esses encontros parecem exercícios de misantropia. É assustador como é fácil fazer certos homens acharem que estão apaixonados por você. Basta eu me importar, ainda que por um segundo, com o que um homem pensa de mim, basta eu duvidar de mim mesma por um instante, e pronto, o poder se vai. Por isso, preciso escolher bem os alvos: tenho que sair com homens que eu não enxergo como pessoas. O que é muito fácil.

Eis o que ando aprendendo.

A maioria dos homens está pronta para ler os primeiros três traços de personalidade que você apresentar a eles e, se você escolher os três certos para cada homem, pronto, já os ganhou.

Todos amam contato visual. Amam mulheres que não desviam o olhar e que os fazem se sentir observados, como se estivessem sendo realmente vistos pela primeira vez. Aperfeiçoei meu olhar penetrante desde o tempo que passei com Max. Você deve transformar os olhos dele em uma janela de vidro dupla; só olhe para dentro deles para enxergar a si mesma. Eles vão achar que são eles que a cativam. Deixe que eles achem isso.

No geral, a maioria gosta quando fica claro que você é mais inteligente do que eles, mas só se isso for temperado com uma leve idiotice brincalhona, uma demonstração de simplicidade que indique que, no fundo, você é divertida. Faça um comentário sutil sobre o sistema de saúde dos EUA, mas diga que aprendeu tudo com *Os Simpsons*. Você tem que convencê-los de que amar você fará com que eles entendam todas as piadas, inclusive as que nem perceberam que eram piadas. Obviamente, nunca deixe que eles saibam que, na verdade, é deles que você está rindo; mas nem se preocupe muito, porque provavelmente eles nunca considerarão essa possibilidade. Eles podem até achar que é de você que você está rindo. Que burrice a deles, mas que charme essa idiotice; é como ver uma criança que não faz ideia de que o desenho dela não tem nada a ver com o que tentava representar.

Terceira coisa: deixe que eles expliquem as coisas para você. Já sabemos que eles adoram fazer isso, graças a Rebecca Solnit, mas, ao contrário dela, eu penso: por que não aceitar? Deixe que eles falem sem parar sobre como o marketing de supermercado é todo baseado em psicologia, como se isso fosse novidade para você. Deixe que revelem que o rótulo do pote de maionese pode induzi-la a escolher aquele pote em vez de outro, baseado no tipo de pessoa que você gostaria de ser, mesmo que todos os produtos sejam iguais. Então, quando eles finalmente pararem de falar, faça um comentário espirituoso mostrando que você já sabia disso tudo e só estava sendo gentil. Que seja uma observação afetuosa, não agressiva. Que eles fiquem na dúvida se você os odeia ou não. Que eles achem que talvez tenham interpretado mal o que você disse e, quem sabe, talvez você esteja mesmo impressionada. Depois, beije-os na boca e encare seus olhos outra vez. Pergunte quando foi a última vez que eles se sentiram verdadeiramente felizes e espere pela resposta. Eles vão contar. Ninguém nunca pergunta isso para eles. Pronto, acabou. Você os tem. Você não os quer, mas os tem.

Transo com um ginecologista chamado Kieran em um beco atrás de um bar de rum, depois vou para o apartamento dele. Tem uma geladeira, uma cama e uma estação gamer gigantesca. Digo que adorei a decoração e, sinceramente, não sei se ele entende meu sarcasmo: ele me agradece e conta onde comprou a cama (na Argos). Ele quer que eu conheça a mãe dele no fim de semana seguinte, então desapareço.

Transo com um graduado em antropologia chamado Paul, que diz que nunca consegue saber o que estou pensando e como isso é sexy. Depois do sexo, fumamos na sala, e Poppy chega. Ela e Paul conversam, e logo fica claro que os dois estão tentando arrancar informações sobre mim, mas não revelei o suficiente para nenhum dos dois, então não vale a pena. Desejo boa noite e vou para meu quarto. Um tempo depois, Paul entra no quarto e desliza sob os lençóis como se tudo isso fosse perfeitamente normal. Deixo ele pagar o café da manhã no dia seguinte e, depois, nunca mais atendo ou respondo a nenhuma das mensagens ou ligações cada vez mais frequentes dele.

Mulheres são mais complexas, porém as regras são parecidas. Transo com uma mulher que faz colares de absorvente interno em bronze. Ela é direta: digo que amo o episódio musical de *Buffy*, a filosofia de Hannah Arendt e as músicas de Willie Nelson. Ela diz que me ama logo depois. E não é que eu não goste dessas três coisas, eu gosto. É só que já sei exatamente quais três coisas contar para ela. Gosto de tantas coisas.

Sempre existirá uma interseção no diagrama de Venn entre três das suas coisas e três das coisas de outra pessoa. Apresente essas três como joias; joias que prometem intimidade. Espere que a outra pessoa as pegue, e aja como se estivesse surpresa e encantada quando isso acontecer. Finja que é você quem está se sentindo vista pela primeira vez. *Deixe que a descoberta pareça ser dela*. Mostre, não conte etc.

Como você pode ver, meus envolvimentos românticos não deixam espaço para os sentimentos crescerem. Eu saboto todos os encontros, escolho pessoas que sei que vou odiar. E, se acontece de elas parecerem legais, assumo uma versão de mim mesma tão distante de quem realmente sou que é impossível se apaixonar. Como poderia, se estou fingindo que gosto de *Crocodilo Dundee*?

Fico ainda mais grudada no celular nesse país do que era na Austrália. Porque a verdade é que, embora eu tenha dito para Arthur não me mandar mais mensagens, eu não disse que ele *não deveria* me mandar. E, assim, mesmo tendo ido embora, mesmo deixando claro que nosso relacionamento acabou a menos que ele deixe a esposa, continuamos em um jogo internacional de "quem manda mensagem primeiro".

Ele espera até eu ficar online (o que é praticamente o tempo todo), então começa a digitar, digitar, digitar, e apaga tudo, sem enviar. Ele sabe que consigo ver isso. Sabe que estou observando. E eu faço o mesmo com ele. Às vezes, escrevo mensagens de verdade antes de apagar. Escrevo tudo o que imagino fazer com ele um dia, quando estivermos juntos; outras vezes, escrevo só bobagens, segurando a tecla "l" por minutos a fio. Fico pensando se ele consegue perceber quais de minhas reticências estão escondendo mensagens reais e quais estão escondendo *nonsense* completo. Sinto que consigo adivinhar as dele; algo no ritmo com que os três pontinhos aparecem e desaparecem, algo no tempo das pausas. Mas, de qualquer forma, ainda estou segurando o olhar dele no telefone enquanto digito, e isso já é conexão suficiente para me manter em pé. Sou como uma fumante sobrevivendo com adesivo de nicotina; uma fumante *vivendo* de adesivo de nicotina, com uma tendinite cada vez mais dolorida.

Sei que é patético o quanto meu estômago se retorce quando o pontinho verde dele não aparece, porque isso quer dizer que a atenção dele não está em mim. Toda vez que leio uma frase engraçada em um livro, tiro uma foto, caso um dia surja uma oportunidade de mandar para ele. Sempre que vejo casais sentados juntos e felizes, tenho vontade de separá-los. Minha concentração foi para o espaço; vivo perdendo minha parada na estação de metrô.

Em Sydney, Soph me deu um conselho inspirado na experiência diplomática dela. Disse que é natural, quando alguém se muda, se apegar primeiro às pessoas e às coisas do passado, mas que, com o tempo, ao criar raízes, começamos a deixar de lado as coisas antigas. Concordei com a cabeça enquanto ela falava, como se dissesse, sim, meu apego eletrônico a esse homem logo vai enfraquecer e vou me libertar do ciclo infinito de checar o celular para ver se ele mandou algo. Uma parte verdadeira de mim desejava isso. A outra parte, não.

Quanto mais tempo fico no Reino Unido, quanto mais transo com pessoas terríveis, quanto mais solitários se tornam meus dias, mais percebo que não tenho a menor intenção de abrir mão desse sonho com Arthur, mesmo sabendo que esse limbo está sugando minha energia como o beijo de um Dementador. Sei que ele já fez sua escolha. Mas, talvez, em breve, ele recobre o juízo. Com certeza minha ausência se tornará tão insuportável que ele não aguentará. É essa esperança que guardo e protejo como uma vela acesa em uma marcha de mulheres debaixo de chuva.

Dois meses após começar essa nova meia-vida, é meu aniversário. Não conto a Poppy, com medo da atividade de "vínculo" que ela tentaria armar se soubesse. Uma pintura em tela, provavelmente. Ou, sei lá, um *escape room*. Só de pensar nisso, me dá calafrios.

Às 9 horas, horário do Reino Unido, meu pai me liga por FaceTime. Ele já jantou e está em casa, no sofá com Jude.

— Quais são os planos fabulosos da aniversariante? — pergunta ele.

Imagine se eu contasse a verdade, que é: ficar neste apartamento, escrever uns textos, comprar duas garrafas de vinho na loja mais próxima e beber sozinha em meu quarto.

— Humm, provavelmente vou trabalhar um pouco, depois passar em uma galeria de arte e encontrar uns amigos pra tomar algo. Nada muito louco.

— Parece ótimo, Hera. Jude e eu estamos com saudades. Ah, encontrei Sarah outro dia na estação, ela disse que parece que você está adorando aí.

Abençoada Sarah. Mal tenho falado com ela ou com Soph desde que cheguei. É uma alma boa, me dando cobertura desse jeito.

— Mas, enfim, pai, preciso ir. Tenho um prazo de entrega agora cedo e não posso perder. Obrigada por ligar, amo você.

— Também amo você, Hera, para sempre. Feliz aniversário, minha menina.

Aperto o botão para encerrar a ligação. A tela congela no rosto sincero e eternamente preocupado de meu pai, antes de ser substituída pela foto de fundo: uma selfie que fiz Arthur tirar comigo em Sydney, depois de uma de nossas sessões de sexo no parque.

Passo o dia conforme previsto, sem sair do quarto, exceto para comprar álcool. Às 22 horas, já estou bêbada de vinho tinto e rolando mensagens antigas de Arthur no Instagram. Já é de manhã onde ele está. Ele está acordado. Não é mais meu aniversário na Austrália. Achei que talvez meu aniversário fosse tirá-lo do silêncio, mas, pelo visto, não.

Estou ouvindo Spotify no modo aleatório pelo notebook, e claro que o algoritmo resolve me sacanear. Começa a tocar "The River" e sou transportada de volta àquela sala de karaokê. Que saudade de Arthur. Será que mandar uma mensagenzinha faria mal? Não é como se eu fosse voltar para casa. Só uma mensagem, um mimo.

Vejo as reticências de digitação dele. Observo enquanto elas desaparecem. Sinto que estou prestes a fraquejar. Escrevo "Oi, estranho". Meu dedo paira sobre o botão de enviar.

Mas, antes que eu tenha chance de fazer isso, as reticências se transformam... em palavras. Arthur me manda uma mensagem.

Sei que você me disse para não a procurar, mas eu não podia deixar de desejar feliz aniversário.

A descarga de serotonina que inunda meu corpo é absurda. Meus dedos começam a digitar antes mesmo de eu saber o que estou escrevendo. É uma péssima ideia e estou executando-a mesmo assim.

Mande, então, respondo.

Feliz aniversário, Hera, ele responde.

Um segundo depois, acrescenta: *Estou com saudade. Estou com tanta saudade que chega a doer.*

Se eu estivesse sóbria, talvez tivesse forças para não responder. Mas não estou.

Igualzinho aqui, óbvio. Aperto enviar.

Vou contar tudo para ela, querida. Vou acabar com isso, ele escreve.

Mesmo ele já tendo feito essa promessa antes, mesmo ainda não havendo qualquer prazo para essa separação acontecer, não consigo evitar.

Recomeçou.

Só que, desta vez, moro do outro lado do planeta.

Quase imediatamente, nosso ritmo de troca de mensagens volta a ser como era em Sydney, exceto quando o fuso horário faz com que um de nós esteja dormindo. Conto sobre meu dia, ele conta sobre o dele. Nos falamos pelo Instagram, começamos a fazer chamadas de vídeo sempre que possível.

Minha madrugada é a manhã dele. Minha manhã é o fim de tarde dele. Ele não pode me ligar quando está em casa com ela, nem do trabalho, a não ser na hora do almoço. Então nos vemos por vídeo nas minhas madrugadas e manhãs. Isso significa que, quando conversamos, ou estou bêbada ou exausta, e o papo da manhã engole o começo de meu dia, as horas em que eu poderia estar sendo produtiva, ganhando dinheiro. Vivemos em continentes opostos e, ainda assim, é a agenda dele que dita a minha.

Todas as manhãs, acordo e checo o celular. Se são 9 horas na Inglaterra, são 18 horas em Sydney. Ele está ou enrolando no trabalho esperando eu acordar ou no trajeto para casa. Vê meu pontinho verde e manda: *Bom dia, dorminhoca, rola um ft?* Respondo: *Me dá cinco minutinhos*. Aí passo um café e vou para o sofá da sala. Me jogo no sofá de corino marrom, ajeito três almofadas nas costas, me estico encostada no braço do sofá, coloco o notebook no colo e clico no símbolo do FaceTime. Ele atende, e pronto, lá está ele na tela: meu amor na tela.

— E aí, qual é o noticiário do dia? A Chechênia mudou alguma coisa? — digo.

Ele ri, porque faço essa piada todos os dias, e em nenhum desses dias entendo mais sobre a Chechênia do que Bridget Jones quando ensaiava a frase "Terrível, né, o que está acontecendo na Chechênia?", para impressionar os Salmans Rushdies no lançamento de *A Motocicleta de Kafka*, o maior livro de nossa geração... provavelmente.

Ele diz que a situação na Chechênia está um caos, que virou a prioridade número um dele, que o chefe pediu para ele largar todo o restante e focar só a cobertura da Chechênia. Eu sorrio, mas é um sorriso contido, porque não sei quando vou vê-lo de novo e nada do que faço aqui parece real, com exceção de quando estou falando com ele.

A cidade em que estou é uma cidade cheia de eventos: leituras de poemas, música, palestras esotéricas sobre bandas punk cujo único vestígio que resta é um cartaz colado atrás da porta do banheiro de um pub, passeios históricos guiados por parques que camuflam cemitérios infantis. Quanto mais a conheço, mais me parece um lugar construído sobre o princípio da distração. Esse é um aspecto que não existe em Sydney em quantidade suficiente. Talvez Sydney seja uma cidade boa se você estiver feliz. Mas, se está apaixonada, melancólica e precisa estar cercada de barulho e ideias o tempo todo, para se esquecer de si mesma, talvez só encontre distrações suficientes para aplacar essa necessidade em quatro noites da semana.

Mas quatro noites não bastam: eu preciso de sete.

Às vezes, nessa cidade da distração, passo uma hora inteira sem olhar para o celular e me parabenizo quando isso acontece. *Olha só pra você, Hera! Tão independente.* Inegavelmente, no entanto, agora volto de qualquer evento olhando para o celular o caminho inteiro, contando para Arthur sobre os lugares onde estive naquele dia, as conversas que ouvi por acaso. Às vezes fazemos FaceTime enquanto volto andando para casa, minha cabeça entrando e saindo do enquadramento, a noite escura atrás de mim, meu rosto pixelado e quase invisível.

Em uma dessas noites, algumas semanas depois que Arthur e eu retomamos contato, vou à abertura de uma exposição — ninguém me convidou, é claro, já que não tenho amigos, mas vi um panfleto em um café onde eu estava trabalhando e decidi encarar o desconhecido. Na galeria, após ter bebido álcool gratuito o suficiente, tomo coragem e entro em um grupinho e tento conversar com alguns britânicos, que são estudantes de arte, sobre o trabalho deles; eles estão usando um colete com fivelas. Estudantes de arte são iguais em todo lugar, o que é reconfortante. O papo começa meio travado, então decido soltar o velho truque de Rupi Kaur. Fica claro, muito rápido, que foi um erro, mas agora que comecei, não dá para voltar atrás.

— Desculpe — responde uma mulher com um sotaque que agora aprendi a reconhecer como "fui para Oxford" —, você está dizendo que a poeta do Instagram Rupi Kaur é sua artista favorita?

— Hum... Sim? — decido insistir, mas o choque inicial já passou e, sem ele, percebo como devo parecer para ela: uma australiana sem cultura, uma tola digna de pena.

Ela sorri com desdém, me olha de cima a baixo e conclui:

— Que coisa interessante de se dizer.

Ela se afasta, me deixando ali, tentando me reencaixar no grupo, cujos membros já mudaram de assunto e agora comentam sobre como uma das namoradas almoçou com Grayson Perry.

Me afasto discretamente e encontro a obra mais próxima, fingindo um interesse profundo nela. É uma escultura abstrata feita de balõezinhos de gás do riso. Eu me viro para um cara que está ao meu lado e digo:

— E aí, o que acha, a gente rouba um gás e vaza?

— Desculpe, o quê? — ele pergunta.

Ah, me mate. Será que aqui tem outro nome para isso? Ou então esse cara não estuda arte.

— Ah! Esqueça... — deixo no ar. — Ignore.

E ele ignora. Às 23 horas, já atingi meu limite com aquele povo.

Saio discretamente da galeria e fico imensamente grata pelo golpe de ar frio e pela sensação de anonimato. Aqui fora ninguém me julga. Aqui fora, no escuro, estar sozinha não levanta suspeita social. Acendo um cigarro enquanto caminho e mando uma mensagem para Arthur: *FaceTime?*

São 8 horas lá, ele geralmente já está indo para o trabalho.

Ele liga alguns minutos depois e eu paro na calçada. Preciso fazer ele rir; preciso lembrar que ainda consigo fazer alguém rir. Sem nem dizer alô, digo em tom grave:

— Arthur.

— Hera — ele responde no mesmo tom sério de brincadeira.

— Notei uma coisa, Arthur. Notei... E me escute, porque sei que pode parecer uma observação polêmica, mas... Os britânicos *amam* ir a pubs.

— Hera — ele responde sério —, você não pode sair por aí dizendo essas coisas. Não dá para simplesmente descosturar o tecido do universo em uma frase e esperar que pessoas comuns como eu sigam com o dia normalmente.

Solto o ar. Esse é meu homem. Enquanto ando, falamos sobre ele se mudar para cá para ficar comigo; esse é um tema que temos explorado nas últimas semanas. Foi ele quem trouxe à tona, inclusive. Conversamos sobre como ele se sentiria voltando para o país dele após tanto tempo morando fora, sobre eu ser a presidiária exportada. Tento fazer com que ele visualize a cena; descrevo o apartamento pequeno que vamos alugar, onde vou cozinhar e dançar ao som de Robyn. Como ele vai estar curvado sobre o notebook e vai fechá-lo, de repente, quando eu o puxar para dançar comigo. Como vou obrigá-lo a ir a todos os meus eventinhos idiotas, e nós dois vamos rir deles juntos. Arthur sempre diz que nunca tem tempo para aproveitar as coisas como eu, e hoje digo a ele, como já disse antes:

— Arthur, o tempo está em tudo. É tudo. Tempo é, literalmente, tudo o que existe.

Quatro meses após me mudar para essa cidade nova, dez meses após começar a amar Arthur, estamos em uma videochamada como de costume. O trabalho está entediante, o clima está horrível, e eu vinha me permitindo cogitar a ideia de voltar para Sydney, antes de me lembrar: "Não, não, você foi embora por um motivo. Ele é quem tem que sair do casamento!" Mas também sei que falar com ele todos os dias e mandar nudes talvez não seja a melhor forma de convencê-lo disso.

Conversamos besteira por uns quinze minutos, mais piadas sobre as notícias, minha resenha sobre o *sausage roll* de Greggs ("É tipo... medíocre? Desculpe, Arthur, alguém precisa dizer"). Ele ri, mas está um pouco mais contido, menos defensivo sobre Greggs do que eu esperava. O silêncio se instala entre nós.

Sempre acontece algo.

Na tela, vejo Arthur inspirar fundo e há uma mudança na expressão do rosto dele. Mesmo depois de tanto rir, sorrir enquanto eu tagarelava, agora ele está sério; agora parece que vai chorar.

— Preciso contar uma coisa ruim.

E você pode até não acreditar, mas é verdade: mesmo antes de ele dizer, eu já sabia o que era. Só pelo jeito como ele me olha. Mudo de posição no sofá, sinto minha coluna enrijecer com a tensão.

— Kate está grávida.

Kate. Kate. Kate. Kate. Kate.

O nome que eu vinha evitando falar com tanto cuidado; o nome que nunca ousei pronunciar todo esse tempo.

A esposa de Arthur tem um nome, e o nome dela é Kate; e Kate, a esposa de Arthur, está grávida do filho dele.

Aperto minha caneca de café, decidida a não deixá-la cair como fazem nos filmes quando alguém leva um choque. Vou segurar essa caneca e, de algum jeito, isso fará com que tudo fique bem. Vou segurar essa caneca, e ela não vai se estilhaçar, nem eu.

Não digo nada, não sei o que dizer. Não choro.

Não vou chorar.

Mas ele chora. Ele desmorona e, de repente, sou eu quem o está consolando.

— Não quero isso — ele diz. — Me desculpe — repete. Ele realmente não quer isso, não quer me magoar, nem a ela, nem a ninguém. — Não sei o que fazer. — Ele chora. E não sabe mesmo. Estou olhando para um homem que sente que qualquer decisão vai transformá-lo no vilão. Alguém tentando escolher entre o ruim e o pior. E, mesmo vendo a vida que imaginei desaparecer diante de meus olhos, mesmo quando percebo que Kate agora sempre fará parte de nossa história, que não há mais uma saída fácil... Tudo em que consigo pensar é: por favor, que ele ache que sou a errada. Mas não a pior. Que eu seja a ruim. E ela, a pior.

Agora não é mais possível mudar de país juntos. Eu sempre, sempre serei lembrada pelo relacionamento que destruí, e essa lembrança tomará a forma de um serzinho que provavelmente irá me detestar pelo que fiz com a mãe dele. Tudo aponta para o fim.

Porque, obviamente, se você está tendo um caso com um homem casado que não larga a esposa e, então, se muda de cidade para recomeçar, e ele conta por videochamada que a esposa está grávida, o que você faz é dizer: "Que interessante. Acabou. Boa sorte". Agradece aos céus por ter saído antes de isso destruí-la de vez. Amputa esse pedaço de sua história. Segue em frente e encontra alguém solteiro, alguém pronto para construir uma vida ao seu lado.

O que você não faz é o que eu faço.

— Certo — digo. — Certo. Vou fazer umas perguntas pra você e preciso que me responda com sinceridade. Mesmo que doa, preciso que seja direto comigo.

— Tudo bem — ele responde, olhando para mim como já olhou tantas vezes antes, como se eu tivesse todas as respostas. Como na primeira noite em Sydney, me pedindo para escolher o restaurante. Como na porta do primeiro hotel, confiando que eu saberia abrir o portão. Mais uma vez, sou eu quem tem que conduzir.

Pergunto o que precisa ser perguntado:

— Isso muda o que você sente por mim?

— Não.

— E você ainda quer ficar comigo?

— Mais do que tudo.

— Você entende que ela vai odiá-lo, pra caralho, mas que mesmo assim você tem que contar a verdade e que quanto mais demorar, pior vai ser?

Ele me encara em silêncio por alguns segundos e, em seguida, desaba outra vez.

— Eu sei. Eu sei disso.

Solto o ar devagar.

— Mas não agora — ele diz, olhando para baixo, depois para mim. — Não posso contar agora.

Inspiro fundo. Lá vem. Mais um momento em que meu destino depende da decisão dele?

— Mas vou contar. Quando for o momento certo, eu conto. Prometo, Hera. É com você que quero ficar.

Ele diz que não pode contar agora, porque Kate está grávida. Não pode comprometer a saúde dela. Quando o bebê nascer, também não vai poder sair de casa imediatamente. Não pode fazer dela uma mãe solo de um recém-nascido, pode? Ele diz que deve isso a ela. Que é um homem decente. Eu, por acaso, gostaria que ele abandonasse a esposa e o bebê ainda em fase de amamentação? Brinco mentalmente com possíveis reações. Testo cada uma delas. Eu seria tão egoísta a ponto de pedir que ele a deixasse agora? Deus, eu queria ser, mas não sou. Se tudo der certo, já estarei tirando demais dela com o tempo. Posso dar isso. Posso esperar até ele sair de casa, depois que o bebê estiver tomando fórmula e dormindo a noite toda. Posso continuar aqui na Inglaterra até lá. Posso me destruir mais um pouco para preservar a felicidade inocente dela. O que mais ainda tenho para destruir?

Fico praticamente muda enquanto ele tenta se explicar:

— Foi um acidente! — ele repete. Diz que só transou com ela duas vezes desde que se apaixonou por mim, jura enquanto chora. Como se essa informação fosse me consolar? Tipo "Ah, só duas vezes? Então tá".

Mas não vai adiantar eu me perder no ressentimento agora; preciso encarar a realidade como ela é. Decidir se consigo viver com isso ou não.

Ele começa uma nova linha de raciocínio. Diz que não ama mais Kate, e repete isso; mas que antes de me conhecer, eles estavam tentando ter um filho fazia muito tempo, depois desistiram... E, agora, ele não pode negar essa chance a ela, pois já é considerada uma gravidez tardia. Ele deve isso a ela, entende? Ele roubou os anos férteis dela.

Imagino ele fazendo contas mentais, tentando achar uma solução que o redima eticamente. Ele está tentando se convencer de que dar esse bebê a Kate é como uma troca justa por deixá-la. Quer que eu concorde com ele.

Penso na música que ele me mandou meses atrás, sobre a mulher cujas amigas estão todas tendo filhos. Era para eu ter previsto isso? Será que, no fundo, eu já sabia?

É claro que não. É claro que eu não teria continuado se tivesse previsto isso.

Ele ainda está falando quando eu o interrompo de repente. Preciso pensar.

— Arthur, eu amo você, mas preciso de um tempo pra processar tudo isso. Amanhã eu ligo pra você, tá?

Ele parece miúdo.

— Tá bom, tá bom... É justo — ele aceita.

Mas posso ver o medo no rosto dele. Um reflexo do meu. Será que é isso que me fará parar?

— A gente se fala, querido — prometo. E desligo a chamada.

Fico sentada no sofá, em silêncio. Tenho mais sentimentos contraditórios do que consigo processar. Preciso tomar uma decisão, mas está tudo embaralhado.

Decido lidar com as emoções do jeito que sei melhor: ficando absolutamente bêbada.

Ainda são 10 horas, mas moro no Reino Unido: os pubs já estão abertos. Abotoo meu casaco, amarro os cadarços e sigo para o bar mais próximo. Começo como pretendo continuar: com uma pint. Sento em um banquinho e bebo devagar, uma atrás da outra. Estou com um livro que olho de vez em quando. Não sei dizer do que se trata, não faço ideia.

Quando dá 17 horas, já não estou mais sóbria, e o pessoal do happy hour começa a chegar. Perfeito. Vou me enturmar. Vou me perder nos pequenos problemas deles.

Um grupo de colegas de trabalho toma cerveja em uma mesa atrás de mim. Espero até que cheguem à terceira rodada e, então, faço contato visual com um dos homens. Sorrio. Ele me pergunta o que estou lendo (eles sempre fazem isso).

— Essas páginas podiam muito bem estar em branco, porque não estou absorvendo nada! — respondo.

— E o que uma mocinha australiana como você está fazendo em um lugar como esse? — ele pergunta.

Normalmente eu retrucaria, mas hoje deixo passar. Digo que me mudei recentemente para cá por causa do trabalho, que não conheço muita gente na cidade.

— Ora, então tem que se juntar a nós! — ele exclama. Mordeu a isca direitinho.

Logo depois, já faço parte do grupo. Não revelo nada sobre minha vida. Não conto, por exemplo, que meu namorado a distância é casado e acabou de me contar que a esposa está grávida. Não dou sinal nenhum da provável iminência de meu colapso. Em vez disso, pergunto aos bêbados sobre o dia deles, a vida deles, e eles me contam.

— Nossa, parece que a Sandra pegou birra de você mesmo. Já pensou em procurar o RH, será que rola? — digo.

— Isso parece difícil, Rob. Mas você já considerou que o hábito do seu cunhado de dizer "que delícia" após toda refeição pode ser pura insegurança? Uma tentativa de agradar a família e tal? — digo.

— Nossa, e eu achando que o Jeffrey Epstein tinha problemas — digo.

Na minha mente, em meio a todas essas conversas, todas essas cervejas, existe um zumbido constante, uma espiral caótica. Porque é o seguinte: eu sei que vou esperar por ele. Apesar de toda essa encenação de que estou tirando um tempo para decidir, já sei que vou aceitar tudo isso.

O que não é nada bom para minha saúde mental. Mas o problema imediato é: como vou vender essa ideia para minhas amigas, e depois para meu pai, quando chegar a hora? As pessoas que a amam não querem que você se exile do outro lado do mundo à espera de que um homem casado tenha o filho dele para só então largar a esposa e ficar com você. Como apresentar esse cenário para eles?

Mas, de novo: estou bêbada. Então, em vez de esperar estar sóbria para tocar no assunto com minhas amigas, mando uma mensagem a Soph no caminho de volta do bar para casa: *posso ligar pf? preciso falar com vc.*

Desde que me mudei, só falamos pelo FaceTime uma vez, na primeira semana; então ela sabe que, se estou querendo ligar, é crise na certa.

Ela responde na hora: *sim, me dá um minuto, tô no trabalho. Vou pro banheiro pra te ligar.*

Quando a imagem de Soph aparece em meu celular, confirmo que ela está mesmo sentada no vaso. A luz é forte, ela está maquiada, parece apressada. Enquanto isso, estou deitada de bruços na cama, com o celular apoiado no travesseiro como uma coroa sobre uma almofada cerimonial. Meu rímel está borrado, e a luz do abajur é a única acesa. Meu rosto está granulado na tela. Eu me vejo como Soph deve estar me vendo: um desastre.

— Oi — sorrio, tentando soar casual. — E aí, bebê, o que conta?

A resposta de Soph é seca:

— Hera, foi você que pediu pra eu ligar. O que houve? Tenho reunião em cinco minutos, fale logo.

— Então, é que... Hum... Como dizer isso? *Como dizer isso?* — cantarolo a última frase.

Soph não parece impressionada.

— Hera, você está chapada?

— É verdade! — exclamo e faço uma careta igual ao emoji de dentes trincados.

Ela solta um suspiro.

— Tá bom, minha bêbadazinha. Desembucha logo, o que tá pegando?

— Certo, certo. Então... É o seguinte. Sabia que Arthur tem uma esposa?

— Estou bem ciente desse detalhe.

Tento suavizar o desastre:

— Então, em uma reviravolta interessante...

Soph me interrompe:

— Ela tá grávida, né?

Ela deve ter lido isso em minha expressão.

— Hã, é... Sim. Sim, tá sim.

— Filho da puta — ela murmura.

— O que foi, Soph? — pergunto animadamente.

— Eu disse que ele é um filho da puta. E deixe eu adivinhar: agora ele diz que vai largar ela, mas só depois que o bebê nascer? — Ela ergue as sobrancelhas.

— Hã... Sim.

— Aham. Certo. E qual é o plano agora, Hera? Vai voltar pra cá e se instalar em um cafofo enquanto ele leva a esposa ao pré-natal? Vai fazer boquete nele quando der tempo? Ou vai virar a doida do sótão, esperando ele largar a esposa... Isso se ele largar, né?

— Isso não é justo, Soph.

Ela suaviza o tom:

— Eu sei, desculpe. É que eu amo você. E esse cara só fode sua vida. — Ela faz uma pausa. — Você realmente ainda acredita que ele vai largar dela?

Minha voz falha:

— Eu preciso acreditar, Soph.

Não posso contar a ela o que sinto de verdade, porque acho que seria triste demais para ela aguentar. Ela ainda acredita que posso simplesmente desistir disso. Que sou jovem, tenho um trabalho, posso dizer não para tudo isso. É claro que ela pensa assim.

Mas, durante toda a minha vida, tive a sensação de que eu só representava emoções com as pessoas com quem me deitava. Sempre achei que poderia largar qualquer um daqueles relacionamentos e, embora fosse difícil por um tempo, eu ficaria bem. Agora eu amo profundamente uma pessoa. E daí se a esposa dele está grávida? Se eu largar dele, vou voltar para o quê? Mais apatia? Mais encontros com pessoas que vão me amar enquanto fico indiferente? Mais caras chamados Clemens? Mais mulheres chamadas Clem? Mais bebida, mais tempo passando, mais planos de sexta, sábado e todos os buracos entre um e outro? Tem tantas horas. Se eu terminar com Arthur, o que vou fazer com meus dias?

Eu me contento em dizer:

— Não consigo terminar, Soph. Seria muito mais fácil se eu conseguisse, mas não consigo. Porque senão vou passar o resto da vida me perguntando o que teria acontecido se eu só tivesse tentado mais.

Soph faz uma careta:

— E você se sente orgulhosa de estar vivendo a falácia do custo irrecuperável no ano de 2019 da graça do Nosso Senhor? Você acha que botar isso em prática agora é meio retrô?

Dou uma risada curta, porque percebo que, mesmo não concordando com o que vou fazer, Soph não vai me abandonar por causa disso.

— Soph, tô me sentindo igual àquele dia em Homebush, em que a gente ficou na fila tentando comprar ingresso pro show da Taylor Swift mesmo com o site dizendo que estava esgotado: se isso aqui é custo irreparável, então me deixe afundar com esse navio.

Então... Eu fico. Ainda apaixonada por Arthur, ainda na Inglaterra. Eu me comprometo a permanecer aqui pelo menos até o bebê nascer. E aí, então, *aí sim*, minha vida pode começar.

Durante os dois meses seguintes, continuo cumprindo os rituais da nova cidade. Transo com mais pessoas, para me convencer de que ainda estou vivendo, mesmo sabendo que, na verdade, estou só esperando e esperando. Não falo com Arthur sobre essas escapadas, mas certamente ele imagina. Escrevo mais conteúdo. Tenho um cartão fidelidade no Pret a Manger e um wrap favorito (de almôndega). Começo a chamar *fish and chips* de *chippy tea*. Paro de presumir que pareço triste quando os britânicos me cumprimentam com um "*All right?*" Falo com Arthur todos os dias. Desde que confirmei que vou esperar por ele, passamos a trocar fotos de roupinhas horríveis de bebê encontradas em lojas bizarras do Etsy, com frases como "Girlboss" ou "Marxist Kween". Falamos sobre que tipo de madrasta vou ser. Falamos sobre o que vou ensinar ao bebê, como meu estilo de criação complementará o dele. De vez em quando, Poppy está por perto quando estou no sofá fazendo FaceTime com Arthur e, embora esteja claramente morrendo de vontade de saber o que está acontecendo, até ela parece saber que é melhor não perguntar.

Vou a festas queer e uso meu sotaque como um diferencial entre todas as outras sapatões de cropped que são idênticas a mim. Transo com uma mulher que trabalha com assistência social. Transo com uma mulher que canta músicas tristes sobre estar triste. Vou aos shows dela e bebo com os amigos depois e, como na noite em que Arthur me contou que Kate estava grávida, não revelo absolutamente nada real sobre mim. Aparentemente, agora domino a arte de ser misteriosa, algo que nunca achei que conseguiria. Descobri que, para ser um mistério, tudo o que você precisa é real e profundamente não querer que os outros a conheçam. Aqui, nesta cidade nova, tudo o que quero é desaparecer, até o momento em que puder ressurgir em Sydney com Arthur ao meu lado como namorado.

Então tento me afastar, de verdade, para dar tempo a Arthur de ter o bebê e deixar a esposa. Mas viver em uma cidade nova já é difícil quando a pessoa que você ama continua online no Instagram, com aquele pontinho verde olhando para você como um olho no qual você não consegue se ver refletida.

E, francamente, se torna impossível habitar uma cidade nova quando a pessoa que você ama continua online no Instagram, com aquele maldito pontinho verde a encarando como um olho cego. E, ainda por cima, começa uma pandemia global. Mas, como sempre, demoro um pouco para entender isso.

Em retrospecto, eu me pergunto se Arthur não me contou o quão grave ele achava que tudo isso ia ficar porque não queria me preocupar, ou porque não queria me influenciar a voltar para casa. Acho que, para ele, era mais fácil imaginar que eu estava tomando todas as decisões por conta própria; imaginar que tudo o que fiz desde que me apaixonei por ele não tinha nada a ver com ele. Se eu era uma mulher independente, ele não podia ser o culpado de nada.

✦

Aparentemente do dia para a noite, o vírus se infiltra na consciência da população e, depois, em nossas vidas. Se eu ainda estivesse sendo paga para me importar com as notícias, se prestasse mais atenção quando Arthur fala do trabalho e do que ele anda cobrindo, talvez eu tivesse percebido a gravidade da situação mais cedo. Talvez tivesse me ocorrido que o mundo estava prestes a mudar. As pessoas param de se abraçar nos pubs; logo, há menos pessoas lá. Esse é meu nível de percepção.

Ele não diz isso, mas sei que minha volta para casa tornaria a vida dele mais difícil — mais mentiras para contar, tentando me encaixar entre consultas médicas —, e ele não quer me pedir diretamente para me exilar durante uma crise sanitária global. Isso o tornaria uma pessoa egoísta, o que ele não é.

Esses dias de março de 2020. Nas interações com os caixas do mercado, nas poucas chamadas de vídeo com meu pai, nas trocas esporádicas com Poppy, o vírus não é um assunto tão importante, até que se torna o único assunto. Aí já é tarde, já estamos no meio disso.

Começa o lockdown no Reino Unido e o governo australiano recomenda que os cidadãos no exterior voltem para casa. Quando meu pai pergunta, em uma chamada de vídeo, se vou voltar, já que há boatos sobre o fechamento das fronteiras, voos sendo cancelados, eu digo:

— Não, não, estou construindo uma vida aqui nessa cidade nova.

Imagino que ele perceba minha voz vacilando um pouco. Duvido que eu esteja soando muito convincente. Estou tentando me convencer. Com certeza, a pandemia acabará logo.

Poppy não é tão otimista: ela volta para a casa dos pais. Ainda continua pagando o aluguel, o que me permite continuar aqui.

As semanas de isolamento se arrastam por meses, e nada de liberdade à vista. Os dias de primavera são longos, e não há pubs abertos onde eu possa afogar as mágoas com desconhecidos. Os pensamentos depressivos florescem, o vinho vira meu único companheiro.

Passo a caminhar três horas por dia — uma hora e meia até uma cafeteria tosca que vende café e sanduíche tostado para viagem, depois mais uma hora e meia de volta. Não me atrevo a sentar no parque próximo para comer porque a polícia patrulha todos os espaços públicos, mandando embora qualquer um que não esteja se exercitando, então como andando, meu desfile individual e fúnebre.

No mercado perto de meu apartamento, metade das pessoas usa máscara e metade não. Ainda não se fala em vacina. Escolas fechadas, universidades fechadas. No Twitter, as pessoas pregam ajuda mútua, o que é inútil para mim, já que não conheço ninguém aqui.

Não sou boa em ficar sozinha, sem distrações. Não há eventos. Só eu, minha cabeça e meu apartamento. Escrevo meus textos. Vou ao mercado. Faço minhas caminhadas. Bebo. Espero Arthur me mandar mensagem.

Ele me manda flores. Manda flores para meu apartamento na cidade nova enquanto está lá em Sydney com a esposa grávida. Pede à floricultura que escreva bilhetinhos com referências às nossas conversas, para me mostrar que se lembra de tudo o que já dissemos um ao outro. O entregador deixa as flores em minha porta, e fico tão grata por ele, por meu homem casado fazer isso por mim.

Coloco as flores em um vaso, mas não respondo. Espero que ele me escreva; até que ele não aguenta mais e pergunta se recebi alguma entrega em casa.

Ah, chegaram uns panfletos da Domino's?

Uma escova de privada que eu comprei?

Uma carta ao antigo morador, acho?

Então, quando ele começa a digitar e apagar, digitar e apagar, eu digo: *Ah, chegaram umas flores também. Acho que são da Soph?*

E ele digita: *!!!! VOCÊ SABE QUE FUI EU QUE MANDEI!!!!*

E eu respondo: *Eu sei, amor. Eu sei. Obrigada.*

E ele diz: *Eu amo tanto você*

E eu acredito.

Aguento por três meses até desmoronar. Minha mente está se desfazendo. Durmo em horários estranhos, choro ouvindo pop. Estou bebendo demais. Preciso que algo mude. *Não dá pra continuar vivendo assim.* Sem consultar Arthur, meu pai nem minhas amigas, compro uma passagem de volta para casa.

PARTE QUATRO

Nos dois voos de volta a Sydney, as aeromoças estão vestindo um macacão branco, o batom vermelho matte e o contorno escondidos sob as máscaras. O aeroporto reverbera em silêncio e medo; todos pegaram um táxi ou Uber pela primeira vez em meses, sendo esse o primeiro contato com pessoas fora de casa. Aquilo não é o êxodo inicial; é a fuga desesperada dos que já não estão conseguindo mais aguentar.

A única loja aberta é uma farmácia, então eu compro uma garrafa d'água porque não tenho coragem de admitir, nem para mim mesma, que, nesse tempo terrível, o que eu queria mesmo era comprar um gloss e uma revista de fofoca.

Sinto o baque do *em breve*. Quero estar em Sydney. Quero ver meu pai, minhas amigas. Mas, mais do que tudo, quero que o fuso horário entre mim e Arthur desapareça. Quero sentir o cheiro do pescoço dele.

Há algo em se mover que permite à mente ignorar o que ela já sabe: que nenhuma das circunstâncias que antes impediam a felicidade mudou de verdade. No entanto, quando se está apaixonada, tudo o que a mente pensa é: preciso de você por perto; você está mais próximo. Estou a caminho.

Quando finalmente pouso em Sydney, estou exausta, mas também elétrica. De volta: de volta ao lugar onde as coisas fazem sentido; ou, pelo menos, onde posso tentar dar sentido a elas.

Embora Sydney não esteja em lockdown, todos os passageiros precisam cumprir quarentena de duas semanas. O aeroporto parece uma zona militar, com policiais e soldados por toda parte. Esse vírus é a crise pela qual eles esperaram a vida toda. Muitos parecem adolescentes, provavelmente porque são. Garotos (claro que a maioria são garotos) com espinhas e chapéus com aba presa no queixo, finalmente importantes, sem acreditar na própria sorte.

Fico em uma fila para aferir a temperatura. Ao meu redor, os outros passageiros comparam suas jornadas, suas quarentenas. O casal à minha frente passou meses em um estúdio de 23 metros quadrados em Londres, o que é ruim, mas o cara atrás de mim estava em uma casa de dois quartos com sete parentes, em Tel Aviv, e a tia dele resolveu aprender a tocar violino. Sobrancelhas levantadas ao redor: difícil competir. Ele parece satisfeito, depois triste.

Do aeroporto, sou levada de ônibus a um hotel que o governo escolheu. Os seguranças não dizem qual hotel é, tudo será revelado na chegada, e sei que isso não deveria ser minha maior preocupação, mas cruzo os dedos para que seja mais Hilton do que Travelodge. Quando o ônibus para no Park Hyatt, uma mulher vestida com roupas caríssimas suspira de alívio. Ela pergunta baixinho a um dos seguranças se pode ficar na suíte de sempre. Ele responde:

— Nem fodendo.

Ai, como senti saudade da Austrália.

Lá dentro, sou escoltada até um quarto onde passarei duas semanas de minha vida ou bêbada, ou dormindo, ou no

FaceTime com Arthur. Ou seja: nada muito diferente dos últimos dez meses — especialmente dos últimos três. As janelas do quarto não abrem, mas tenho uma vista legal de uma obra do outro lado da rua.

Um bilhete deixado sob a porta (presumo que por um guarda, já que os internos não podem sair dos quartos) me convida a entrar em um grupo do Facebook para os hóspedes em quarentena naquele hotel. Eu entro e fico encantada com o que encontro. Tem um tópico perguntando do que sentimos mais falta em casa. Um cara chamado Tommo, cuja foto de perfil é ele com um peixe, escreveu:

— Da minha mina!

Cinco pessoas curtiram.

Nora, cuja foto é um bebê, respondeu:

— Do mato.

Tommo respondeu:

— O seu ou o meu?

Dou print em todas as respostas e mando para Arthur.

Meu pai é o primeiro a me visitar. Ele não pode subir, obviamente, mas deixa uma caixa de livros e um pote de Vegemite na recepção, que depois é deixado na porta de meu quarto por um segurança. Ele me liga enquanto está na calçada, em frente à janela, e eu aceno lá de cima enquanto conversamos.

— Como estão as coisas, filhota? — ele pergunta.

— Belo look — respondo. Ele está usando minha camisa favorita dele, mesmo de longe dá para ver que é a Mambo "Dial-a-dump", aquela monstruosidade.

— Achei que a ocasião merecia — ele explica.

— É estranho — digo — ver as pessoas andando por aí como se nada tivesse acontecido. Elas não parecem arrasadas. Isso é bom, é um alívio.

— Hum... Isso me lembra uma coisa, por que você resistiu tanto para voltar?

— Shhh — digo. — Relaxe, agora estou aqui.

✦

No dia seguinte — o terceiro da quarentena, oficialmente —, Arthur consegue escapar de casa para me ver na hora do almoço. Ele está trabalhando de casa, como todos que podem legalmente. Quando o vejo na rua, é tão esquisito. Ele parece tímido; eu tinha esquecido o quanto a postura normal dele é de pedido de desculpas, como se ocupasse espaço demais. É adorável.

Ele está ao lado de uma cerca da obra, meio curvado, olhando para cima, tentando descobrir em qual janela estou. Estamos ao telefone, eu tentando explicar onde é meu quarto, mas não tenho ideia de como me localizar no prédio.

Até que ele me vê.

— Oi — diz ele. A voz soa como um sorriso.

— Você parece uma vista aérea de um executivo em *Matrix* — respondo.

— E você, um fantasma lindíssimo, assombrando o hotel como se fosse uma mansão gótica.

Nesse momento, mostro os peitos pela janela.

— Um fantasma faria isso? — desafio.

Consigo vê-lo rindo na tela e ao vivo, e essas duas imagens são presentes do céu.

— Arthur? — chamo.

— Sim, Hera.

— Eu amo você pra caralho.

Vejo ele sorrir para si mesmo. Ele me olha e diz:

— Eu também amo você pra caralho.

Mais ou menos uma hora depois, Soph e Sarah aparecem. Elas me ligam lá de baixo, do mesmo ponto onde Arthur estava, acenando para mim. Fico fantasiando eles todos se esbarrando ali, percebendo que estão acenando para a mesma pessoa: a verdade exposta para todos.

Mas isso não acontece.

Quando meus quatorze dias acabam, sou libertada de minha prisão no hotel. Sair do quarto parece ilegal, mas ninguém me detém enquanto caminho pelo corredor e pego o elevador até o saguão. Assino minha saída na recepção. Saio do prédio e respiro ar fresco pela primeira vez em duas semanas. Meu pai está esperando do lado de fora. Quando ele desce do carro para me ajudar a colocar a mala no porta-malas, abraço-o com tanta força que acho que sou capaz de sufocá-lo.

Quando já estamos sentados nos bancos da frente, ele pergunta:

— E, então, o que você gostaria de fazer, Hera? Podemos fazer o que você quiser.

— Que tal a gente ir até a praia, tomar um café, dar uma caminhada?

E é exatamente isso que fazemos. Ele não me interroga sobre meu tempo no Reino Unido, nem pergunta muito sobre a quarentena no hotel. Em vez disso, ficamos em um silêncio agradável. Estacionamos ao lado de uma cafeteria na praia. Eles só estão servindo para viagem, mas isso já parece o paraíso para mim. Um café preto para meu pai, um *flat white* para mim e um brownie para dividir: certas coisas nunca mudam. Meu pai paga e eu quase choro. Faz tanto tempo que ninguém me oferece nada, a não ser uma bebida com segundas intenções, que isso me pega de jeito.

Caminhamos despreocupados pela orla, passando pela piscina onde meu pai me ensinou a nadar.

— Você lembra como ficava brava quando eu tentava ensinar você a nadar peito? — ele pergunta.

— Dêr! — exclamo. — Porque você dizia pra eu nadar até você, *prometia* que não ia se mexer, e aí eu via que você estava claramente se afastando. Tipo, é por isso que tenho problema de confiança com homem, tenho certeza.

— Aham, claro que é. — Ele sorri. — É muito bom ter você de volta, Hera.

— Corta essa, seu bobo. — Dou um abraço nele. — Também é bom estar de volta, pai.

✦

Naquela noite, em vez de passar tempo com meu pai ou com minhas amigas, encontro Arthur. Consegui convencer Ben a me deixar usar seu apartamento para transar enquanto ele se isola por sete dias com seu atual companheiro. Ele deixou a chave comigo no hotel, a caminho da quarentena; prometi a ele detalhes picantes e sua sede por fofoca superou quaisquer questões morais que ele pudesse ter.

No Uber até o apartamento de Ben, estou cheia de adrenalina, esperança e preocupação. Mal posso esperar para ver Arthur, mas, ao mesmo tempo, estou ansiosa. Será que os sentimentos ainda estarão lá? Passamos tanto tempo separados, desejando um ao outro. Uma parte pequena de mim teme que tenhamos nos acomodado na saudade.

Quando o carro estaciona, vejo Arthur parado na calçada do prédio de Ben. Ele não está olhando para o celular, está só olhando fixamente para a rua, esperando eu chegar. Vejo meus próprios sentimentos no rosto dele; uma mistura de cansaço e necessidade. Está anoitecendo, a rua está silenciosa; quando saio do carro e entro nesse pedaço sublime de normalidade, Arthur me vê e caminha até mim. Estou em seus braços. Não dizemos nada ainda. Enquanto nos abraçamos — com minha cabeça no ombro dele, a dele no meu —, minha mente está em silêncio pela primeira vez em muito tempo. Posso sentir ele chorando um pouco, pequenos soluços, e meus olhos também estão marejados. Ele beija meu ombro, eu beijo o dele, e ele me aperta como se estivesse se certificando de que sou real, de que esse é realmente o corpo que ele conhece. Ficamos assim, em silêncio, por muito tempo.

Eu não precisava me preocupar. Essa emoção não pode ser fingida.

Eu preciso dele, e ele precisa de mim.

Ouço uma tosse e vejo que meu motorista de Uber ainda está no carro ao lado de onde estamos, esperando instruções para sua próxima corrida. Ele estava simplesmente nos observando todo esse tempo. Aceno para ele.

— Ei, Arthur — sussurro —, o que você acha que o motorista de Uber pensa de nós?

Então nos observamos. Nosso rosto está molhado de lágrimas e estamos nos agarrando como filhotes de macaco.

— Acho que ele pensa que somos um par de bobos.

— Se a gente transar aqui e agora, acha que ele vai me dar cinco ou zero estrelas?

— Depende — diz Arthur — se ainda tivermos o pique.

Solto uma gargalhada.

— Então vá se foder!

Finalmente, o motorista de Uber vai embora, e estamos sozinhos na rua. Arthur me puxa para perto dele.

— Estou brincando, estou brincando. Venha aqui.

Ele se inclina para a frente e me beija, primeiro suavemente, mas, questão de segundos, o beijo se torna apaixonado, intenso. Eu sinto o contorno da espinha dele através da camisa, sinto suas omoplatas, e tudo o que quero é sentir seu corpo outra vez, arranhá-lo, jogá-lo na cama. Ele me cheira.

— Você ainda tem o mesmo cheiro — ele diz. — Eu estava preocupado que seu cheiro tivesse mudado. Mas está exatamente igual.

— Você ainda tem o mesmo cheiro também — respondo.

Sinto que há muito o que dizer, não sei por onde começar. Não é desconfortável, exatamente, é só... Muita coisa. Precisamos voltar a nos encontrar por inteiro: precisamos fazer amor.

— Vamos entrar? — pergunto.

— Você sempre foi a mais inteligente nesse relacionamento — ele diz.

Eu pego sua mão e o conduzo até a porta. Consulto meu celular para encontrar o código de entrada do prédio e digito errado não uma, mas duas vezes. Na terceira tentativa, conseguimos entrar.

— O apartamento do Ben é o número 6, então acho que... Temos que subir?

— Mais uma vez sendo inteligente — murmura Arthur.

Subimos as escadas de mãos dadas e, como ele é mais alto do que eu, nossos passos estão descompassados. Mas logo ele se ajusta e subimos em ritmo.

Chegamos à porta do apartamento de Ben e eu procuro pelas chaves em minha bolsa. Encontro a chave certa na primeira tentativa, graças a Deus, e entramos.

O apartamento de Ben cheira a desodorante masculino e comida chinesa. Ele pode ser gay, mas ainda é homem: esse lugar é bagunçado. Há um poster gigante de Tom of Finland acima do sofá e copos de água vazios em todas as superfícies.

Não importa.

Encontramos o quarto e, no quarto, nossos corpos sabem o que fazer.

Sem dizer nada, tiramos nossos sapatos e, uma vez que isso está feito, Arthur passa a mão por baixo da minha saia, tira a minha calcinha e me joga na cama. Ele começa a me dar prazer imediatamente.

Está tão bom, mas também não parece completamente certo: eu preciso ver o rosto dele. Passei tempo demais sem ele para não vê-lo agora. Eu o pego pelo ombro e o puxo para cima.

— Agora não, Arthur — digo —, preciso de você dentro de mim.

Ele não precisa ser avisado duas vezes. Ele me beija com fome, depois se levanta da cama e rapidamente tira a roupa. Enquanto faz isso, tiro minha blusa e lanço o sutiã e a saia, jogando todas as roupas no chão. Ele volta para a cama e, com os braços fortes segurando seu corpo sobre o meu, com os olhos nos meus, entra em mim. Sinto o suor nas costas dele enquanto ele me penetra; minhas pernas se abrem, e se abrem mais. Quero ele em mim o mais fundo possível. A névoa em minha mente se dissipa: não há pensamentos, só prazer extático.

Eu entendo por que as pessoas iniciam guerras, entendo por que elas destroem suas vidas. Se a escolha é ter ou não isso, eu destruo todo o restante sempre que for preciso.

Depois do sexo, ficamos na cama, pernas entrelaçadas, meus seios pressionados contra o peito dele.

São 21 horas.

Às 21h30, ele precisa ir embora.

Fico na cama depois que ele se levanta, enrolada nos lençóis que agora têm o cheiro dele. E há tristeza, sim; há solidão. Mas ele está tão perto agora, comparado a antes, e há conforto nisso. Eu terei esse homem. Ele será meu.

Encontro Soph e Sarah na noite seguinte. Elas me recebem com muita festa, muitos comentários sobre meu retorno milagroso do epicentro da pandemia. Sentamos na varanda de Soph com umas garrafas de vinho, como fazíamos meses atrás, antes de o mundo mudar. As meninas me atualizam sobre como estão as coisas em Sydney durante a covid.

— As pessoas surtaram por umas duas semanas, depois tudo voltou praticamente ao normal.

— E como é estar livre? — pergunta Sarah.

Eu sei que ela está se referindo a eu ter saído da quarentena do hotel, mas também parece que talvez seja uma indireta? Será que ela está tentando me dar um toque por eu ainda estar tendo um caso? Ou será que sou só eu distorcendo todo comentário inofensivo como se fosse uma crítica ao meu relacionamento? Decido responder como se a pergunta de Sarah fosse inocente.

— É meio doido — respondo. — Falei isso pro meu pai também. Só o fato de andar por aqui parece diferente, a energia nas ruas é diferente. No Reino Unido parecia que a morte estava em todo lugar, o que soa dramático, mas a morte estava mesmo em todo lugar. E aqui parece que o mundo simplesmente continuou; fico feliz pelas pessoas, mas, ao mesmo tempo, dá vontade de sacudir aquelas com rostos sorridentes e roupas de academia e falar: *Vocês têm ideia do que tá acontecendo lá fora?? O bagulho tá tenso, gata!*

— Então você tá sentindo a culpa do sobrevivente — observa Soph.

— Ah, com certeza. Sou basicamente uma veterana de guerra.

— Hera, um dia você ainda vai ser cancelada — diz Sarah.

— Ai, eu sei, porra! — Suspiro. Sirvo mais vinho.

— Enfim — diz Sarah animada —, o que você fez ontem à noite? Primeira noite de liberdade. Você e papai Stephen fizeram aquele ravióli esquisito de que só vocês gostam?

Ah, aí está. Estava me perguntando quanto tempo levaria até eu ser obrigada a mencionar Arthur.

Dou um gole no copo.

— Hum, na verdade, não. Passei o dia com meu pai, ele até tirou o dia de folga, super fofo. E aí, à noite, vi o Arthur.

Sarah e Soph trocam um olhar cúmplice, e Sarah comentou:

— Bom, aí está a coisa menos surpreendente que ouvimos em um bom tempo.

Soph completa:

— Sim, tem três coisas com que a gente pode contar na vida: a morte, os impostos e você sendo uma completa idiota.

Faço um gesto de tirar o chapéu imaginário.

— Sempre às ordens.

Dou a entender que preferia mudar de assunto, e elas entendem.

Continuamos a beber noite adentro e fico trocando mensagens com Arthur o tempo todo.

✦

No dia seguinte, começo a procurar um quarto para alugar em uma república. Não dá mais para continuar morando com meu pai, não dá para voltar à vida como ela era antes, saindo de casa em horários estranhos, sabendo que ele percebe que tem algo acontecendo. Decido que não posso estar apaixonada por um homem cuja esposa está grávida e, ao mesmo tempo, morar com meu pai.

Ao longo da semana seguinte, participo de entrevistas com várias "famílias de república" cujos anúncios encontrei no Facebook. Todos querem "alguém organizado" e "alguém que tope conversar tomando uma taça de vinho em uma noite da semana, mas que também goste do próprio espaço". Todos são um(a) "jovem profissional na casa dos 20 e poucos". Todos fazem questão de dizer que "não é uma casa de festas". *Onde foram parar as casas de festa?*, eu me pergunto. Onde há uma república que diga: "Aqui acolhemos a bagunça, a putaria e a farra"? Onde estão os hedonistas, as pessoas que assumem sem vergonha que só querem se divertir? Queria que ao menos um anúncio dissesse que os moradores trocam a academia por encher a cara.

Como já ficou claro, não sou exatamente boa em entrevistas e, embora tenha melhorado nas de trabalho, a ideia de ser entrevistada para morar em uma república ainda me apavora. Estou literalmente sendo julgada por minha personalidade e meu nível percebido de "cool" por um grupo de estranhos que nem sequer querem me comer. Se eu for rejeitada, é cem por cento porque eles não gostam de mim como pessoa. Em uma das entrevistas, em uma tentativa de criar um vínculo, faço piada com uma webserie australiana e descubro que um dos moradores trabalha nela. Em outra, minhas piadas sobre saúde mental (mesmo falando de mim mesma!) não caem nada bem.

Potencial colega de casa: "O que você gosta de fazer em uma noite de dia de semana?"

Eu: "Hum, provavelmente só tento não me matar, sabe?"

Pelo olhar dele, percebo que não, ele não sabe.

Por fim, encontro um lugar que serve. Ao contrário dos outros, só tem uma pessoa me entrevistando. Ivan é um engenheiro de 20 e muitos anos, está usando uma camiseta de *The Big Bang Theory* e diz que ele e os outros moradores não conseguiram conciliar os horários para entrevistar os candidatos juntos, então ele ficou encarregado disso porque alguém precisava fazer. Ele parece irritado com isso, mas também acostumado. Ele me lembra Alison.

Ivan não faz nenhuma concessão à sociabilidade; sequer oferece um copo d'água enquanto sentamos à mesa tosca da cozinha. Ele só quer saber se tenho emprego e se posso pagar o primeiro mês de aluguel imediatamente. Respondo "sim" às duas perguntas, mesmo mentindo sobre o emprego. Terei que pedir o dinheiro emprestado para meu pai. Imagino que logo arrumarei um trabalho, mas Ivan não precisa saber disso.

A casa é um sobrado que provavelmente já foi bonito, mas hoje parece um grande quarto de adolescente cheio de caixas de pizza vazias. Tem mofo no teto da cozinha, e o monte de canecas sujas ao lado da pia me diz que vou me encaixar muito bem ali. Ele me oferece o quarto do sótão. Tem bastante corrente de ar, é empoeirado, e alguns pregos do assoalho brilham aqui e ali, como quem diz "oi" timidamente. Imagino que vou viver como Jo March ali, escrevendo madrugada adentro, com uma vela se apagando ao meu lado.

✦

Meu pai me ajuda a levar minhas coisas no dia seguinte.

Enquanto carregamos caixas de livros do carro para dentro da casa, ele lança um olhar para as plantas mortas na varanda e comenta:

— Você sempre gostou de um lugar caindo aos pedaços.

Ele se abstém de fazer mais comentários enquanto subimos as escadas até meu quarto. Ele está me emprestando um colchão até que eu consiga comprar um. Também está emprestando lençóis, travesseiros e uma escrivaninha. Organizo tudo do jeito que espero parecer um arranjo boêmio charmoso, embora um observador mais casual provavelmente presumisse que se trata de uma ocupação irregular.

Eu me despeço de meu pai, volto para dentro e me sento no colchão. Quando escurece, vou dormir, porque ainda não tenho abajur para ler e Arthur não está disponível.

É uma vida estranha, fora do tempo, essa que estou levando com Arthur. De volta a Sydney, mas ainda esperando que a esposa dele tenha o bebê — ela está com sete meses de gravidez. Ursos podem hibernar enquanto o tempo passa, mas humanos não: precisamos continuar vivendo. É junho, e tudo parece irreal. Passei um tempo vivendo em lockdown, bem longe, e agora estou aqui, na cidade onde estão meus amigos e minha família, mesmo que a pandemia ainda esteja em fúria do outro lado do oceano. As lojas e os restaurantes estão abertos, as pessoas correm por aí com vestidos e casacos leves e, embora a água ainda esteja fria, o sol brilha forte.

Preciso pagar o aluguel, então arrumo um emprego em uma loja que vende cerâmicas caríssimas. Sempre evitei trabalhar no varejo, a menos que estivesse realmente, *realmente* dura, porque sempre me pareceu o ápice do capitalismo, mas, após tanto tempo moderando e editando conteúdo online, agora parece que há algo de honesto nesse tipo de trabalho. Ninguém aqui finge que ama o que faz, ninguém acredita nas regras corporativas que repetimos. Aqui, no chão de fábrica, com crachás e pausas não remuneradas, estamos vendendo nosso tempo para vender objetos; eu acabo me divertindo com essa camaradagem.

Volto a sentir aquele prazer na rotina que sentia na época da escola: entrar pela porta da loja, acenar para os colegas no balcão enquanto subo correndo para o vestiário para deixar a bolsa e pegar o crachá. É como chegar ao pátio da escola, procurar os amigos, cumprimentar os professores e os alunos mais novos com aquela energia de quem sente que pertence àquele lugar.

Na loja, temos uma gerente que se importa tão pouco quanto nós. Ela está tentando a carreira de musicista eletrônica, então vender cerâmica é só um bico. Ela nos deixa fazer o que quisermos, desde que a chefia não esteja por perto. Quando estão, passamos delineador e falamos com muita seriedade sobre lavar objetos à mão e sobre a cor Pantone do ano (chama Eu Interior, juro, aham). Meu colega de trabalho favorito é Harry, um cara de 22 anos fissurado em rúgbi. Não faço ideia de como ele conseguiu esse emprego, nem por que ainda está aqui. Quando faz uma venda, ele me olha do outro lado da loja e, por cima do ombro do cliente, articula: "Gooooool!!!" Harry se diverte com minha ignorância com relação aos esportes tanto quanto eu me divirto com o excesso de conhecimento dele. Nossas piadas giram em torno de metáforas erradas, tipo eu falando *touchdown* com confiança, e ele respondendo "Ops, minha garota". Ensinamos palavras um para o outro e morremos de rir ouvindo elas fora de contexto.

Sim, todo mundo odeia trabalhar com vendas, e eu também, em teoria. Mas, na prática, significa que tenho um lugar pra ir todos os dias, com tarefas simples que exigem atenção, e outras pessoas como eu passando pelas mesmas coisas. Intimidades nascem de banalidades. Escuto histórias sobre abortos espontâneos, términos, sonhos. Conto alguns dos meus. E tudo isso enquanto montamos vitrines ou embalamos pedidos online de alguém que quer dezessete vasos "sutilmente diferentes". Só conto o que quero da vida. Nossas amizades — se dá para chamar assim — são feitas do presente: um cliente que lembrou alguém da infância, o ódio mútuo pelo gerente de estoque que remete a um episódio de *Broad City*. Eu me pego rindo de um jeito que não ria há muito tempo. Porque, veja bem, as pessoas são engraçadas. Aquele cara qualquer na rua? Pode ser hilário. Ou pode ser antivacina. Nunca se sabe.

Quando Harry e eu trabalhamos juntos, criamos desafios esquisitos do tipo "só falar com os clientes com sotaque francês" ou "inserir esse tema em todas as conversas". Um dia, Harry decide que preciso dizer "Nossa, isso me lembra daquele verão em Nova York" toda vez que passar uma compra no caixa. Tipo: "Duzentos e vinte e três dólares. Nossa, isso me lembra daquele verão em Nova York". Depois dou uma risadinha melancólica, como se estivesse perdida na lembrança, enquanto o cliente tenta entender como responder.

Nenhum de meus colegas sabe da minha situação romântica, porque não quero ter que explicar que meu parceiro é o parceiro de outra pessoa. Todos acham que sou solteira e vivem querendo me apresentar alguém, exaltando o molho do Bill ou a força da Tina na escalada.

Bissexualidade é uma maldição: você tem que se esquivar do dobro de encontros desastrosos.

Harry jura que eu daria certo com seu amigo Josh. Repete isso tanto, com tanta certeza, que um dia largo o dedal de quarenta e nove dólares que estava segurando e pergunto:

— Harry, *por que* exatamente você acha que eu e o Josh daríamos certo? Em que momento você pensou "A Hera e o Josh são a metade da laranja um do outro"?

Ele pensa por um segundo e responde:

— Porque você quer salvar o mundo, mas finge o tempo todo que não quer. E Josh trabalha em um sindicato.

E eu penso: *O.k., depois de um mês de convivência, talvez Harry já me conheça bem. Isso é curioso.*

Mas não aceito sair com Josh, porque não quero trair meu amante casado.

Trabalho na loja, vejo minhas amigas de vez em quando, leio livros e lavo minhas calcinhas. Em algumas noites, Arthur inventa uma desculpa e conseguimos passar a noite juntos, alugando Airbnbs esquisitos e jantando em restaurantes por perto, redescobrindo a cidade conforme a disponibilidade de hospedagens de última hora.

Em uma noite, Arthur diz a Kate que vai a um jantar de negócios, então teremos (seis!) horas juntos. Passo o dia trabalhando de bom humor, já antecipando o amor que vou receber, o sexo que vou fazer, o carinho que vou sentir assim que o expediente terminar. Disse para ele escolher o restaurante, um pequeno desafio, quero ver do que ele é capaz.

Normalmente sou eu quem escolhe o lugar, e gosto de acreditar que é porque tenho mais bom gosto do que ele (o que é verdade), e não porque ele evita que nossos encontros apareçam na fatura do cartão que a esposa pode ver. Às vezes, ele me transfere o dinheiro depois, às vezes semanas depois, porque esquece, e é claro que não quero cobrar, não quero pedir de volta o valor do Airbnb esquisito onde transamos.

De vez em quando ele aparece com dinheiro vivo e me entrega com a maior delicadeza, dizendo: "Sinto muito que por enquanto as coisas sejam assim". Então nunca mais falamos sobre o dinheiro. Nunca falamos sobre como isso me faz sentir como se ele estivesse me pagando para eu ficar quieta. Nunca falamos sobre o dinheiro que ele tem e o que eu não tenho, e como isso cria uma tensão invisível sempre que interagimos com atendentes ou garçons. Sobre aquela pausa quando pedimos café e o barista pergunta: "Juntos ou separado?" E respondemos:

"Juntos", e Arthur paga, e eu sempre agradeço, porque fui criada para ser educada. Mas como odeio agradecer. Porque ele ganha mil vezes mais do que eu, e nós dois sabemos que, se a esposa ou algum amigo em comum nos visse juntos, ele provavelmente me empurraria para dentro de um arbusto e fingiria que não me conhece. Depois, quando a pessoa fosse embora, eu sairia do arbusto, sacudiria a terra dos joelhos, e seguiríamos caminhando de braços dados. E eu aceitaria. Aceitaria esse martírio, porque faço parte da piada. Se eu demonstrar que não estou achando graça, ou que me sinto de fora, a piada acaba. E se a piada acabar, não vou mais ter justificativa para estar com o homem que amo. É muito importante fingirmos que tenho poder dentro da piada que inventamos.

Mas, dessa vez, ah, dessa vez é ele quem escolheu o restaurante. Estou radiante. No trabalho, minha gerente me pede para refazer a vitrine e "usar a imaginação". Ao longo das oito horas seguintes, entre abrir caixas de produtos novos e vender porta-escovas de dente em tons pastel, crio minha obra-prima: uma homenagem em cerâmica ao filme *Romy e Michele*. Claro que esse tema não é anunciado à gerência nem aparece em nenhum lugar da vitrine, mas confio que qualquer pessoa que tenha visto o filme captará a referência — as echarpes de plumas roxas que espalhei em volta das cerâmicas amarelo neon, o sussurro de Alan Cumming dizendo "Michele". Coloco "Time After Time" para tocar em modo repeat nas caixas de som da loja e faço Harry dançar comigo pelos corredores. Sorrio, pensando na lingerie rendada escondida embaixo da lancheira dentro da minha ecobag no vestiário. Digo a uma cliente que o melhor desse candelabro que ela está comprando é que ele "transita muito bem do dia para a noite", e ela concorda com tanta convicção que mal conseguimos esperar ela sair da loja antes de cair na risada.

Arthur me manda por mensagem o endereço de onde vamos ficar por volta das 15 horas. Vejo no Google Maps que é um prédio de aparência estéril, em frente a um hospital, muito perto de onde minha mãe mora e, portanto, de onde eu morava antes de meu pai conseguir a guarda. Fico um pouco enjoada quando percebo isso. Detesto essa região. Ela me faz lembrar muitas feridas que nunca compartilhei com Arthur. Acho que já comentei com ele que minha mãe mora por aqueles lados. Mas por que eu esperaria que ele se lembrasse disso? Mesmo que ele se lembrasse, como saberia que deveria evitar aquela região? Muitas pessoas gostam da área onde cresceram, onde a mãe ainda mora. Muitas gostam da própria mãe.

Decido que não deixarei isso me afetar. Não, será ótimo, dará tudo certo. Estarei com ele nesse lugar, e ele será nosso, não dela. Lembro a mim mesma de que nem sei se minha mãe ainda mora ali; estou só presumindo. Talvez ela tenha se mudado para bem longe. Mas não tenho como saber com certeza, então, quando pego o ônibus em direção ao bairro dela depois do trabalho, acho que toda mulher de meia-idade que vejo na rua é ela.

Passando pelo supermercado conhecido, pelo açougue, pela quitanda, lembro-me de como eu era obcecada com meu corpo naquela época, como parava para observar meu reflexo em cada vitrine, encolhendo a barriga até conseguir ver as costelas através da camiseta; como eu desejava ser livre daquele corpo e livre daquela mãe à qual o universo cruelmente me prendeu. Na adolescência, turbinada pelas leituras da *Nylon*, decidi que ainda podia me chamar de feminista se odiasse apenas uma mulher. Saia dessa, Hera! Você não é mais aquela garota. Você está indo ver o homem que a faz se sentir humana, e essas lojas não têm mais nenhum poder sobre você. São só lojas.

São só lojas, mas todas as coisas são só alguma coisa. E estou estranhamente vulnerável, desconfortável, nesse cantinho de Sydney ao qual não voltava havia muitos anos.

Desço do ônibus perto do hospital. Minha bolsa de pano está quente contra o corpo, e eu me lembro de como, no começo do ensino médio, antes de ir morar com papai, eu descia do ônibus escolar a poucos quarteirões dali, com a mochila pesada cavando meus ombros e manchas de suor surgindo debaixo dos braços no uniforme de poliéster. Hoje ainda vejo meninas de uniforme andando em grupos e me pergunto a qual festa elas irão neste fim de semana, qual fato histórico deve ter impressionado aquelas mentes abertas no dia de hoje. Penso em Soph, em Sarah, nos cafés em que costumávamos nos sentar depois da aula, em como não sabíamos o que o futuro traria e achávamos isso uma coisa boa. Sorrio para as estudantes, e elas não sorriem de volta, porque sou velha e irrelevante. Tenho vontade de gritar: "Parem! Vocês não entendem! Eu já fui uma de vocês, entendo vocês, amo vocês!" Mas sei que é melhor não fazer isso e, além do mais, há um quarto de hotel estéril me esperando.

Arthur ainda está no escritório nesse momento; ele sempre trabalha até tarde, mesmo quando jura que não vai. Acho que isso me dará tempo de dar uma olhada no espaço, mudar umas coisas de lugar, tentar deixar menos horrível. Vou colocar minha lingerie e não vou rir de mim mesma ao fazer isso: sou uma mulher com um corpo que usa lingerie de maneira séria. Meu corpo é forte, cheio de curvas, e eu costumava sentir repulsa por ele. Sentia que minha carne me encobria, que obscurecia minha essência. Mas estou começando a aceitar que sou minha carne e que, quando há mais dela, há mais de mim. Gosto de meus quadris, gosto de como eles se movem. Gosto do que eles sabem fazer. Gosto do que eles sabem fazer com Arthur.

Estou no quarto agora. É horrível. Tem cara de hospital, o que é estranho. A luz branca, a ausência de decoração. Tem a energia de uma sala de espera para a morte. Ou seja, nada muito romântico. Arthur está atrasado, e já estou irritada. Sinto dentro de mim a possibilidade de ser estridente, de ser "aquela" mulher, e odeio isso, resisto. Aceitei participar ativamente do segredo, então com que direito posso ficar com raiva? Odeio minha mente, os nós que ela dá em qualquer cenário imaginário. Nesse momento, minha mente é praticamente cem por cento cenários imaginários. Trabalhar na loja me dá certo alívio: nos momentos bobos com Harry, eu lembro que já fui divertida, que meu cérebro já ficava leve com frequência. Mas hoje parece impossível acessar essa versão de mim mesma. Na voz da Mariah Carey: *I don't know her*.

Quando Arthur finalmente chega, sim, estou usando a lingerie sexy, me arrumei na cama. Digo para ele vir logo, fazemos amor. Não é como era no começo, mas talvez seja até melhor, porque agora conhecemos nossos corpos e conhecemos um ao outro. Conheço as expressões dele; ele sabe quando me tocar, onde, por quanto tempo. Sei sobre a mãe dele, o pai. Sei qual é sua banda favorita, sua música preferida, as três comidas de que ele menos gosta, os drinques que ele curte, os que ele detesta; o que ele achava que estaria fazendo da vida agora, no que ele pensa durante o almoço. E ele sabe quais são meus sonhos; bom, sabe muitos deles. Quanto mais conto, mais percebo que há muito mais a dizer; isso me deixa feliz, essa descoberta de que ainda tenho dentro de mim pequenos núcleos de coisas que talvez eu queira fazer, sentir, conquistar. Ele diz que não tem dúvida de que vou conseguir tudo e, quando ele fala isso, eu também não duvido.

Minha autoconfiança não vem do fato de ele acreditar em mim, não é tão simples assim; acredito porque verbalizei, e só conto para ele coisas que são verdadeiras, senão qual seria o sentido de estar apaixonada?

Jantamos em um restaurante ali perto e, como na primeira vez no restaurante chinês, ainda amo quando ele faz o pedido; amo o quanto ele é ruim nisso.

Tomamos vinho. Adoro vinho, mas acho que ele gosta ainda mais. Posso beber quando quiser, mas tenho a sensação de que, com ela, ele não bebe tanto.

Ela está muito grávida agora, enquanto jantamos. O bebê é uma menina, pelo menos até que ela nos diga o contrário. Ele fala da bebê como se ela existisse fora da mãe, e eu também. Como se a bebê não estivesse no útero de Kate, na casa deles, sem ela saber de nada.

Conversamos sobre os possíveis nomes para a bebê. Ele menciona alguns que sei que devem ter vindo da Kate, porque definitivamente não são do gosto dele — Meg, Nell, Judy — e, nesses nomes, me vejo involuntariamente diante de uma porta de entrada para entender a individualidade de Kate. Não quero pensar nela como uma pessoa com gostos e desejos, porque tornaria impossível destruir a vida dela. Fico irritada por agora saber que ela claramente é fã de *Seven Little Australians*, de Ethel Turner. Sugiro "Maisie", como uma piada interna só minha. Arthur nunca leu nada do Henry James, então não entende a referência, e eu não explico; seria crueldade demais. Mas ele realmente gosta do nome e fica repetindo baixinho, testando o som: "Maiiiisiie". De fato, soa bem com o sotaque dele, tenho que admitir. Falamos sobre a casa onde vamos morar. Falamos sobre a influência que terei sobre a criança. Falamos sobre como vou atrapalhar as reuniões dele no Zoom. Falamos até sobre como vamos administrar a coparentalidade — como, com o tempo, esses três adultos talvez desenvolverão algum tipo de relação, não necessariamente boa, mas pelo menos não ruim. Falamos que vamos dar um jeito, pelo bem da criança. Esse tipo de conversa virou padrão desde que ele me contou que Kate estava grávida e eu não fui embora. Tenho esperança de que, se repetirmos isso o suficiente, se torne realidade. Falamos também dos filhos que eu e ele ainda vamos ter. Que todos serão irmãos. Que todos vão se amar. Eu me deixo levar por esse fluxo de possibilidades, por essa ideia de que talvez eu venha a ser uma pessoa com uma família só minha. Tenho 25 anos, moro em uma república, trabalho em uma loja. O fato de a maternidade agora parecer uma possibilidade real talvez devesse me apavorar, mas não apavora. Terei Arthur, terei nossos filhos, terei um propósito.

Quando saímos do restaurante, ainda é relativamente cedo; ele não precisa estar em casa por mais algumas horas, então seguimos de volta para o Airbnb. Caminhamos de braços dados pela rua principal desse bairro suburbano, e eu estou bêbada o suficiente e apaixonada o suficiente para ter esquecido, por um momento, onde estou, para ter baixado a guarda.

E é claro que é nesse exato momento que eu, por acaso, olho para o outro lado da rua, e lá está ela. Minha mãe. Conversando com uma amiga na porta de um restaurante. Ela envelheceu desde a última vez em que a vi, mas os gestos que faz com as mãos enquanto fala continuam exatamente os mesmos.

Sinto a raiva esquentar e subir por meu pescoço, mas também sinto medo — e fico com vergonha de admitir isso. Um impulso infantil de me esconder atrás de uma caixa de correio para que ela não me veja. Eu me sinto uma criança. O instinto assume o controle: agarro a mão de Arthur e o puxo comigo, fazendo com que nós dois trotássemos pela rua, quase correndo, sem olhar para trás nem dizer nada até dobrarmos a esquina.

Nós dois paramos, ofegantes. Mantenho a cabeça baixa por um momento, porque sei que meu rosto agora vai trair meu medo, minha dor. Não posso contar sobre minha mãe, não agora. Quero contar, de verdade, talvez essa seja a primeira vez que realmente quero contar sobre ela, sobre o que ela fez, a alguém com quem estou saindo. Mas eu empurro essa ideia para longe, porque Arthur precisa me ver como uma mulher adulta, pronta para a maternidade, não como uma garotinha assustada cheia de questões mal resolvidas com a própria mãe. Então só o abraço com força por um segundo, respiro fundo, depois olho para ele.

— Desculpe — digo. — Isso deve ter parecido muito estranho.

— Hã, sim? Hera, você tá bem?

Ele está, obviamente, confuso com o que acabou de acontecer. Como explicar? Pense rápido, Hera.

— É que... — começo, me forçando a inventar algo. — Eu vi uma ex na rua. Não queria que ela visse a gente. Não queria colocar você nessa posição. Não queria que a gente tivesse que mentir. Então entrei em pânico. Desculpe.

A expressão no rosto dele fica mais suave, em compreensão.

— Ah, querida, sinto muito. Sinto muito que você tenha se sentido assim. Isso tudo é muito injusto, né?

— É, é mesmo — confirmo.

Como consegui contornar a situação dessa forma? Se eu não estivesse tão desnorteada, talvez aproveitasse a chance para pressionar Arthur, fazer com que ele marcasse uma data para sair da casa de Kate, algo concreto. Mas estou mexida demais para pensar estrategicamente. Deixo passar. Deixo ele marinar na culpa por enquanto. Vou bancar a pessoa superior.

— Vamos voltar pro Airbnb. A gente ainda tem umas horas antes de você ter que voltar pra Kate.

O rosto dele se contrai em um reflexo de dor. É raro eu mencionar tão diretamente que ele sempre me deixa para voltar para ela. Mas, por enquanto, que sinta. Que se sinta mal.

Quando voltamos para o quarto, digo a Arthur que tudo o que quero é dormir abraçada com ele. Ele parece tomado pela culpa.

— Claro, Hera, é claro que podemos fazer isso.

Então nos aninhamos e adormecemos, minha cabeça no peito dele. Cerca de duas horas depois, às 23h30, o alarme estridente do celular nos acorda e somos lançados de volta à realidade. Meio sonâmbulos, recolhemos nossas roupas que estão largadas pelo quarto e começamos a nos vestir. Colocamos as meias, amarramos os sapatos, conferimos se não esquecemos nada. Arthur chama um Uber, que fará duas paradas. A primeira é na casa dele, que é mais perto. Me abaixo no carro para que ela não me veja, caso esteja olhando pela janela. A segunda parada é na minha casa, onde saio sozinha.

✦

Mais tarde, deitada em minha cama no sótão, deixo sair os soluços que estive segurando. Quero tanto, tanto que Arthur conte tudo para Kate. Quero acordar com ele e lhe contar tudo sobre minha mãe. Quero um aliado na vida, quero que ele esteja do meu lado. Quero ter um filho com ele, depois quero ter mais filhos. Quero que sejamos uma família. E não acho que consigo mais esperar ele estar pronto. Não sei como ainda, mas terei que deixar claro que não estou pedindo para ele sair de casa, estou dizendo que ele tem que sair. Preciso de um prazo. De uma data. Não quero mais ouvir "quando o bebê dormir melhor à noite", ou qualquer outra variante disso. Terei que ser *esse tipo* de mulher.

Enquanto não tenho coragem de dar um ultimato, continuo vivendo minha vida.

No trabalho, minha mente volta aos tempos de escola, àquela época em que eu tinha energia para caramba. Agora embalo xícaras caras e vendo tigelas de sopa de duzentos dólares para clientes e guardo toda minha energia para as interações com Arthur.

Se eu fosse uma representante adequada da minha geração, talvez descrevesse como eu e meus colegas de casa nos tornamos grandes amigos e passamos manhãs de ressaca na varanda, tomando chá e falando sobre gentrificação. Mas a verdade é que estou sozinha na maior parte do tempo, e eles também. Não estamos nos anos 1970, os planos não acontecem do nada: você precisa marcar uma data e um horário para encontrar as pessoas e torcer para que ninguém tenha que remarcar ou cancelar; é incrível que as pessoas ainda consigam se encontrar. Cancelar é muito, muito mais fácil do que pegar transporte público. Então eu cancelo. Tenho vergonha de mim mesma, do que estou permitindo que eu me torne; da falta de iniciativa que estou demonstrando na minha vida, na *minha vida*. Não quero que minhas amigas saibam mais do que já sabem.

Mas também não dá para evitá-las completamente. Pode ser fácil desmarcar com algumas pessoas, mas não com Sarah. Aquela garota é organizada e insistente. Uma semana após o episódio com minha mãe, Sarah organiza um jantar na casa dela com Tess, Soph, Ben, o boy atual do Ben, Tim (paramédico, odeia alho??), e John e Angela (sim, o mesmo John que disse "sou super a favor do trabalho sexual"). Ela deixou muito claro que minha presença é obrigatória, então aqui estou.

Sarah não tem cadeiras suficientes para todos, mesmo tendo pedido que os colegas de casa sumissem naquela noite, então o sofá foi colocado ao lado da mesa também. De alguma forma, acabo sentada com John e Angela no sofá, o que nos deixa muito abaixo do nível dos outros, quase na altura da mesa. Soph está do outro lado da mesa e faz um gesto para eu olhar o celular. Leio discretamente a mensagem que ela mandou: *Miga, péssimo lugar pra você sentar. Boa sorte kkk bjs.* Quando olho para ela de volta, ela me dá um sorrisinho diabólico e então se vira para Tim e fala algo que aparentemente é engraçado, porque ele ri.

Na nossa frente, uma mesa toda montada no estilo Ottolenghi, sementes de romã para todo lado, couves-flores parecendo arranjos florais comestíveis, taças e garrafas espalhadas. Fico pensando: o que os Millennials comiam antes do Ottolenghi? Nós simplesmente... Não comíamos?

Tento conversar com John e Angela, de verdade, mas é como tentar extrair uma expressão facial de alguém que acabou de aplicar botox. Pergunto sobre o fim de semana deles, e eles me contam das caminhadas agradáveis que fizeram. Dizem que ouvir os sonhos das pessoas é chato, mas pelo menos sonhos revelam algo sobre o que passa dentro da cabeça delas. Tropos virando absurdos, dentes caindo, perdendo voo — falar de sonhos é admitir que todos são meio doidos. Já descrever uma caminhada costeira com seu parceiro, no entanto: isso é o que me leva à loucura. Vejo Soph e Tim engatados em uma conversa que parece mais interessante do outro lado da mesa, e Sarah está entretida com Tess e Ben. Escuto a palavra "queer" sendo dita e aquilo me chama, mas não posso simplesmente sair dessa interação em busca de algo melhor — e, além disso, o sofá é tão baixo e fofo que estamos basicamente em outro plano da realidade em relação ao restante da festa.

Eu me viro para os dois, de um jeito meio torto.

— Ah, sim — digo. — É realmente uma caminhada linda.

— Né?! — John e Angela me encaram animados, esperando que eu diga algo que permitirá que eles emendem a conversa.

Reprimo um arrepio. Penso em me recusar. Mas eles estão tão cheios de expectativa, de esperança. Enfim, cedo.

— Mas fica meio cheia nos fins de semana, né?

Eles se iluminam.

— Nossa, nem fala! Muita gente mesmo. E ninguém de máscara, claro. Todo mundo colado, ombro a ombro!

Reprima, Hera. Reprima! Não comente que viu nos stories do Instagram que eles não estavam de máscara nessa tal caminhada. Dou um golão no vinho. Estou bebendo rumo ao esquecimento. Decido que o melhor jeito de sobreviver a essa conversa é me fingir de morta, oferecer o mínimo.

— Total. Verdade demais — digo sem qualquer entonação.

Eu me ajeito no sofá, chego mais perto da ponta e passo a encarar o prato, para sinalizar que essa parte da conversa acabou. Pausa dramática. Nova chance para todos se engajarem em outros papos. Dou uma espiada no celular e vejo uma mensagem de Arthur:

Como está a festinha?

A festinha tá uma merda, Arthur, eu queria responder. *Mais uma vez estou sozinha num jantar cheio de casais, odeio tahine e sinto que a qualquer momento vou enfiar um garfo no olho do John.*

Mas, em vez disso, viro o celular para baixo no colo, para não ver as notificações.

A mesa está ficando mais barulhenta à medida que o vinho desce, e as pessoas começam a conversar em voz alta para todos ouvirem, não mais só nos grupinhos formados por proximidade.

— O.k.! O.k.! — grita Sarah. — Vamos rodar a mesa, e cada um tem que contar a pior coisa que fez esta semana.

John e Angela resmungam, enquanto Ben solta um "Uhu, aí sim!", e o pobre do Tim só parece perdido. *É esse tipo de gente com quem você anda?*, posso ver ele se perguntando em silêncio.

Essa brincadeira foi inventada por mim, Soph e Sarah há muitos anos, em um bar, após um jantar cujo anfitrião sugeriu que falássemos os "altos e baixos" da semana. Geralmente amo essa brincadeira, mas não hoje. O que fiz recentemente que *não foi* ruim?

Sarah está me cutucando, isso está claro. Temos um acordo implícito de que, na frente dos outros, ela e Soph não tocam no fato de que sou amante de alguém.

Ben solta um pigarro e começa:

— Esta semana, eu estava na academia e queria usar a esteira, mas todas estavam ocupadas. Aí vi uma com uma toalha, o que claramente queria dizer que estava reservada. Mas joguei a toalha longe e subi na esteira. Alguns minutos depois, o cara volta, vê o que eu fiz, pega a toalha do chão e me confronta, né? Pergunta se fui eu quem tirou a toalha e roubou a esteira. E eu, na maior cara de pau, falei "Nem sei do que você tá falando, parceiro", e continuei correndo.

— Ah, por favor, Ben, isso nem é tão ruim. Você só é uma vaca mesmo, e todos aqui sabem disso — responde Soph.

Ben dá de ombros, quase orgulhoso.

— É verdade, é verdade. Fazer o quê?

— Tá bom, tá bom, minha vez! — diz Angela, entrando na roda como se quisesse acabar logo com isso. — Fiz merda no trabalho. Coloquei a pessoa errada em cópia num e-mail que não deveria nem ter sido escrito. Mas eu tava usando o notebook da assistente, porque o meu tava quebrado, e acabei mandando do e-mail dela porque não queria fazer login no meu só pra isso. Quando percebi o erro, só saí da conta dela e continuei usando a minha. Ninguém percebeu até agora, mas, se perceberem, ela tá fodida.

Ai, não. Angela entendeu tudo errado. Ninguém fala nada, todos percebem que isso não é o tipo de coisa que se fala rindo. Eu intervenho; preciso. Estou bêbada e irritada. Tento ser diplomática, mas não consigo disfarçar muito bem.

— Olhe... Mas, Ange, é *óbvio* que alguém vai perceber. E você *terá* que contar a verdade. Isso vai pesar muito na sua consciência. Não é melhor lidar com isso agora do que depois?

— Tá, mas entre culpa e ser demitida... Prefiro não ser demitida, né? — ela responde.

O clima pesa. Parece que Angela percebeu que, mesmo sendo todos um bando de maldosos orgulhosos, não estamos muito a fim de ferrar com a vida de pessoas inocentes. John baixa os olhos para as mãos, e Angela começa a se armar. Procura um novo alvo e encontra. Enfim, me encontra.

— Ah, por favor, Hera. Não finja que você não faria a mesma coisa. Todos aqui sabem que você está transando com um cara casado que está prestes a ter um filho com a *esposa*. Acho que isso supera qualquer coisa ruim que alguém tenha feito esta semana, né, gente?

Silêncio. Ben solta um "Nãooo" baixinho. Congelo. Ouvir que minha podridão moral está em debate é uma coisa — não é como se esses pensamentos fossem novos para mim —, mas ouvir isso da Angela? Da Angela, que acabou de contar que sabotou uma assistente no trabalho? Da Angela, que é uma das pessoas mais chatas do mundo? Não. Com isso eu não vou lidar calada.

Abro a boca, mas, antes que eu diga qualquer coisa, Sarah intervém. Ela se levanta da cadeira, com a voz firme, pontuada:

— Angela, acho melhor você ir embora. John, pode levar ela pra casa, por favor?

— Você tá de sacanagem? — Angela arregala os olhos.

Sarah me dá uma piscadinha e diz:

— Eu tô sendo tão séria quanto a crise climática, infelizmente.

E pronto. Angela foi expulsa do grupo. Cena digna de *Real Housewives*, exceto que nenhum de nós é rico.

A noite continua, meio travada após esse episódio, e ninguém menciona a acusação de Angela, exceto Ben, que comenta que ela foi "bem escrota". Tim claramente está desconfortável e eu o vejo tentando fazer contato visual com Ben, em uma tentativa silenciosa de pedir que ele anuncie que já deu, que está na hora de irem embora, que o jantar foi ótimo e tudo mais. Vejo Soph e Sarah me lançando olhares preocupados de vez em quando, enquanto eu contribuo esporadicamente para a conversa entre todos. Tess está dizendo para Sarah que estava tudo delicioso, claramente tentando aliviar o clima.

Após mais ou menos uma hora dessa encenação coletiva, Ben finalmente entende o recado, e ele e Tim se despedem. Quando saem, Tess toma uma decisão diplomática: vai dormir no quarto de Sarah; diz que está exausta do ateliê.

Então restamos nós três, e agora eu choro, só um pouco, só por um momento. Sarah e Soph chamam Angela de "boca aberta", que nunca mais vai pisar naquela casa, o que me anima um pouco, mas não o suficiente.

Elas parecem Christine Baranski e Julie Walters em *Mamma Mia!*, oferecendo consolo. Sei que me amam e sei que acreditam quando digo que estou apaixonada. Também sei que elas sabem que me dizer para terminar com Arthur não funcionará, então só tentam me fazer companhia, apesar de tudo o que pensam sobre o assunto.

Como não quero dar brecha para que minhas amigas sugiram que ele talvez nunca vá deixar a esposa, ou que ele não tem me tratado com respeito, não conto que, agora, quando acordo de manhã, não penso no que quero fazer no dia, só se vou falar com Arthur e se vou vê-lo. Então faço piadas e mais piadas, para convencê-las de que estou bem, de que elas não precisam se preocupar, de que não precisam me impedir de fazer algo. Abrimos mais vinho e eu continuo com meu showzinho.

— O que ninguém conta sobre ser amante — digo com sotaque do meio-oeste norte-americano — é que o motel raramente abre às 8h30; e me diz se isso não é um absurdo, sendo que o expediente falso da média dos homens começa justamente nesse horário?

Talvez há um ano elas achassem graça disso, mas agora percebo seus arrepios mal disfarçados.

Mesmo assim, Soph tenta manter o tom leve. Imitando o mesmo sotaque do meio-oeste, ela diz:

— E o sexo ao ar livre! Ninguém conta quantas câimbras dá quando você está metendo com alguém encostada em uma árvore!

Eu rio: isso é engraçado porque é verdade.

Na primeira vez em que Arthur e eu transamos em público, ficamos chocados depois com a ousadia. Passamos dias, semanas, trocando mensagens *Você acredita que a gente fez aquilo?* e *As pessoas com certeza viram* e *Isso foi insano!!!* Mas, quando seu parceiro é casado e a república em que você mora parece um chiqueiro, sexo em público vira um costume muito rapidamente.

Dou uns conselhos sábios para Soph e Sarah. Sempre use saia; você pode achar que dá para só abaixar a calça até o joelho, mas, se não tirar tudo, vai ficar pelada no meio do parque com a calça presa nas canelas, feito cinto de segurança, atrapalhando, de alguma forma, o prazer. E sempre leve uma toalha de piquenique. Todos falam que mancha de grama é difícil de tirar, o que é verdade, mas ninguém comenta o tanto de terra que entra em sua calcinha e nos cantos do corpo se você resolve deitar no chão.

As meninas riem comigo, mas, novamente, há um cuidado por trás de tudo isso, como se a conversa acontecesse em cima de uma falha geológica, e a qualquer momento ela pudesse se abrir para eu cair lá dentro. A qualquer momento posso dizer algo real demais, horrível demais e, então, não conseguiremos mais fingir nossos papéis.

Nem sei exatamente que tipo de reação espero delas; o que acho que conseguirei ao cuspir essas falas cômicas e perturbadas. Acho que quero que pareça que tudo é conceitual para mim, tipo arte performática, e que sou a artista. Mas, se minha vida amorosa fosse o *Cut Piece*, de Yoko Ono, então claramente sou a camisa, e não a tesoura. O problema é que Soph e Sarah se importam comigo; elas acham que mereço ser mais do que uma camisa rasgada. Então continuo fazendo piada, continuo o show, até que Soph vai embora, Sarah vai para a cama e eu durmo no sofá dela, porque não quero dormir sozinha em minha cama hoje.

Na manhã seguinte, saio da casa antes de Sarah ou Tess acordarem, antes que qualquer outro morador desperte. Eu me sinto meio suja por causa da noite anterior, me incomoda o fato de Sarah ter pedido para Angela ir embora. Essas decisões que estou forçando minhas amigas a tomar por minha causa me parecem erradas. Elas também fazem eu me sentir suja.

Dois meses se passaram desde que voltei para Sydney. Kate deve dar à luz dentro de uma semana.

É um domingo ensolarado e passei o dia no trabalho, tentando, sem sucesso, apagar Kate da minha mente. Tinha acabado de chegar em casa quando recebo uma ligação de meu pai. Jude morreu.

Moro a apenas quinze minutos de carro da casa de meu pai, então não consigo acreditar. Acho que imaginei que, se Jude estivesse morrendo, pelo menos teria vindo até mim com suas patinhas? Não sei o que pensei. Não sei o que dizer para meu pai; só consigo chorar, e ele chora também. Ele pergunta se posso ir até lá, e algo se endurece dentro de mim. Arthur disse que talvez esteja livre mais tarde. Meu cachorro morreu, mas, em vez de ir consolar meu pai, sei que vou esperar no meu quarto até poder ver Arthur. Digo a meu pai que não posso sair agora, mas estarei lá de manhã. Ele parece confuso, porque certamente gostaríamos de lamentar isso juntos. Mas não insiste.

— Vejo você amanhã então, Hera — ele diz. — Amo você.

E desliga.

Sento na cama e penso em Jude. Quando meu pai e eu o pegamos, eu o abracei e sussurrei naquelas orelhas grandes e bobas que ele sempre estaria seguro comigo, uma garotinha de uniforme verde.

Jude me conheceu em todas as fases e sempre me amou, sem julgamentos. Nunca perguntou por que eu ficava tanto em casa nos fins de semana no início da adolescência. Nunca comentou quando passei pela fase do cabelo preto. Não fez observações quando eu só sabia escutar Missy Higgins.

Meu pai deixou que eu escolhesse o nome dele, e escolhi Jude porque aprendi na escola que São Judas era o padroeiro das causas perdidas, e adorei a imagem do meu cachorro guiando um bando de derrotados para algo melhor. Antes de conhecer Jude, eu imaginava que ele seria um golden retriever. Quando meu pai o trouxe do abrigo, ele era, na verdade, um schnauzer mestiço. Mesmo assim, tinha certa seriedade, e era muito, muito bom. Era Jude, e muitas vezes me guiou para algo melhor. No fim das contas, a causa perdida dele era eu. Pode parecer dramático, mas também dei esse nome a ele por causa do cara que traiu Jesus, então faz sentido.

Agora, sozinha em meu quarto na república, esperando por um homem casado e ignorando meu pai enlutado, sinto como se alguém tivesse me dado um soco na garganta. Estou deitada no sótão, cercada de cinzeiros e pratos sujos, e só penso que pelo menos Jude não me viu assim. Então lembro: nunca mais vou ver o Jude.

E como você sabe, não costumo demonstrar meus sentimentos tristes para Arthur; nem consegui lhe contar sobre minha mãe. Meu papel é ser a emocionalmente resolvida. Sou livre, não carrego a culpa de destruir uma família! Sou jovem, tenho o mundo aos meus pés! Mas agora tudo o que quero é me encolher nos braços de quem amo e ser cuidada. Ele vem me enfraquecendo; acontece que eu preciso muito dele. E talvez, só dessa vez, se eu pedir, ele venha.

Então mando uma mensagem no Instagram. *Sei que provavelmente não dá, mas, se der, eu agradeceria muito se você pudesse vir agora em vez de mais tarde. Jude morreu e tô muito triste.*

Enquanto escrevo isso, me comovo comigo mesma como me comovi naquele momento; mesmo em meio ao sofrimento, nem passou por minha cabeça ligar para ele, já que esse era um privilégio que eu não tinha — nem exigi. Uma vez liguei sem querer, e ele atendeu e desligou na hora. Deu para sentir o pânico. Eu até ri, porque, sério, ele não sabia que dá para recusar a ligação sem atender? Ele desligou para que a esposa não visse. Por que achei isso fofo?

Minha mente ficou muito boa em evitar o ressentimento antes mesmo que ele surja. Não odeio Arthur pela demora em responder. Não o odeio pela situação em que me encontro. Não o odeio por, provavelmente, estar em algum churrasco chato com a esposa grávida, sem poder olhar o celular.

Então a tela se acende: notificação do Instagram. Ele respondeu. Inventou uma desculpa; vai estar aqui dentro de uma hora.

A euforia! A surpresa doce e pura! Ele vem até mim porque me ama e porque eu preciso dele. Não é coisa de minha cabeça! Quer dizer, eu sei que não é, mas, ao mesmo tempo, isso é a prova que acalma as vozes da dúvida, se não meus amigos, que sempre precisam de mais. O bebê pode nascer a qualquer momento e, mesmo assim, ele se arrisca a ser descoberto, porque não liga para as consequências, porque viver uma vida comigo é a melhor consequência.

Mesmo sentindo essa alegria, eu me envergonho. Como posso estar tão feliz e tão arrasada com a morte de meu cachorro? Como posso me alegrar por algo tão pequeno, pelo mínimo que ele podia fazer? Sei disso e não sei. Quero segurar Jude e não posso. Quero chorar, mas as lágrimas não vêm. Então fico sentada no chão, de pernas cruzadas, batendo meu pé com os nós dos dedos como uma caixa de bateria até meu homem casado chegar.

Finalmente ouço uma batida na porta. Desço, e lá está ele. Está lindo, com aquele cacho caído na testa. Piso na varanda e me jogo nos braços dele; então os soluços começam e não param mais.

— Eu sei... Eu sei, meu bem... Sinto muito — ele sussurra enquanto eu choro mais ainda.

Eu me odeio nesse momento porque sei que estou me permitindo chorar também por razões estratégicas, mesmo que as lágrimas sejam reais. Já que ele não é a causa direta de minha dor dessa vez (meu cachorro morreu), como costuma ser (ele não larga a esposa), meu choro não o fará se sentir culpado. É por isso que permito. Ele pode ser o herói do meu choro. Quero dar isso a ele. Quero que ele me console por uma dor que não é culpa dele. Quero que se sinta bem por ajudar.

Dito isso, não é apenas estratégia: eu realmente quero ser consolada por ele. É um jogo e também não é. Se ele me deixasse agora, eu desabaria; e não sei exatamente quando aconteceu, quando o desejo virou amor. Talvez amar seja isto: quando você decide que ter poder é menos importante do que ter a pessoa.

É isso que Angela não conseguiu entender naquele jantar, e é isso que me deixou tão abalada. O que Arthur e eu temos é verdadeiro, puro, bom. Não é comparável a jogar a culpa em um assistente por um erro no trabalho. Não é sórdido, é amor.

Arthur cruza o batente da porta. Meus colegas de casa não estão, então levo ele até o sofá da sala e ficamos ali por um tempo, sentados. Conto a ele sobre quando conheci Jude. Eu tinha passado o dia na escola e, naquela época, eu não gostava muito de ir à escola. Gostava de aprender, sim, mas não tinha a desenvoltura social que os outros pareciam ter. Nunca sabia o que dizer, eu lhe conto. Na parada de ônibus naquela manhã, anunciei que ia ganhar um cachorro depois da escola. Durante uns três minutos, o foco estava em mim de um jeito bom. Perguntaram que raça seria, até as meninas populares palpitaram sobre o nome. Uma menina mais velha sugeriu "Oliver!", foi a primeira vez que ela falou comigo.

Mas o problema era que, até onde sabia, eu não ia ganhar cachorro nenhum. Quer dizer, eu queria, como qualquer pessoa em sã consciência, mas tudo o que eu tinha ouvido em casa era sobre como seria inviável. Naquele momento, porém, eu só quis dizer aquilo, tornar verdade, mesmo que por um segundo, ser a menina que ganharia um filhotinho. Fiquei maravilhada com o poder das palavras: falei que ia ter um cachorro e todos acreditaram. Mas aí a ficha caiu: o que eu ia dizer no dia seguinte, quando perguntassem do filhote? Que meu pai mudou de ideia? Que o cachorro foi atropelado? Que foi sequestrado? Ou eu teria que procurar fotos no Google e continuar mentindo? No ônibus de volta, entrei em parafuso.

Faço uma pausa e olho para o rosto de Arthur. Ele está cativado, e vejo um olhar que não é comum nele: surpresa. Dá para ver os pensamentos girando. *Você não era popular? Você mentia para agradar os outros? Você não é essa mulher misteriosa, divertida, irreverente que surgiu do nada pra ser tudo o que eu quero?* Sei que ele não tinha muitos amigos na escola. Eu nunca tinha deixado claro que, no fim do ensino fundamental e início do médio, eu também era assim. Ele não sabe que eu era o tipo de pessoa que destruía a imagem do pai de uma interna só para me sentir importante por um instante.

Continuo, porque já é tarde para parar e quero ver como ele reage, como ele encaixa essa informação nova na imagem idealizada que criou de mim. Como ele vai contornar isso e me achar ainda mais irresistível? Porque é isso que fazemos quando queremos alguém. Cada pedacinho novo vira uma prova do encanto, da humildade, da inteligência ou da generosidade.

Continuo. O ônibus chegou, desci e fui andando até em casa. Minha mochila era pesada, cheia de cadernos, marca-textos e uma calculadora gigante que eu nunca usava, mas sempre carregava. Estava abafado, eu estava me sentindo mal. Quando abri a porta, vi meu pai na cozinha, o que era estranho, porque ele nunca estava ali naquele horário, sempre trabalhava até tarde. Ele estava gesticulando para algo, meio elétrico, e cochichando:

— Vai, vai!

Houve uma pausa. Nada aconteceu.

Em seguida, um filhote saiu tropeçando de trás do balcão, meio perdido, olhando para mim com olhos imensos.

Ele não se aproximou; parecia assustado. Então fui até ele. E foi assim que conheci Jude, conto para Arthur. Jude foi a mentira que virou verdade, apenas para me salvar.

Começo a chorar outra vez, e dessa vez não é encenação, não é estratégia. Simplesmente não consigo parar. Só penso naquele cachorro lindo e bobo. Depois sinto os braços de Arthur me abraçando, me puxando para perto, e penso que talvez ele entenda. Isso é amor, penso de novo; estou chorando, e você está aqui.

Ficamos no sofá por um bom tempo, sem falar nada, sem se mexer. Mas, em certo momento, o choro passa, e ele ainda está ali, não foi embora. Começa a passar os dedos em minhas costas, em espirais e formas cada vez mais elaboradas, até eu começar a rir baixinho, me sacudindo de tanto rir.

— O que foi? — ele pergunta baixinho, preocupado.

— É que… Arthur, você está desenhando uma suástica em minhas costas?

Ele cai na risada, meu som preferido.

Pulo em cima dele, montada em seu colo. Beijo a boca, os ombros, a testa. Olho nos olhos dele, e eles me encaram do mesmo jeito como da primeira vez em que fizemos sexo, ou seja, me enxergam de verdade. Sinto o corpo dele mudar embaixo do meu, sinto o mercúrio virar âmbar, sinto todas as metáforas confusas porque larguei ciências no primeiro ano e não me apego a regras.

Depois que fazemos amor, pedimos pizza. Estou radiante por ele não ir embora imediatamente e me pergunto qual mentira contou para conseguir esse tempo. Decido não pensar nisso.

Conto mais histórias de Jude, tomamos vinho, conto do dia em que ele fez xixi na bolsa do vizinho escroto, porque Jude era um gênio do mal. Conto que minha ex-namorada nunca se deu bem com ele e como ele me olhava quando ela saía de casa, como quem diz: *É sério, Hera? Foi isso que você escolheu?* Conto como meu pai amava Jude e que, apesar de ter sido contra no início, era só quando acariciava Jude que ele parecia realmente em paz. Aproveito para introduzir o assunto sobre minha mãe. Conto como, após o término com a ex, meu pai disse "Ela nunca se conectou com Jude, né? Sua mãe também não gostava de cachorro", e como isso me fez sorrir, perceber que essa sensibilidade estava lá dentro de meu pai rabugento e que o único jeito de ele verbalizar era por intermédio de Jude. Ele nunca diria que não gostava de minha parceira, mas quando acabou, reconheceu que a aversão dela a cachorros o fazia se lembrar de minha mãe, a pessoa em quem ele menos confiava no mundo.

Vejo Arthur olhando disfarçadamente para o celular.

Aquele sentimento familiar volta, o pavor de saber que ele sairá de meus braços para voltar para os braços dela, lavar a louça deles, deitar na cama deles. Raramente espero que ele diga que precisa ir, porque ouvir isso sempre me dá vontade de chorar, e eu detesto ser a amante que chora quando ele vai embora. Até agora, sempre dei uma saída elegante: "Já tá na hora de ir, né? Fazer suas coisas antes de dormir".

Mas dessa vez... Dessa vez não consigo. Ele estar aqui me consolando, e eu começando a contar sobre minha mãe; são coisas reais, sérias. Não dá mais para continuar só com promessas vagas. Vou quebrar esse ciclo por nós dois.

Ele pega o celular, as chaves, veste a calça, as meias. Estou nua, sentada no sofá.

— Arthur? — Solto no ar com a seriedade da conversa que está por vir.

— Hera — ele responde em um tom solene que sei que se arrependerá.

— Acho que tenho que dizer algo que realmente não queria dizer.

Ele me olha como se já soubesse, mas dá uma leve estremecida, e percebo que talvez ache que eu vá terminar tudo. É estranho. Fico magoada por ele imaginar que eu faria isso. Será que não deixei claro com cada gesto que eu quero ele, custe o que custar? Mas também sinto poder, e odeio sentir isso, de tão clichê. Esse poder me dá coragem para continuar. Imaginar que tenho algum poder sobre esse relacionamento me transforma.

— Não sei que palavras tornarão isso mais fácil, então aí vai: você tem que contar tudo pra ela. Tem que me dar uma data para quando vai contar tudo.

Estou fria, meu rosto está inexpressivo. Eu me forço a dizer.

Em vez de fugir, como achei que faria, em vez de dizer "temos que esperar o bebê nascer", ele parece... aliviado.

Ele parece assustado, mas aliviado.

Ele me olha sério e diz baixinho:

— Eu sei.

Sem que eu precise insistir, ele se adianta:

— Que tal até o fim do ano? Vou contar pra ela até o fim do ano. Não dá pra fazer isso enquanto somos dois zumbis sem dormir, mas até lá o bebê terá quatro meses. Dizem que nessa fase eles dormem melhor. Fim do ano. Pode ser? Você consegue esperar até lá?

É agosto. Eu consigo. Tenho que conseguir.

Faço que sim com a cabeça.

— Tem certeza disso, Arthur? Por favor, não diga isso se não tiver certeza.

Ele se aproxima, ainda meio vestido, e deita no sofá ao meu lado.

— A promessa de ter você, *você*, como a pessoa com quem vou dividir a vida... Isso é o que torna tudo possível. Eu não... Não conseguiria passar por isso se esse não fosse o objetivo final. Então, sim, tenho certeza. Não sei como vai ser. E sei que isso vai partir o coração da Kate. Mas tenho certeza sobre você. Então, até o fim do ano. Prometo.

— Tá bom, tá bom! Não precisa ser tão intenso! — Eu me sinto nas nuvens, como se tivesse negociado com um sequestrador e saído vitoriosa.

É como chegar em casa e ver que alguém lavou a louça. É como experimentar um suéter de cashmere caríssimo e ir até as vendedoras metidas e comprar como se fosse nada. É como se sentar com suas amigas no deck da escola e ver que elas guardaram um lugar para você.

Eu me aninho nele, beijo sua bochecha boba. Ficamos assim por mais alguns minutos, até ele realmente ter que ir.

No dia seguinte, vou ver meu pai. Ele está pálido de tanta tristeza, mas sorri quando me vê. O corpo de Jude está no veterinário e, de lá, será levado para o crematório de animais. Sentados à mesa da cozinha, com xícaras de chá à nossa frente, digo ao papai que sinto muito por não ter vindo na noite anterior e começo a chorar enquanto digo isso, por luto e por culpa, porque sei onde eu estava em vez disso, sei o que eu estava fazendo.

Ele aperta meu ombro e diz:

— Tá tudo bem, Hera. Temos a vida inteira para nos lembrar dele.

Diante dessa proposta de lembrar, novas lágrimas se acumulam em meus olhos, e tudo à minha volta fica embaçado. Papai está falando de um mundo do qual Jude já não faz mais parte. Ontem ele estava aqui, hoje já não está.

É uma segunda-feira de manhã; papai normalmente estaria no trabalho. É uma segunda-feira de manhã; eu normalmente estaria no trabalho, ou na cama, suspirando.

— Você tem alguma coisa pra fazer hoje? — ele pergunta.

— Nada. Acho que tudo o que preciso é ficar com você, se estiver tudo bem.

Ele sorri.

— Achei que você nunca fosse pedir.

Voltamos ao modo gnomo. Voltamos ao que fazíamos quando eu estava doente demais pra ir à escola, mas não tão doente assim. Pego um pacote de mistura de brownie, e papai fecha as persianas. Ele está revirando uma gaveta no aparador, e, enquanto quebro um ovo em uma tigela cheia de chocolate e açúcar industrializado, ele pergunta:

— *Indiana Jones* ou *Senhor dos Anéis?*

— Ah, *Senhor dos Anéis,* com certeza — respondo.

Papai está de joelhos, colocando o DVD no aparelho.

— E você vai me pedir pra pular todas as cenas com o Gollum, como sempre?

— Pode ter certeza, querido.

Brownies no forno, cobertores a postos, passamos as próximas onze horas mergulhados na Terra Média, parando só para ir ao banheiro e/ou tirar os brownies do forno para comê-los. Papai comenta várias vezes que Sam é assustadoramente parecido com Jude, e ele está certo todas as vezes. Quando o último filme acaba, nos levantamos, dobramos os cobertores. Lavo a forma e a tigela do brownie, papai enxuga. E depois de um abraço, pego um ônibus e volto para meu quarto no sótão.

O bebê nasceu. O bebê! O bebê que eu pretendo ajudar a criar, cuja mãe não sabe que eu existo! Aquele bebê!

As restrições da covid ainda estão em vigor, mesmo sem lockdown na cidade, então os hospitais estão sendo muito rigorosos com as visitas: Arthur fica praticamente trancado na maternidade por cinco dias. Desde que dei meu ultimato, um medo terrível, um nó constante na garganta, tem me atormentado: o medo de que, com o nascimento do bebê, Arthur volte a se apaixonar pela esposa. Não tenho como controlar se isso vai acontecer ou não, então tento empurrar esse pensamento para longe.

Ele me manda fotos do hospital. Nenhuma com a mãe, graças a Deus.

E me conta que decidiram chamar a bebê de Maisie: Maisie Jones.

Quase me engasgo com a própria respiração. Ah, Arthur, seu imbecil lindo.

Sinto culpa. Ao mesmo tempo, sinto o sabor de uma vitória. Ao dar à filha o nome que sugeri, ele está me mandando uma mensagem. Ele está me dizendo: você faz parte disso, mesmo que ainda não seja público.

Não posso contar o que quis dizer ao sugerir o nome Maisie, então só digo que é um nome lindo, gracioso, doce. Ele me agradece; diz que me ama.

Nas fotos, Maisie parece um anjo. Eu estava preocupada de que fosse odiá-la, ressentir sua existência, querer apertar sua carinha por tudo o que ela está me fazendo passar. Mas é claro que não consigo. Ela não tem culpa nenhuma da situação em que nasceu. Tudo o que posso fazer é amá-la.

O dia em que Arthur me contou que Kate estava grávida foi o dia em que percebi e aceitei que eu sempre seria a segunda prioridade dele, o que pode parecer estranho, porque ele já era casado, mas, até então, eu sabia que podia vencer a esposa. O bebê, no entanto... Você não vence um bebê. Você não tenta fazer um pai amar mais a amante do que a filha recém-nascida. E nem deveria, porque isso seria perverso. Posso até ser a amante, mas no fundo sou uma boa pessoa, e gosto de bebês. Vou amar a bebê dele. A forma como racionalizo isso é pensar que ela também é minha bebê.

Mando uma foto dela para Soph e Sarah, dizendo que ela é sublime. Sarah só reage com um coração. Soph escreve: *Ah, sim, isso é um bebê! Desculpa, Hera, você sabe que eu não entendo muito de bebês.*

Eu consigo ler as entrelinhas nesse diálogo. Entendo as perguntas que não estão sendo feitas. Como posso fazer isso, compartilhar fotos da bebê como se fosse minha, quando a mãe está no hospital, sem saber que está sendo traída, sem saber da minha existência, sem saber que pretendo ser madrasta da filha dela, sem saber que planejo segurar sua bebê em um parque a dez minutos da casa dela, enquanto o companheiro a beija e nós dois fazemos graça para a criança. Sei que isso incomoda minhas amigas, talvez mais do que todo o restante.

✦

Não vejo muito o Arthur nas semanas seguintes, mas tem vezes que ele consegue sair de casa um pouco mais. Em uma tarde de uma dia de semana, um dia em que estou de folga do trabalho, só sentada em minha república lendo um livro sobre taxidermistas lésbicas, ele aparece. Com ele... Com ele está Maisie. Estamos em minha sala de estar, que está em um nível diabólico de bagunça. Queria ter tido o bom senso de esconder as caixas de pizza.

Mas gente? Ela é maravilhosa!

As pessoas sempre dizem isso de recém-nascidos, mas ela é tão pequenininha. É tipo um feijãozinho em forma humana. Arthur a carrega presa a ele em um sling amarrado às costas, de modo que ela fica encostada no peito dele, toda encolhidinha. Está dormindo. E é estranho dizer isso, mas ele olha para ela do mesmo jeito que às vezes olha para mim. Sabe, como se estivesse orgulhoso só pelo fato de ela existir? Vejo na ternura que ele dedica a ela tudo o que amo nele. Não tenho muita experiência com bebês, então fico nervosa perto dela, achando que ela vai perceber meu amadorismo neonatal. Pergunto a Arthur se posso tocar na cabeça dela; não quero presumir nada, não quero apressar as coisas. Ele diz que sim, é claro.

Enquanto estou acariciando a cabecinha perfeita, macia, angelical, ele sussurra no ouvido dela:

— Querida, essa é a Hera. A Hera é uma pessoa muito especial.

Maisie não reage, porque é um bebê e está dormindo, mas fico satisfeita com o nível de minha apresentação. É como receber um bom boletim escolar: "Hera é dedicada. Hera tem imaginação vívida. Hera é uma pessoa muito especial".

Arthur desfaz o sling e coloca a bebê em meus braços. É um momento decisivo; preciso fazer tudo certo. Sei que o recém-nascido ainda não sustenta o peso de sua cabeça, sei que preciso apoiá-la. Seguro-a em uma posição desconfortável para nós duas, mas, uma vez que ela está em meus braços, fico com medo de me mexer. Olho para Arthur e tenho certeza de que ele percebe meu nervosismo, mas ele sorri, como se estivesse feliz em nos ver juntas, com a imagem que isso forma na cabeça dele.

Após um ou dois minutos de paz absoluta, no entanto, ela acorda. Olha diretamente em meus olhos, penetra minha alma e começa a chorar com uma fúria que eu achava que só a Claire Danes era capaz. Merda. Era para eu estar demonstrando minha calma maternal, minha leveza. Tento acalmá-la, balanço um pouco nos braços. Começo a falar com uma voz que nunca ouvi sair de mim. É baixa, aguda, cantarolada. "Tá tudo bem, tá tudo bem. Vai ficar tudo bem, meu amor. Shhh, Maisie, tá tudo bem." Será que toda mulher tem essa voz escondida dentro de si, pronta para emergir assim que segura um bebê? Ou será que aprendi isso na TV, nos filmes? Qual é o jeito natural de acalmar um bebê? Eu me sinto completamente artificial e tenho a sensação de que ela está me desmascarando.

Depois de me deixar sofrer um pouco, talvez percebendo que é um desafio que quero encarar e vencer, Arthur cede. Ele pega Maisie de volta e começa a andar com ela pela sala, balançando-a, cantando uma música que não conheço. Eu o sigo como um acessório inútil, como um aspirador quebrado. Por fim, depois do que parece ser uma eternidade, mas provavelmente foram só alguns minutos, ela adormece no peito dele novamente. Ele me olha com olhos cansados e confirma o que eu já temia: está na hora de ir. Ela precisa dormir.

Antes de sair, no entanto, ele percebe minha expressão de desapontamento e a lê direitinho.

— Não é você, Hera, juro. Ela fica assim o tempo todo. Só está com sono, ou com fome, ou com alguma outra coisa que ainda não entendi. Mas me promete que não vai levar pro lado pessoal. Ela ama você, juro. Falo de você pra ela o tempo todo.

Falo de você pra ela o tempo todo. Fico pensando o quanto disso tudo está se assentando no fundo do inconsciente dela. E, só por agora, será que ela pode me fazer um favor? Quando chegar em casa, será que ela pode olhar para a mãe dela e, com os olhos, dizer que eu existo?

Sydney vai ficando mais ensolarada e brilhante à medida que rastejamos em direção ao fim do ano. Nos dias em que não estou trabalhando, passo o tempo sozinha na praia, lendo livros e trocando mensagens com Arthur, que está trabalhando de casa ali perto. Às vezes, ele me surpreende com uma visita durante o almoço; enrola Maisie no sling e diz à esposa que vai dar uma caminhada. Aí aparece onde estou, estirada na areia de biquíni, e senta comigo enquanto brincamos com Maisie. Outras famílias com bebês acenam para nós; tem vezes em que os filhos deles andam até nós para olhar Maisie, que está em meus braços ou nos dele, e eu falo com os pequenos para serem delicados, porque ela ainda é muito pequenininha. Os pais das crianças riem, com aquele olhar cúmplice de quem me enxerga como uma mãe doce e protetora, e eu adoro isso. Quando Arthur não está comigo na praia, sou só uma mulher jovem sozinha, sem trabalho em uma terça-feira qualquer.

— O que você está lendo, querida? — ele pergunta.

Ao que eu respondo:

— Estou lendo sobre fenomenologia; alguém aqui precisa.

Ele ri, balança a cabeça como se estivesse maravilhado comigo, com meu cérebro. Então leio trechos densos em voz alta para Maisie, e Arthur e eu inventamos as respostas dela. Temos uma piada contínua de que ela não suporta Heidegger, e toda vez que faz uma careta, atribuímos isso ao antifascismo dela.

Um dia, nesse verão interminável que mal começou, Kate sai por várias horas para uma aula pós-parto no hospital com Maisie, e Arthur me convida para ir até a casa dele. Isso me parece imprudente; sinto um desconforto imediato. Entrar na casa dela, com as coisas dela, onde ela dorme, come e não faz ideia da outra vida que o marido leva, não sabe da mulher selvagem batendo metaforicamente à sua porta e, agora, literalmente, cruzando-a. Já imaginei o interior dessa casa tantas vezes. Vi recortes em chamadas de vídeo quando ela não estava por perto, vi a parede atrás da cama de Arthur, vi um pedaço da sala à noite, em uma imagem granulada. Já vi a casa por fora, dos Ubers em que me agacho. É pequena, nada sofisticada, mas parece segura, doméstica, o tipo de lugar para onde se tem prazer em voltar após um longo dia de trabalho. Tijolos vermelhos, plantas no pequeno alpendre. Fico imaginando se é ele quem cuida do jardim ou se é ela. Não consigo vê-lo como alguém com talento para jardinagem, então deduzo que deve ser ela.

Por um lado, me parece errado entrar na casa. Sim, já transei com o marido dela, mas até agora não invadi o espaço pessoal dela. Sou uma vadia ética etc. Por outro lado, me parece um avanço, um passo mais perto do santuário deles, um passo mais perto de conquistar o meu. Eu me pergunto o que passa na cabeça de Arthur, por que agora ele decidiu me deixar entrar nesse espaço privado. Não o pressiono, não pergunto nada, apenas concordo. Na hora combinada, estou em pé em frente à casa dele, mando uma mensagem avisando que cheguei. Ouço movimentos lá dentro, e uma parte de mim espera que algo dê errado, que Kate esteja em casa, que tenha que me receber, que tudo venha à tona. Mas não. É ele. Ele abre a porta sorrindo como se fosse um milagre me ver ali, naquele limiar, depois lança um olhar rápido para ver se algum vizinho está olhando antes de, certo de que não, me deixar entrar.

A decoração é discreta, mas a casa parece bem usada, como se as pessoas que moram ali já tivessem deixado a marca de seu corpo no sofá, como se já tivessem uma torneira favorita. Há coisas de bebê por toda parte, cobertores e apetrechos volumosos cujo propósito não consigo identificar. Arthur me observa absorver tudo, e eu tento parecer casual, como se não quisesse ler cada cartão de aniversário sobre a lareira, como se não quisesse examinar cada foto em cada moldura, procurando traços de Kate, pistas de como eles são juntos. Mas não sou boa em parecer casual. Vou direto para a estante e tento adivinhar quais livros são dele e quais são dela. Sei que os romances policiais são dele, e tiro sarro dele por isso.

Pego um calhamaço surrado do James Patterson, levanto e mostro para ele.

— Tá vendo, amor? Foi por isso que me apaixonei por você. É que você é muito culto.

Ele ri e responde:

— Espere só até ver minha coleção do Peter FitzSimons. Tenho certeza de que você vai querer tirar a roupa na hora.

Nem preciso ver os livros de paizão historiador para querer me despir. Em uma só ação, levanto o vestido por cima da cabeça e deixo cair no chão. Não estou usando nada por baixo. Isso virou hábito. Os olhos de Arthur se arregalam e, de novo, me vem aquela sensação maravilhosa de ser a pessoa que ele deseja. Meu corpo é poderoso, forte, e despe o dele com rapidez, com propósito.

Estamos tão próximos agora, tão próximos a ponto de não precisar mais esconder isso. Eu o beijo com fúria, mordo os lábios e o pescoço dele, quero marcá-lo, cobri-lo de vestígios meus. Enquanto nos movemos juntos, fantasio com o dia em que teremos nossa própria cama, imagino que esta é nossa cama, nossa casa. Quando ele goza, está olhando em meus olhos. Encare, Arthur. Encare o que é isso.

Quando termina, vou até o banheiro tomar banho. Fecho a porta, ligo o chuveiro e aproveito esse tempo para ver o que posso aprender com base nas coisas que estão no armário sobre a pia. Descubro que Kate usa três tipos diferentes de hidratante. Kate usa elásticos de cabelo cor da pele. Kate se olha neste espelho todos os dias, o mesmo em que estou me olhando agora, e acha que sabe como será o restante da vida dela.

Entro no chuveiro e deixo a água cair. Uso o sabonete dela, o xampu dela. Uso mais e mais; meu cabelo já estava limpo, mas continuo ensaboando, vendo o nível de xampu na embalagem diminuir. Perceba isso, Kate. Perceba a diferença. Note isso e confronte-o. Descubra a verdade e vá embora, para que eu possa ter minha vida.

Ouço batidas na porta do banheiro e Arthur pergunta se pode entrar. Digo que sim.

Depois, ficamos deitados juntos no sofá, e eu volto ao assunto do prazo. Tento arrancar respostas dele com doçura, com desejo. Combinamos o fim do ano, mas quando, Arthur, que dia, que hora? Dezembro já está chegando. Soph e Sarah já estão fazendo planos para o Ano-Novo e me perguntando o que vou fazer. Tenho dito que estarei ocupada. Estarei com ele, livre, quando o relógio marcar meia-noite daquela noite insuportável.

— Não é, Arthur? Diga que é verdade — falo.

Eu me sinto meio ridícula, ligando tanto para o Ano-Novo feito adolescente. Mas não é o dia, é o que ele representa. Só pedi uma coisa a ele, que até lá tudo estivesse resolvido, e meu coração está se contraindo, se segurando, mantendo a fé.

Ele diz que sim: promete que vamos brindar juntos no Ano-Novo. Vamos jantar, vamos fazer amor, estaremos juntos. Tudo estará esclarecido.

À medida que as semanas de dezembro avançam, chegando cada vez mais perto do prazo, minha visão se estreita. Não há espaço para empolgação, nem mesmo no trabalho. Tenho apenas um objetivo na vida, um propósito. Estou pressionando Arthur por mensagem, por FaceTime, pessoalmente, por WhatsApp, pelo Instagram. Estou tentando todos os meios possíveis que consigo imaginar para convencê-lo a acabar com meu sofrimento.

Ele diz que só precisa encontrar o momento certo, o momento em que vá doer menos para ela. Não consigo imaginar um bom momento para fazer isso. Eu repito para ele: qualquer momento é um mau momento para contar a ela. Não sou uma pessoa cruel; nunca quis machucá-la mais do que o estritamente necessário. Mas também quero parar de sofrer. Estou tentando forçar a mim mesma a considerar que minha dor tem o mesmo peso do que a dela, o que é difícil, porque sou um segredo, sou mais jovem e nunca consigo me livrar da sensação de que, quando as pessoas me chamam de mulher, e não de menina, estão me zoando de algum jeito.

De vez em quando, ouço mães na loja de cerâmica dizendo aos filhos para "tomarem cuidado com a moça", mas nunca me ocorre que a moça sou eu. Uma moça provavelmente faz compras com uma lista. Às vezes, quando me dou conta de que o homem que eu amo tem uma barba grisalha e pernas cobertas de pelos grossos e ombros moldados por anos usando camisas sociais e carregando notebooks, fico chocada. Como foi que enganei todo mundo fazendo parecer que eu também sou uma pessoa adulta? Sou só uma criança. Kate é uma mulher. Descobri que Kate trabalha em uma ONG. Eu vendo xícaras.

Mas preciso começar a pensar em mim como alguém que merece as coisas. Eu preciso.

Estou jogando um jogo de gente grande.

Desde a noite em que Angela explodiu, quase não vi minhas amigas. Não suporto a forma como me olham agora, com uma mistura de pena e repulsa; o que antes parecia, na cabeça delas, um erro honesto, um lapso de julgamento, caiu em um abismo. Elas me veem olhando para o celular, veem o jogo da espera em que minha vida se transformou.

Eu era conhecida por minha capacidade de dormir. Conseguia dormir nas salas das pessoas por toda a manhã depois de festas, com o aspirador ligado, a conversa alta, portas batendo. Eu só acordava se alguém me sacudisse. Também adormecia com facilidade. Cabeça no travesseiro, pensamentos zumbindo se transformando em metáforas visuais sem sentido, e eu partia através do túnel de luz que me levava até meu cereal matinal. Não durmo assim há muito tempo. Floresço quando o vejo, murcho quando ele vai embora.

Volto a falar do prazo com Arthur, de novo e de novo. Se formos passar a virada do ano juntos, ele precisa contar a ela antes disso. Quando vai contar, Arthur? Qual é seu plano? Ele diz que vai contar literalmente no último dia do ano, no último instante possível em que ainda consegue cumprir a promessa que me fez.

É 31 de dezembro.

Passei o dia limpando meu quarto, deixando-o habitável para um homem que acabou de deixar a esposa. Assei um bolo de caixinha, cobri com cobertura. Ele está na mesa da cozinha sobre uma tábua de plástico, porque eu não tenho boleira. Arrumei uma seleção de queijos do Aldi em um prato de jantar. Sarah e Soph estão em uma festa na zona oeste e, conforme a tarde vira noite, vão me mandando selfies cada vez mais bêbadas. Meus colegas de casa saíram, certamente para celebrar com os amigos, com os amores, se tiverem. Eu não estou bebendo; estou estressada demais para isso. Preciso estar bem e com a mente clara quando ele chegar, preciso ser a parceira estável que cuidará dele.

O pontinho verde dele está apagado há vinte e duas horas. É isso: ele está contando para ela.

Fico sentada na sala, encarando o celular, tentando fazer aparecer uma mensagem dele. O pessoal da casa ao lado está dando uma festa, e a música ressoa pelas paredes, atrapalhando minha vigília silenciosa. Está quente e abafado, aquele calor de verão que gruda no ar. Ligo o ventilador no máximo e me sento com as pernas cruzadas na frente dele, no chão, perto da porta, pronta para abrir assim que ele bater.

É um ciclo nauseante de checar o celular, me jogar no sofá com a tela para baixo e pegar de volta segundos depois. É como esperar o resultado do vestibular aparecer no site, aquela ansiedade, sabendo que, uma hora, quando eu virar a tela, vai estar lá o resultado que define meu futuro. Eu me esforcei, fiz todo o trabalho; mereço a recompensa.

Sei que ele contou para ela hoje, porque ele sabe o que significa se não tiver contado. Ele baterá na porta e eu o deixarei entrar e começaremos nossa vida.

São 22 horas quando ouço a batida, forte e rápida. Pulo do chão e vou até a porta.

Ele parece um fantasma. Eu o envolvo nos braços e o aperto com força. Ele fez isso, ele está aqui, ele é meu.

Dou um passo para trás, me preparando para conduzi-lo porta adentro, e aí noto a expressão no rosto dele.

Às vezes, ele faz essa cara quando vai me dizer algo que sabe que vai me magoar, quando será mais uma traição que eu terei que aceitar. É uma dor estampada que quase me faz esquecer de que é ele quem está fazendo isso comigo. O maxilar se contrai, ele parece tão aflito que quase me engano achando que não é culpa dele.

Agora, parados à porta, quando ele deveria estar dizendo "Eu amo você" ou "Está feito", o que ele diz é:

— Tenho uma coisa ruim pra contar. Eu não consegui. Não contei pra ela.

E, então, sugere que entremos para ele me explicar. Eu fico sem palavras; meu corpo, paralisado. Um segundo atrás, eu achava que tudo tinha terminado, que eu finalmente poderia respirar. Mas não acabou.

Não deixo ele entrar imediatamente. Estou tentando decidir o que fazer. Nesse momento de dor absoluta, ainda estou elaborando uma estratégia. Não posso perder o jogo.

Não vou perder. Eu me recomponho. Não vou mostrar que penso menos dele agora. Preciso me colocar como a opção que ele deve escolher se quiser ter integridade. Ele ama a ideia de ter integridade.

Não posso deixar ele perceber que me quebrou, que agora sempre haverá uma parte minha quebrada por causa dele.

Decido deixar ele entrar. Porque, no fundo, sei que posso convencê-lo, sei que posso fazê-lo enxergar o que é certo: ele não pode não cumprir a única promessa que pedi, a que me manteve sã e me fez viver uma vida pela metade por tanto tempo. Ele não é esse tipo de homem; ele é um homem bom. Ele está com medo, é só isso. Só precisamos conversar. Vou me humilhar uma última vez. Vou implorar para que ele faça o que permitirá que ele me ame de verdade. Implorar para que ele me leve a sério, mesmo que eu não seja a mãe da filha dele. *Mas eu poderia ser!*, vou dizer. *Eu quero ser!*, vou argumentar. *Não negue todos os filhos que ainda teremos por causa da única filha que você tem com ela.*

Essas palavras realmente sairão da minha boca. E eu estarei falando sério.

Dou as costas e entro, fazendo um gesto para que ele me siga. Ele tenta segurar minha mão, mas eu a puxo de volta.

— Você pode entrar. Mas, por favor, não me toque, Arthur — digo baixinho. O toque que eu tanto queria, um segundo atrás, agora parece uma afronta violenta.

A sala da frente da casa é grande, e nós parecemos muito pequenos dentro dela.

Estou tendo uma visão de nós de cima, como se fosse pela perspectiva da casa em si, a casa observando meus ombros curvados e os olhos implorantes dele, a perna tremendo e a casa só pensando: *que gente triste eu tenho dentro de mim*. Sinto pena da casa, dele e de mim. Nenhum de nós sairá bem dessa situação.

Sei que logo, não importa o que aconteça, estarei sozinha nesse cômodo, porque ele terá ido embora, temporariamente ou de vez, de volta para sua outra vida, para cuidar do que importa mais do que eu. E, então, quando eu estiver sozinha, ficarei olhando para o lugar onde ele se ajoelhou — mas para quê? — e para o lugar onde eu senti tão pouco respeito por mim mesma que chorei e implorei para que um homem ficasse, que escolhesse a mim em vez de outra pessoa. Que me escolhesse ou eu não saberia o que fazer — me escolha, me escolha; para que eu não precise escolher.

✦

É difícil descrever o que eu estava sentindo no momento em que o conduzi até minha sala de estar após ele me dizer que não contou a ela. É difícil porque ainda dói, apesar de todos os meus esforços para superar — e também porque este é, em grande parte, um romance realista, e quero tornar essa cena crível para você —, e o que eu fiz, a forma como conduzi as quatro horas seguintes, foi tão humilhante (e digo "humilhante" no sentido de que eu me diminuí) que talvez seja difícil entender por que uma personagem faria isso. Se você nunca passou por uma situação de total desespero, talvez consiga encarar essa cena como quando assistimos a *Law & Order* e descartamos um suspeito porque "ninguém seria idiota a ponto de deixar tantas provas" ao cometer um crime. Se ele fosse mesmo o culpado, não teria matado a vítima em plena luz do dia, com câmeras filmando, usando uma camiseta estampada com "eu sou o assassino". Por que eu contaria como agi de maneira tão patética, a não ser que fosse verdade? O que eu ganharia me degradando desse jeito? Mas, enfim, as pessoas mentem por razões estranhas. As pessoas mentem o tempo todo; eu aprendi.

Talvez eu seja a assassina.

Mas talvez você também já tenha passado por uma situação tão desesperadora quanto a minha. Talvez você também já tenha dito qualquer coisa para convencer alguém a ficar, mesmo sabendo (até você!) que a decisão mais inteligente seria simplesmente ir embora, virar a página.

Talvez sejamos todos patéticos. E talvez todos os avisos que recebi sejam supérfluos. Talvez você também já tenha implorado para um homem deixar a esposa e a filha enquanto estava sentada no chão da sala de seu apartamento compartilhado, na véspera de Ano-Novo, torcendo para que seus colegas de casa não resolvessem voltar com convidados para brindar a virada do ano justamente agora, porque isso realmente não ajudaria em nada.

✦

Ele se senta no sofá e eu me sento no chão, de frente para ele.

Segundo ele, sua principal preocupação é como seria para a bebê se ele saísse de casa, como isso poderia arruinar a vida dela.

— Eu achei que conseguiria, Hera. Eu não estava mentindo quando disse que contaria hoje. Mas aí, hoje pela manhã, vi a Kate com a Maisie, e a Maisie precisa tanto dela, e eu simplesmente... Não consegui.

Então agora sou eu quem tem que convencê-lo de que deixar a esposa é o melhor que ele pode fazer pela filha dele. Digo que pais que ficam juntos sem amor são piores do que pais separados. Digo que ficar com alguém só porque ela é a mãe de sua filha não é um motivo válido e que isso a prende também, não só ele. Tento fazê-lo enxergar que sou a solução viável e que, no fim das contas, isso significará *mais amor* para

Maisie, não menos. Eu o lembro dos filhos que ainda teremos, dos irmãos que quero dar para ela.

Tudo isso me parece interessante de um ponto de vista distante porque, embora eu acredite de fato nesses argumentos, também é insano que eu tenha que fingir objetividade, como se estivesse apenas racionalmente pensando no que seria melhor para Maisie.

Para manter um tom calmo e ponderado, não digo o que sinto com mais veemência: *Deixe ela porque eu amo você e porque você me ama, porque eu importo mais do que tudo.*

Ele diz novamente que não quer arruinar a vida de Maisie. E é justo que ele sinta culpa por, talvez, desestruturar alguém antes mesmo de ela ter a chance de se estruturar. *Mas, Arthur,* penso, *essa separação nunca seria tranquila.* O resultado seria inevitável. Desde o momento em que você me disse que odiava Doug, ele sequer teve chance de ser legal comigo.

Sou eu a assassina?

Nunca tive uma camiseta com slogan, mas já me borrifei de perfume antes de transar com um homem casado esperando que o cheiro passasse para ele... e, depois, para a esposa. Nunca tive uma camiseta com slogan, mas já desejei, intensamente, que uma mulher aparentemente boa e inocente simplesmente deixasse de existir.

Mentira. Já tive, sim, uma camiseta com slogan. Várias, aliás.

Ficamos em silêncio por um tempo, esperando ele dizer algo. O celular dele vibra, ela está ligando e ele não atende. Tenho uma resposta lógica para cada objeção que ele apresenta. E a cada resposta minha, ele vem com alguma variação do mesmo argumento. ("Não consigo. É demais para mim. Não quero ser o cara que fez isso com ela.")

Tento entender o que se passa na cabeça dele enquanto ele cerra os dentes, com a veia da testa saltando. Ele está preso em um ciclo de ansiedade que eu conheço bem. Percebo que está em crise e, embora isso seja comum para mim, para ele não é. Vejo o corpo dele tentando entender o que está sentindo, como se ele nunca tivesse perdido o controle do próprio estômago antes.

Duas horas se passam desde que ele chegou. Chegamos a um impasse. Percebemos que o novo ano começou quando ouvimos gritos e fogos de artifício na rua, quando a música do vizinho fica ainda mais alta, quando o refrão de "Juice", de Lizzo, começa a atravessar a parede. Arthur e eu não comentamos nada. É tudo tão patético, tão triste, que nem acho graça nesse momento.

— Arthur, onde Kate acha que você está agora?

Ele me olha com total vazio no rosto, como se não conseguisse compreender absolutamente nada do que está acontecendo na vida dele.

— Não sei. Não sei. Estávamos na casa dos pais dela. Eu disse que precisava sair um pouco, que voltava logo — ele chora um pouco ao dizer isso.

— Arthur... — chegou a hora de usar minha última carta, a que eu realmente não queria jogar. Agora eu jogo, finalmente, por mim. — Você precisa contar pra ela. E tem que ser hoje. Você não pode ter feito isso comigo. Eu amo você, e você me ama; eu esperei, e isso é real. Não contar agora não vai tornar isso menos real. E só por uma questão prática mesmo: você vai ter que explicar onde esteve. E isso vai vir à tona. Então, por favor, escolha fazer isso porque você quer, não porque precisa. Seja corajoso, Arthur. Estou implorando. Não posso ser um segredo. Não sou um segredo.

Ele praticamente implora para que eu permita que ele desista, e eu não o deixo. Não vou permitir. Sinto que estou mantendo ele refém, obrigando-o a fazer uma coisa horrível. Mais uma vez, sou atropelada pela injustiça disso tudo.

Mas mulheres têm sido forçadas a se machucar para fazer os homens assumirem responsabilidades há milênios. Fui treinada para esse momento. Não vou desistir e deixo isso claro para ele.

Está tarde, muito tarde. Digo:

— Se você está aqui pra que eu encontre uma saída pra você, isso não vai acontecer.

Finalmente, quebro a resistência dele, só pela insistência.

Ele cede. Às duas da manhã, ele não tem mais forças. Diz que vai contar e, dessa vez, eu sei que é sério. Eu esmaguei o espírito dele.

Não parece uma vitória.

Quando ele vai embora, estou exausta. Vou até a cozinha e como um punhado de bolo com a mão. Ignoro a tábua de queijos. Não guardo nada, não lavo nada. Subo as escadas até meu quarto. Coloco o celular no carregador e me deito por cima dos lençóis, ainda vestida; fico entre o sono e a vigília, esperando pela notificação que eu sei que vai chegar.

Acordo de um cochilo inquieto às 11 horas do dia 1º de janeiro e vejo que ele mandou uma mensagem. Ele contou para ela. É tudo o que ele diz.

Não sinto o alívio que achei que sentiria.

Durante tanto tempo, tudo o que eu queria era isso. E, agora que aconteceu, não parece que a confissão seja um fim ou um começo. Em todas as minhas imaginações anteriores, esse era o ponto de virada de chave. Depois disso, ficaríamos bem. Seria terrível, difícil, mas enfim estaríamos do mesmo lado, nós contra o mundo. No entanto, é difícil estar do mesmo lado de alguém que responde às suas mensagens só de vez em quando. É difícil estar do mesmo lado de alguém que a obrigou a obrigá-lo a terminar com a esposa.

Mas eu ainda quero isso.

✦

No terceiro dia, sexo. Ele vem até minha casa e me conta o quanto ela está mal, que ela não consegue falar, não consegue fazer nada. Ele parece destruído. Ele parece estar se sentindo o mesmo que eu.

Temos uma transa rápida e eu tento inserir nesse ato cada gota de amor que sinto, para lembrá-lo por que tudo isso aconteceu. Depois, ele me diz que me ama tanto, tanto, mas que precisa voltar para ela e a bebê, que vai me manter informada sobre como ela está, que tudo vai ficar bem.

Não parece que vai.

✦

Nos dias seguintes, mal vejo o pontinho verde aceso. Isso significa que ele está falando com ela. E que está falando com ela, mas não está me atualizando. Temo que eles estejam tendo conversas das quais ele não quer que eu participe: conversas que vão contra meus interesses.

Eu sei que ele me ama; nunca duvidei disso. Mas também sei que pessoas que amam podem fazer coisas que sugerem o contrário.

Minhas amigas me obrigam a ir a um encontro na casa de Soph. É sábado, todos estão animados. É janeiro, as pessoas passaram o dia na praia, tomando cerveja na areia quente. A vida de todos continua normalmente, e eu não consigo entender que estamos todos vivendo no mesmo mundo neste momento. Eu me sinto fora do tempo, arrancada da realidade. Tenho passado os dias olhando para o celular, ligando para o trabalho para dizer que estou doente. Sei que estou nessa festa agora, literalmente aqui, mas cada momento que passo sem vigiar o aplicativo do Instagram parece tempo perdido.

Chamo as meninas para a varanda, longe do agito. Fumo cigarros com uma rapidez alarmante enquanto conto a Sarah e Soph o que aconteceu.

Primeiro, elas ficam chocadas por ele ter contado de verdade.

Sarah diz:

— Eu sei que você sempre acreditou, gata, mas vou ser sincera: não acredito que ele realmente confessou pra esposa. Isso é... Grande demais.

— É, isso é grande demais mesmo — respondo, sem humor, só exausta. — Mas agora ele tá todo evasivo — continuo. — Sinto que ele tá escondendo algo, e isso tá me deixando louca de um jeito novo e diferente.

É a primeira vez que admito para elas que esse relacionamento me deixou completamente fora de mim. Já era óbvio, é claro, mas dizer isso em voz alta é horrível e, ao mesmo tempo, bom.

— Bom — começa a Soph —, acho que agora que ele contou pra ela, você não precisa mais "arthurar" isso, né, amiga?

Dou risada.

— Sophie — digo, séria —, eu estava esperando por essa piada há um ano e meio.

Ela pisca.

— Tudo é questão de timing.

As meninas me puxam de volta para a festa e sinto um pouco mais de energia agora. Sarah sussurra enquanto entramos:

— Ele contou mesmo, gata! Agora não é hora de ficar pra baixo. Você é, tipo, a amante mítica que realmente fica com o cara. Vamos brindar a isso!

Ela está certa, elas estão certas. Eu acredito. Ele e Kate provavelmente estão tendo conversas longas, em que ele explica que não a ama mais, conta cada vez que transamos, cada vez que ele mentiu sobre onde estava, cada vez que fiquei no carro do lado de fora da casa deles, cada vez que o beijei enquanto ele segurava Maisie, cada vez que eu mesma segurei Maisie. Neste momento, Kate provavelmente está juntando as coisas dela, pegando a bebê, tentando organizar seu tempo antes que o Uber chegue e ela vá embora.

Bebo noite adentro e, quando "I'm On Fire" começa a tocar na caixinha de som na cozinha, eu danço.

No décimo primeiro dia, ele me manda uma mensagem, diz que temos o dia só para nós, que eu posso escolher onde vamos nos encontrar, que está morrendo de saudades. Uma amiga da família foi chamada para cuidar de Maisie. Isso só pode significar que Kate não está mais lá.

E, assim, de repente, eu me sinto leve, flutuando. Está tudo bem.

Vai ficar tudo bem.

Vou até o mercado e compro ingredientes para fazer um smoothie para ele. Encontro com ele em um de nossos lugares preferidos, perto da praia. Levo o smoothie em uma garrafinha. Estou leve, brilhando de luz. Ele me abraça e me beija com tanta força, e sei que tudo isso valeu a pena. Foi certo abrir meu coração, foi certo apostar tudo.

Sentamos na grama. Sirvo o smoothie em um copo que trouxe de casa. Entrego a ele como se fosse uma oferenda. Ele agradece, mas não bebe. Coloca o copo no chão ao nosso lado. Ele está tenso, mas faz sentido. Tem vivido um pesadelo em casa. Encosto a cabeça no ombro dele, deixo meu corpo respirar.

Viro o rosto para ele e começo a falar, quero perguntar como ele está, mas ele me interrompe antes que eu consiga dizer qualquer coisa.

— Vou machucá-la muito agora, e me desculpe, me desculpe mesmo — ele diz.

Ela pediu para ele ficar.

Ele não vai deixá-la.

Você tinha razão; você previu isso. Todos estavam certos, menos eu. Pronto. Sou uma idiota.

Esse seria o momento de ficar com raiva, fazer um escândalo, dizer tudo o que penso, gritar. Ou tentar convencê-lo mais uma vez.

Mas não tenho energia. Estou exausta. Digo que ele está cometendo um erro e que, se ainda não percebeu, vai perceber com o tempo. E é verdade, ele vai perceber com o tempo. Digo, calma e lentamente, que ele partiu meu coração. Ele está chorando, mas eu não.

Ele repete que sente muito, fala "me desculpe, me desculpe" sem parar, e eu não respondo, só olho para ele. Um cachorro corre até nós e começa a lamber o smoothie que eu tinha feito, derrubando o copo. Nenhum de nós afasta o cachorro; não conseguimos admitir que isso realmente está acontecendo.

Não posso continuar aqui, não posso ficar olhando para esse cachorro.

Com muito esforço, eu me levanto. Penso se devo pegar o copo. Não, não consigo. Que Arthur lide com isso. Olho para ele de cima. Digo para não me procurar mais. E vou embora.

PARTE CINCO

Nos dias e nas semanas imediatamente após meu coração ser aniquilado, minha capacidade de chorar é inacreditável. As pessoas dizem isso com frequência, mas sempre parece um milagre médico: você pensaria que uma hora as lágrimas acabariam. As da Ariana Grande acabaram, por que as minhas, não? A verdade é que lágrimas *não têm* que fazer nada. Como um gerente de loja que a obriga a trabalhar no dia de seu aniversário, não tenho nenhum poder sobre essa dinâmica. Minhas lágrimas rolam quando querem.

Por um tempo, não consigo contar a ninguém o que aconteceu, como foi tudo ladeira abaixo. Não consigo contar porque ainda não acredito; não consigo conceber. Quer dizer, eu sei que aconteceu, mas do mesmo jeito que sei que consultores de gestão estão literalmente dizendo palavras quando explicam seus empregos, mesmo que eu não consiga ouvir nenhuma. Consultores falando e o coração se partindo: ambos são o gato de Schrödinger materializado, coisas que ao mesmo tempo são e não são.

Também não conto a ninguém, porque não estou em condição de abrir a porta para os arrepios inevitáveis dos "eu avisei" — não ditos, mas vibrando no ar — que inevitavelmente me atingirão. Mesmo que minhas amigas tenham a decência de não dizer isso em voz alta, sei que vou ouvir em cada frase de consolo, ver em cada troca de olhares.

Meus pensamentos não se organizam. Estou presa a uma pergunta, uma palavra: como. Como ele pôde fazer isso?

De novo e de novo em minha cabeça, espirais infinitas de "como". É impossível conciliar as duas versões dele em minha mente, antes e depois do "eu não vou deixá-la". Não consigo acreditar que estou sentada sozinha em meu quarto sem saber como seguir em frente, enquanto ele está a vinte minutos daqui, com ela, seguindo a vida.

Ela sabe, e ele sabe, que está apaixonado por mim. E mesmo assim, ainda assim, eles estão escolhendo essa vida.

Talvez um dia, quando eu for mais velha, eu entenda por que alguém faria isso. Mas espero que não. Porque isso significaria que eu me juntei a eles: que estou disposta a trair o futuro para reviver um passado que não pode mais existir; um passado que, paradoxalmente, só vai se apequenar a cada tentativa infiel de reencenação. Não sei o que quero, mas, por Deus, não é isso.

✦

Poucos dias depois, apareço na casa de meu pai aos prantos. Digo que alguém partiu meu coração, e ele entende o suficiente para não fazer perguntas. Ele me olha como me olhava quando eu era adolescente, quando eu estava muito triste, triste demais para fazer qualquer coisa. Naquela época, eu tinha que colocar toda minha fé em meu pai, que dizia que eu iria superar. Tenho tentado evitar essa dependência à medida que envelheço, mas talvez agora eu só precise aceitar.

Meu pai me abraça e diz que não vou voltar para a república por um tempo, que vou ficar com ele, e que tudo vai ficar bem. Sinto tanto alívio por ele tomar essa decisão por mim. Nenhuma das minhas amigas parece precisar dos pais, enquanto eu preciso tanto do meu.

Ele também diz que não vou trabalhar por uns dias, que só preciso descansar. De novo, alívio, alguém me dizendo que eu posso descansar. Mesmo assim, contesto:

— Pai, você sabe que eles vão simplesmente parar de me chamar se eu faltar uma semana, né? Sou fixa.

Ele parece genuinamente surpreso com essa ideia.

— Duvido que façam isso. Seu chefe vai entender.

Ele não quis causar esse efeito, mas, pela primeira vez em dias, eu rio.

— É claro, pai, meu chefe vai entender — falo e dou um abraço apertado nele, como se eu fosse quem estivesse protegendo ele, esse tolo adorável, o que faz eu me sentir melhor. O fato de ele ainda ter fé na bondade de um empregador de varejo, mesmo após toda a merda burocrática que ele enfrentou na vida, após o sistema quase ter me tirado dele por causa de mentiras alheias... Para ele, uma decepção não significa descrença total. Eu o invejo por isso, mesmo o achando ingênuo.

✦

Por algumas semanas, eu só sento e choro, não faço praticamente mais nada. Não tenho energia para comer e, mais preocupante, não tenho energia nem para beber água. Uso o pouco que tenho guardado para continuar pagando o aluguel. Mas, conforme as semanas viram meses, percebo que, diferente do outro término que vivi, a dor dessa vez não vai passar dentro de um prazo familiar.

Existe uma parte enorme de mim, uma parte que tento esconder, que torce para que Arthur apareça em minha porta um dia, dizendo que cometeu o maior erro da vida dele e implorando para eu voltar. Já contei para minhas amigas o que aconteceu, e todas me fizeram prometer que, se ele aparecer, vou dispensá-lo. E todas as vezes que fiz essa promessa, cruzei os dedos atrás das costas. Assassina, assassina, *serial killer*.

Paro de pagar o aluguel, quebro o contrato. Volto a morar com meu pai. Volto a trabalhar na loja. Meu chefe diz que não tem turnos a me oferecer, mas logo outra onda de covid atinge a cidade e sou uma das últimas que restaram, e lá estou eu de novo atrás do balcão. Máscaras, álcool, check-ins, gente brava, gente triste, quase nunca gente feliz. Passo muito tempo no banheiro da loja chorando. Qualquer grosseria mínima de um cliente me faz desabar.

Nos cinco meses seguintes, sigo com minha vida, mas não deixo de amar Arthur.

Dou passos pequenos em direção ao desligamento, por insistência das amigas.

Elas me obrigam a bloqueá-lo no Instagram, no WhatsApp, no Facebook, no Twitter.

Mas ainda consigo ver os "likes" dele no Twitter, e são todos em posts sobre amor e arrependimento. Ele sabe que vou olhar e, como uma idiota, eu olho. Queria poder dizer que rio desses posts, dessas tentativas Boomer de se comunicar, mas leio todos como se fossem um código secreto, em busca de respostas.

Soph, Sarah, Daisy e Ben me levam para sair e dizem que eu mereço mais, que ele é um traste.

Meu pai e eu comemos muito ravióli. Assistimos a filmes antigos depois do jantar. Após alguns meses, comigo de volta em casa, ele adota outro cachorro. É ele quem escolhe o nome dessa vez; o cachorro é dele. Mas fico orgulhosa de fazer parte da família do cachorro.

Meu pai o chama de Ash. Diz que é porque cinzas são o que sobra depois do fogo, mas tornam o solo fértil.

Dou risada sozinha. Sempre acho que sou quem mais sente as coisas, mas meu pai já passou por muito mais do que eu e tem um ouvido para a poesia da vida que eu não reconhecia.

Meu pai tem um companheiro agora, mas ele não o chama assim. Só chama de Daniel, porque é o nome dele. Daniel é gentil comigo, carinhoso. Às vezes, dorme lá e assistimos a filmes antigos todos juntos. Às vezes, quando meu pai acha que não estou olhando, ele se aninha em Daniel no sofá e sorri. Daniel faz carinho em Ash.

De vez em quando, saio para beber com colegas de trabalho que ainda frequentam bares; chamamos isso de ajuda mútua. Eu os escuto falando dos colegas de república, de seus problemas, e comento aqui e ali quando a situação exige.

Escuto as conversas ao nosso redor, que me trazem consolo por sua banalidade reconfortante.

Dois homens que imagino serem irmãos:

— É que a mãe é maluca mesmo...

Uma mulher em um encontro com um cara que está falando sem parar há vinte minutos:

— Verdade, é confuso quando duas pessoas têm o mesmo nome.

Dois gays animadíssimos tomando coquetéis, vestidos com roupa de academia.

— Eu simplesmente não entendo gente obcecada pelo Mickey Mouse. Tipo, eu quero conhecer o Mickey? Deus me livre! Não cresci com o Mickey Mouse, gata, eu cresci com violência doméstica.

E assim por diante, *ad infinitum*.

Algumas coisas estão começando a se esclarecer em minha mente após muito tempo embaralhadas. Há momentos — ao passar o cartão de crédito, trocar gentilezas com um cliente, jantar em um restaurante familiar — em que percebo os contornos de um sentimento que conheço bem: o desejo por um futuro maior do que a vida que levo agora e maior do que a vida com a qual meus amigos parecem satisfeitos. Lembro que todo esse desconforto, com o qual convivo há tanto tempo como meu companheiro mais constante, vem de um lugar de desejo. E desejar é algo que traz esperança. É a coisa mais esperançosa que existe, na verdade. A dor que me acompanha da festa para o trabalho, do bar para a praia e da praia para a cama à noite é uma dor que sussurra imaginação — uma dor que não consegue e não quer esquecer que o mundo todo existe, que faço parte dele e que não vou me contentar com uma parte pequena dele, pelo menos não ainda, não antes de ter visto mais. Eu preciso ao menos ver mais.

Parei de checar o Twitter dele com tanta frequência. Lamento por ele e pela pessoa que eu poderia ter sido ao lado dele. Mas também começo a enxergar, agora que o tempo passou e o aperto em forma de garra do desejo está enfraquecendo, que a pessoa que eu poderia ter sido com ele talvez não fosse quem eu realmente quero ser. Quero dizer, ainda não sei quem quero ser, mas agora estou disposta a considerar a possibilidade de que um homem de 40 anos viciado em smoothies talvez não seja a melhor pessoa para decidir isso por mim.

Naquela noite no restaurante chinês, eu estava procurando uma maneira de parar tudo, de parar o desejo. Via nele um disjuntor; algo que pudesse pausar esses desejos grandes e impossíveis de alcançar. Eu queria canalizar todo aquele querer para ele, para algo que parecesse administrável, imediato, tangível. Esperava que me apaixonar fizesse todo o desconforto desaparecer.

E talvez fizesse, por um tempo. Mas provavelmente não para sempre. Eu me conheço. Ela não se satisfaz tão fácil. Sempre há um segundo estômago.

Certa tarde, estou caminhando à beira-mar, com os fones no ouvido e um cachecol enrolado no pescoço para me proteger do frio. Caminho com determinação, sem um destino definido, como sempre fiz. Olho para o oceano não em busca de uma resposta, só para ver se ele está ali (está).

Uma menininha se aproxima de mim. Ela me mostra toda orgulhosa seu copinho plástico vazio, como se fosse um brinquedo muito querido. Sorrio para ela; é muito fofa. Eu me abaixo para dizer oi. Há algo nela que me parece familiar.

Ela olha ao redor e sigo seu olhar, provavelmente em direção ao pai, como se quisesse mostrar que fez uma nova amiga. E então lá está ele, é claro que sim. Está um pouco adiante no caminho, me observando. Mandou a filha até mim como um cavalo de Troia.

— Olá, Maisie... Você cresceu.

Ela dá uma risadinha e começa a cambalear de volta até o pai.

Fico sem fôlego ao vê-lo; todo meu amadurecimento desaparece em um instante, é como se nada tivesse mudado. Só queria que ele corresse para meus braços!

Mas ele continua parado, como sempre. Ele não vem até mim. Está sorrindo para mim. Por quê? Como?

Seria desonesto dizer que entrei nessa conversa sem esperar um desfecho específico. Eu ainda o amava; se ele dissesse que tinha deixado a esposa, será que eu teria me rendido e voltado para ele? Quero dizer que não, mas talvez tivesse. É importante que eu diga isso. Talvez tivesse.

Mas não foi isso o que aconteceu.

Caminho até ele devagar.

— Oi. (Eu.)

— Oi. (Ele.)

Ele está usando um de seus muitos trajes infelizes, um par horroroso de bermudas e um moletom que parece ter sido comprado no corredor do supermercado onde ficam os xampus. O cabelo cacheado está bagunçado. As sobrancelhas franzidas, porém gentis. Eu costumava amar essas roupas nele; amava aquele olhar nos olhos dele.

Agora, depois de tudo, ambos me parecem meio patéticos. Compre uma roupa decente, Arthur. Mude esse olhar, se você não vai mudar sua vida para estar à altura dele.

— É bom ver você — ele diz.

— É — digo.

É bom? É difícil, com certeza.

Começamos a conversar ali mesmo, de maneira desajeitada, parados no caminho, enquanto Maisie escala as pernas do pai, entediada e inquieta. Faço algumas perguntas banais, e ele leva um tempo enorme para responder, geralmente sem dizer nada de fato.

Então ele me interrompe, despejando as palavras de uma vez só:

— Eu amei você mais a cada dia, isso não vai embora.

Parece que está implorando, mas não sei por quê.

Penso com cuidado antes de responder. Depois falo com firmeza:

— Arthur, eu sempre o amei, e você sempre soube disso. — Faço uma pausa. — Mas não sei se consigo mais acreditar em você.

Ele se surpreende com isso. Afinal, ele é o senhor sinceridade! Essa é a dele!

Maisie começa a se afastar, então ele corre atrás dela e a traz de volta até onde estou. Tira uma caneta do bolso e dá para ela segurar. Isso a mantém quieta por um instante.

De volta para mim, ele recomeça:

— Eu sei — diz ele. — Eu sei, mas você *pode* acreditar em mim — a voz dele suplica. — Fico relendo todas as nossas conversas. Estou tentando entender por que fiz o que fiz. Eu queria você. Ainda quero. E achei mesmo que conseguiria terminar com a Kate. Não menti pra você. Nunca menti. Nunca.

Não sei o que ele quer; o que ele espera dessa conversa. Será que ele realmente não entende o quanto está me machucando? Como está só girando a faca enfiada em mim cada vez que expressa arrependimento sem fazer nada?

Uma parte pequena de mim, uma parte que se debate desesperada feito um passarinho preso sob minha costela, se permite imaginar: *É isso? Ele tá dizendo que me quer de volta?*

Acho que quando imaginei essa conversa acontecendo, via dois finais possíveis: ou ele me diria que me ama, que deixou a esposa e me imploraria para voltar; ou me diria que não a deixou, que não vai deixá-la, pediria desculpas e seria o fim.

Mas ele não está fazendo nenhuma dessas coisas.

Está tateando palavras, jogando granadas que nem explodem direito.

— Você me conhece. Eu amo você, nunca quis machucá-la. Machucar acaba comigo. Você me conhece.

Todas as palavras soam tão banais, tão incapazes de enfrentar o que está acontecendo agora.

Ele nem disse ainda a verdade que fica mais clara quanto mais ele foge dela.

— Arthur?

— Sim?

Eu me forço a perguntar.

— Você deixou a Kate?

Silêncio. O rosto dele está se despedaçando. E eu me pergunto: para quem ele faz essas expressões? Está fazendo essas caras pra mim, para me mostrar que eu importo o suficiente para causar sofrimento? Ou são expressões que ele encena para si mesmo, para se convencer de que tem consciência, de que ainda é um bom homem?

— Não, não a deixei.

A última corda dentro de mim se parte. Aquela cordinha estúpida que eu não deixava arrebentar, aquela que ainda me mantinha presa a ele. O passarinho debaixo de minha costela? Foi abatido.

Sinto determinação. Pela primeira vez, sinto a fúria em brasa. Sinto pena e, enfim, a pena não é de mim.

— Isso é insano, Arthur — digo. Meus punhos estão cerrados ao lado do corpo. — É insano você ter me feito tentar convencê-lo a me amar. Sendo que tinha todo o meu amor, e você sabia disso. Sempre soube. E é insano estar fazendo isso outra vez. Depois de tudo. É... É tão nojento, Arthur.

Odeio dizer isso, por tudo que isso encerra, por tudo que achei que queria e não pude ter. Mas preciso dizer.

— Você acabou de dizer que nunca mentiu pra mim. E acho que acredita mesmo nisso.

Agora que comecei, não consigo mais parar. As palavras saem rápido, tudo o que eu queria dizer, tudo o que ele precisa ouvir.

— Arthur, você sempre me contou mentiras. Porque *nunca* me contou verdades inteiras. Agora mesmo é mais um exemplo. Você veio até mim, diz que ainda me ama, que ainda me quer... E só quando eu pergunto é que você revela que não a deixou, que ainda está com ela.

Ele me encara como se quisesse que eu o ferisse, como se quisesse ser açoitado.

Maisie começa a chorar. Ele a pega no colo, tenta acalmá-la, balançando-a de um lado para o outro. Não paro nem por isso. Falo mais alto, por cima do choro dela.

— Tipo... Como é que você *ainda* me coloca nessa posição, em que fico pendurada em cada palavra sua, esperando que uma, uma única palavra, me dê esperança de que você não vai ser fraco de novo?

Ele não deixou a esposa e também não me deixa em paz. Sinto a bile subir na garganta. Pela primeira vez, imagino terminar essa conversa e nunca mais trocar uma palavra com ele. A ideia é horrível, e é milagrosa, e é horrível.

— É o seguinte, Arthur — digo. — Amei você de verdade. Sempre me entreguei por completo. E você teve a chance de ser feliz e não aproveitou. Em vez disso, foi fraco. E partiu a porra do meu coração. — Minha voz falha nessa parte, admito. — E agora você aparece de novo, sem ter mudado *nada* na sua vida. Você não vai fazer isso de novo. Eu não vou deixar.

Ele coloca Maisie no chão ao lado dele, tenta falar, mas eu interrompo. Sou eu quem vai terminar isso.

— Você abriu mão do seu futuro, do nosso futuro, por um passado que nem sequer quer. E agora eu vejo. Vejo que você *nunca* vai parar de tentar chamar minha atenção, pra então não ter nada a dizer. Por isso vou me afastar de você agora. E não vou olhar pra trás.

Então acontece algo curioso, antes mesmo que eu me vire. O que acontece é que o espaço atrás de Arthur no caminho — um parquinho infantil, com seu gramado verde de mentira, seu balanço — começa a ficar turvo, como o ar tremeluzente de uma estrada no verão. De repente, vejo Arthur dentro de uma moldura, uma moldura de madeira no canto de minha visão. Vejo Arthur como uma figura pintada: uma figura pintada em um parque pintado. E, conforme o encaro, sua imagem começa lentamente a recuar. Ele está grande no primeiro plano e, depois, vai ficando menor, mais distante, fundindo-se ao cenário pintado.

Ele sussurra "eu amo você" mesmo enquanto encolhe, e encolhe, desaparecendo no fundo da pintura da própria vida.

Mal consigo enxergá-lo agora; preciso apertar os olhos para tentar identificar onde acho que ele está, tão distante, tão longe. É ele ali, ao lado daquilo que parece uma casa? Ou é uma árvore? É impossível saber; é só uma manchinha verde muito, muito pequena na tela. Tão pequena que perco o interesse. O Sol está se pondo, minha vista já não é tão boa e, além disso, há outras coisas que quero olhar.

Estive tempo demais encarando um único ponto.

AGRADECIMENTOS

Enquanto escrevia este livro, eu trabalhava como livreira em uma livraria independente, em Sydney. Meus colegas e eu estávamos nos sindicalizando. Nós vencemos. Esses colegas são algumas das pessoas mais corajosas, fortes (e engraçadas) que já conheci. Viva o *Retail and Fast Food Workers Union*. O povo unido jamais será vencido. E ACAB[1] também.

Agradeço à minha família. Ao meu pai, à Isobel, à Helen, ao James. Eu amo vocês.

Obrigada, Jen, espero sempre seguir seu exemplo. Obrigada, Georgie. Fazer você rir é o maior prazer da minha vida. Obrigada, Brendan, você é um espetáculo. Obrigada, Tink, Lily, Georgia, Mik, Kate, Lana. Obrigada, Jaclyn. Obrigada, Young Sun. Obrigada, Mikey.

Obrigada, Emma e Frances, vocês são minhas parceiras na trincheira.

Obrigada, Nell, você disse que achava que eu podia escrever um livro, então escrevi.

1. ACAB (*All Cops Are Bastards*) é uma sigla política usada em protestos contra o autoritarismo na Austrália.

Obrigada, Hera Lindsay Bird, por me deixar usar um trecho de "Monica" (Hera Lindsay Bird, VUP, 2016) como epígrafe. Nem me faça começar a falar do Ross.

Obrigada à minha agente, Grace Heifetz. Nós fritamos o bife. Obrigada, Jane Palfreyman, Genevieve Buzo e Ali Lavau. Obrigada, Lettice Franklin, às vezes acho que você entendeu este livro mais do que eu. Obrigada, Caroline Zancan. Obrigada, John Ash e Dana Murphy. Obrigada Mary Pender e Kristina Moore.

Por fim, obrigada aos professores que mudaram minha vida: Suzanne O'Connor, Deborah Moir, Annette Lawlor, Graeme Colman, Jeff Lowndes, Christina Pechey, Matthew Sussman, Adam Guy e Kaye Mitchell.

SOBRE A AUTORA

Madeleine Gray é escritora e crítica literária em Sydney. Já publicou críticas de arte em veículos como *SRB, Overland, Meanjin, The Lifted Brow, The Saturday Paper, The Monthly*, entre outros. Em 2019, foi selecionada como crítica emergente pelo CA-SRB e, em 2021, foi finalista do Prêmio Walkley Pascall de Crítica de Artes, finalista do prêmio Woollahra de Não Ficção Literária Digital e contemplada com a bolsa de viagem literária Neilma Sidney. Tem mestrado em Literatura Inglesa pela Universidade de Oxford e, atualmente, é doutoranda na Universidade de Manchester, onde pesquisa teoria literária autobiográfica contemporânea escrita por mulheres. *Tudo o Que Não Somos* é seu romance de estreia.

Este livro foi impresso nas oficinas gráficas da Editora Vozes Ltda.,
Rua Frei Luís, 100 – Petrópolis, RJ.